# Alles, was du suchst

»Ich kannte diesen Blick. Man hat ihn, wenn man etwas verloren hat. Wenn man etwas verloren hat, von dem man glaubte, keine Macht der Welt könnte es einem jemals wieder wegnehmen.«

Ein junger Mann kommt in Manuels Bar, irgendwo auf einer Insel im Mittelmeer. Manuel bringt ihn dazu, die Trauer über eine verlorene Liebe hinter sich zu lassen und mit ihm auf eine Gedankenreise zu gehen.

Manuels Bar ist ein Ort voller Zauber, ein Ort scheinbar außerhalb von Raum und Zeit, und Manuel selbst erlaubt seinem Gast, in fremde, uralte Gedankenwelten einzutauchen und so seinem Leben eine neue Richtung zu geben.

*Gabriel Barylli* ist Schauspieler, Regisseur und Schriftsteller. 1989 erschien sein gefeierter Debütroman »Butterbrot«, den er auch selbst erfolgreich verfilmt hat. Seine Romane liegen im Fischer Taschenbuch Verlag vor, darunter »Honigmond«, »Nachmittag am Meer«, »Denn sie wissen, was sie tun« und »Wer liebt, dem wachsen Flügel«.

Gabriel Barylli

# *Alles, was du suchst*

Roman



Scherz

*Der Autor fühlt sich der althergebrachten Rechtschreibung verpflichtet*

Besuchen Sie uns im Internet:
www.scherzverlag.de

Limitierte Sonderausgabe
Veröffentlicht im Scherz Taschenbuch,
ein Verlag der S. Fischer GmbH,
Frankfurt am Main, September 2003


Druck und Bindung: Nørhaven Paperback A/S, Viborg
Printed in Denmark
ISBN 3-502-79368-8

Für meine Freunde

»Das Lachen ist der Ernst der Götter«
*Daniela*

# Der Gast

Ich kenne diesen Blick.

Man hat ihn, wenn man etwas verloren hat. – Wenn man etwas verloren hat, von dem man schon glaubte, keine Macht der Welt könnte es einem jemals wegnehmen, dann hat man diesen Blick. Langsam heben sich die Augen in die Höhe, wenn eine Bewegung den Raum verändert. Langsam wandern sie von einem Menschen zum nächsten. Es ist eine Stille, die aus diesem Blick erwächst, und die Frage: Warum? ...

Warum ...

Warum hat sich das Leben von einem Tag auf den nächsten verwandelt? Warum ist das Liebste plötzlich zum Fernsten geworden?

Warum?

Jedes Menschenalter hat diese Erfahrungen. Jedes Kind erfährt, daß seine Sandburg am Strand nach wenigen Stunden wieder unsichtbar wird.

An irgendeinem Tag begreift man, daß alles, was wir errichtet haben, vergehen muß. An irgendeinem Tag wird diese Erkenntnis zum ersten Mal zu einem Gefühl. All das, was man bis zu diesem Tag gelesen und gehört hat, daß unsere Sandburgen den Gezeiten unterworfen sind, all das wird zu einer fühlbaren Qualität. Plötzlich heißt es aufwachen und realistisch sein.

Realistisch – was für ein Wort. Ein Wort, dem wir so lange entkommen wollen, bis es uns überholt und lächelnd sagt: »Schau mich an ...«

Dann stehen wir da – atemlos vor Anstrengung – und müssen erkennen, daß wir nicht der Herr der Gezeiten sind. Wir sind nicht die Wellen des Meeres, wir sind nicht Ebbe und Flut, wir sind ... Ja – was sind wir? Diese Frage ist es, die uns zwingt, die Welt mit einem anderen Blick zu betrachten.

Diesen Blick habe ich gemeint, diesen Blick hatte der junge Mann, der vor einer halben Stunde meine Bar betreten hatte.

Er war abwartend über die Schwelle getreten, hatte sich langsam umgesehen und sich dann an einen Tisch nahe beim Fenster gesetzt, von dem aus man das Meer sehen kann. Sein Blick war weich und mit einer zarten Melancholie versehen über die Gegenstände geglitten, hatte auf jedem kurz verweilt und war weitergezogen. Er hatte einen Moment lang auf Verenice angehalten, die nur kurz aus der Küche gekommen war, und war dann zu mir gelangt. Er hatte mir kurz zugenickt und sich dann auf seinen Platz gesetzt. O ja – ich kenne diesen Blick. Ich kenne seine Wehmut, seine Bitte um Verständnis, seine Frage – warum? Ich hatte den jungen Mann angeschaut und wußte, daß er eine lange, schöne Geschichte erlebt hatte, wie alle, die den Weg in meine Bar finden. Sie war schön, weil sie seine Geschichte war. Sie war schön, weil sie ihm durch alle Schmerzen und

Verwundungen hindurch zeigen konnte, daß er erst am Beginn seines wahren Lebens stand. Sie war schön, obwohl er in diesem Moment, in dem er meine Bar betreten hatte, ganz sicher der Meinung war, am Ende seines Weges angekommen zu sein.

Ich kenne den Blick, der sagt: Es ist vorbei – das war's! Ich habe gekämpft, um die Wellen des Lebens zu bezwingen, ich habe mich gewehrt gegen Ebbe und Flut, ich habe gefochten bis zum letzten Hieb. Meine Burg zerfällt, ich gebe auf.

In diesem Moment ist es gut, am Ende der Welt angekommen zu sein, ein paar Holzstufen hochzusteigen, über eine Terrasse zu gehen und meine Bar zu betreten.

Verzeihen Sie – ich habe Ihnen ja noch gar nicht erzählt, wo meine Bar liegt und wie sie aussieht –, aber der Ausdruck in den Augen dieses jungen Mannes hat mich so sehr an mich selbst erinnert, als ich vor vielen Jahren an diesen Platz gekommen bin: an diese Bucht, an deren Strand mit seinem einfachen weißen Holzbau, in dem meine Bar liegt.

Stellen Sie sich eine Insel vor. Mitten im Meer. Ein nicht allzu großer Flughafen, eine uralte Hauptstadt, über die die großen Ereignisse der Geschichte hinweggezogen sind wie die Ausläufer eines Sturmtiefes. Die hohen, aus sandfarbenem Stein gebauten Mauern haben viele Eroberungen überstanden. Piraten haben diese Insel oft überfallen. Es gibt keine hohen Berge auf diesem Stück Erde – keine Wasserfälle und keine 1000 Jahre alten Riesenbaumwälder. Es gibt nichts, was einem großen Feldherrn und Schicksalsbestimmer in die Augen stechen könnte. Nichts, was ihn treiben könnte, hier das Lager seiner Macht zu errichten. Kein Gold, kein Silber und kein Öl haben jemals eine Macht verleitet, hier auf dieser, meiner Insel ihre Zelte aufzuschlagen.

Das ist ihr Geheimnis. Ihr Geheimnis ist – daß sie keines hat. Meine Insel ist das, was man unscheinbar nennt – und infolgedessen ein Ort für wahres, tiefes Glück. Das ist wie bei einem Ball, bei dem man beobachten kann, wie sich die Schönen und Strahlenden lachend und lärmend im Kreise drehen, während ein stiller, scheuer junger Mann zu einem Mädchen blickt, das mit einem unsichtbaren Lächeln verloren an der Wand lehnt und wartet. Es gibt für nichts im Leben eine Sicherheit – aber die Wahrscheinlichkeit, daß die beiden ein längeres und tieferes Glück erleben können als all die anderen, die gibt es. So ist es auch mit meiner Insel. Wenn man möchte, ist man mit einem guten Wagen in drei bis vier Stunden einmal rund um ihre Küste gefahren. Man hat ihre sanften Hügel kennengelernt und die Terrassen, die über viele Generationen in die Landschaft gemalt worden sind und auf denen heute wie immer Schafe weiden. In einem bestimmten Tal blühen im Winter die Mandelbäume, und überall riecht es nach Thymian. Das ist alles. Und das Meer. Das habe ich fast vergessen zu erwähnen, weil es mir schon so selbstverständlich ist, nach all den Jahren. Wenn man möchte, sieht man von jedem Punkt meiner Insel das Meer. Sie ist einfach so klein. So klein, daß man sie übersieht, wenn man nicht den Blick für die verborgenen Schätze des Lebens hat.

Ich lebe an einer Bucht. Weicher, heller Sand zeichnet einen weiten Halbmond zwischen dem blauen Meer und dem Grün der Pinienwälder, die meine Bucht umgeben. An der Grenze zwischen dem Strand und den ersten Bäumen steht ein einfaches, weißes Holzhaus. Man geht drei Stufen hinauf und betritt eine Terrasse. Ihr Boden ist aus langen Holzbrettern gezimmert, die im Lauf der Jahre einen weichen Grauton angenommen haben. Sie haben schmale Zwischenräume, durch die man auf den Sand hinuntersehen kann, und manchmal sieht man schnelle Eidechsen, die sich vor der Sonne in den Schatten retten.

Links und rechts von der Treppe führt ein Holzgeländer hinauf zur Terrasse, und jedes zweite Jahr streiche ich die Bretter mit weißer Farbe nach. Das sollte ich eigentlich jedes Jahr tun, aber ich liebe es, wenn die Dinge ihr Alter zeigen und nicht kokett sind. Maskerade und Schminke können über die Realität hinweghelfen. Ich habe auch wirklich nichts dagegen, wenn ich sehe, wie sehr ein klein wenig Farbe im Gesicht eines Menschen ein anderes Universum in seinen Augen aufleuchten läßt – es sollte aber nicht zur Gewohnheit werden. Es sollte nicht soweit kommen, daß man eines Tages den Bemalungen mehr Glauben schenkt als dem Grund, auf dem sie aufgetragen sind – also habe ich es sehr gerne, zu sehen, wie das Holz durchzuscheinen beginnt und jeden zweiten Herbst sein wahres Gesicht zeigt. Es ist eine Mahnung, um die Wahrheit nicht zu verdrängen.

Auf der Terrasse stehen ein paar einfache Holztische und Holzstühle, die mit Armlehnen versehen sind. Es ist ein großer Unterschied, ob man sich auf Armlehnen stützen kann und sich völlig entspannen oder ob man – wie von einem normalen Stuhl – zur Disziplin der aufrechten Haltung angehalten wird. Die lange Vorderfront meiner Bar ist symmetrisch angelegt. In der Mitte sieht man eine Schwingtüre, wie man sie aus dem amerikanischen Westen kennt. Die beiden Flügel sind mit Jalousien versehen, und die linke Angel singt ganz leise und hell, wenn jemand von der Terrasse in die Bar kommt. Neben der Schwingtüre sind links und rechts zwei große Fenster, die man nach oben schiebend öffnen kann. Ich mag diese Art, ein Fenster zu öffnen, weil sie niemanden stört, der dort sitzt und ein Buch liest. Oder auf das Meer blickt. Oder träumt. Wenn man durch die Schwingtüre getreten ist und noch ihr leises, helles Singen hört, steht man in meiner Bar. Der Boden ist aus demselben Holz wie die Bretter auf der Terrasse, nur ohne Zwischenräume verlegt. Durch die gesamte Länge des Raumes zieht sich der Bartresen, hinter dem an der Wand ein großer Spiegel hängt, der auf beiden Seiten von Flaschen aus aller Welt umrahmt wird. Und ich habe es noch nie erlebt, daß jemand bei mir etwas bestellt hätte, das ich nicht an dieser Wand stehen habe. Es kann sein, daß nur diejenigen den Weg zu mir finden, die von ihrer Natur aus mit meinem Angebot korrespondieren. Das wird es sein. Das Leben führt nur Menschen an den Ort, der auf sie wartet. Weil der Ort weiß, daß derjenige Mensch kommen muß, auf den der Ort wartet. Und er wartet mit allem, was er hat, auf diesen Menschen. Sie werden bei mir nicht jedes Getränk dieser Erde finden, aber Sie werden finden, wonach Sie suchen. Wenn man durch die Schwingtüre getreten ist, sieht man als ersten Menschen – sich selbst.

Das Holz, aus dem der Tresen gezimmert ist, hat eine Farbe, die zwischen Honig und Armagnac schwebt. Ich habe dieses Holz mit großer Sorgfalt ausgewählt, als ich den alten Tresen abmontieren ließ. Dieses Haus war nämlich schon eine Bar, als ich zum ersten Mal in dieser Bucht angekommen war, und die Schwingtüre hat schon damals gelächelt, als ich durch sie hindurchgetreten war und Verenice zum ersten Mal in die Augen gesehen habe ... – aber von meinem eigenen Leben erzähle ich Ihnen später; lassen Sie mich noch ein wenig diesen Raum beschreiben, in dem man sich selbst gegenübertreten kann. Die beiden großen Frontfenster führen hinaus und lassen den Blick über die Terrasse zum Meer und weit bis zum Horizont fliegen. Wenn die Scheiben an einem warmen Abend nach oben geschoben sind, hat man das Gefühl, als säße man mitten in den ersten Wellen. Manchmal kommt ein leichter Wind und trägt das Rauschen des Meeres mit sich und das leichte Klingen eines Windspieles, das ich an einem der Holzträger befestigt habe. Es ist ein Windspiel aus Muscheln, und sein Ton hat eine scheue, natürliche Musikalität. Das kommt daher, daß es keine Bambusrohre oder Messingblätter sind, in die der Wind greifen kann, sondern Muscheln aus den Tiefen des Meeres. Ich habe viele Windspiele gehört, und keines hatte so einen anrührenden Ton. Die Schwingung dieses Windspieles ist nicht wie die seiner professionellen Ebenstücke, die manchmal richtige Melodien erklingen lassen. Dieses Muschelspiel ist wie ein immerwährender Versuch, ein Lied anzustimmen, das noch nie erklungen ist. Der Wind nimmt an manchen Tagen seinen Klang mit in den Raum, er dreht seine Pirouetten um den alten Cognac, der gleich links neben dem Spiegel steht, und verläßt uns durch die Türe, die rechts neben der Flaschenwand hinter das Haus führt. Nicht direkt, sondern zuerst durch eine Küche, dann durch einen Vorratsraum, in dem eine Falltüre zum Keller zu nehmen ist, und dann hinter das Haus.

Haben Sie ein Bild von meiner Bar, in der ich jeden Tag seit vielen Jahren neben Verenice stehe und darauf warte, welchen Menschen mir das Schicksal schickt? Der Oleander – ich habe vergessen, den Oleander zu erwähnen. Links und rechts von der Terrasse und auch hinter dem Haus und auch noch eine Strecke den Hügel hinauf habe ich Oleander gepflanzt. Stark und süß riechenden, rosa und dunkelrot blühenden Oleander. Ich habe meine Träume gehabt – schon als sehr junger Mann –, was es bedeutet, die Sonne, das Meer und das ganz Andere zu erleben. Und in diesen Träumen gab es immer den warmen Geruch von blühendem Oleander. Also habe ich rund um das alte Holzhaus Oleander gepflanzt.

Wenn ich vor dem flachen, weißen Holzhaus stehe und das Meer in meinem Rücken spüre und über den Oleander den Hügel hinaufblicke, dann sehe ich mein kleines Hotel. Ungefähr 300 Meter vom Strand entfernt liegt unser Hotel mit seinen sechs Zimmern und dem Blick über die Bucht. Es ist ein schönes, einfaches Haus, und ich werde es Ihnen später beschreiben.

Ich führe das Hotel und die Bar gemeinsam mit meiner Frau Verenice. Ich heiße Manuel, und darum ist über dem Eingang zur Bar auch auf einem Holzschild zu lesen: »Manuels Bar«. Das ist übrigens meiner Frau zu verdanken. Sie kannte meine Träume. Am Tag, an dem der Umbau fertig war, kam ich aus der Stadt mit einem Holzschild zurück. Ich hatte bei einem Maler ein Schild in Auftrag gegeben, auf dem zu lesen stand: »Verenices und Manuels«. Ich stieg aus meinem Jeep und holte das Schild von der Ladefläche und die Pakkung großer Nägel, die ich gekauft hatte. Aber da hing ein rechteckiges Schild, das mit einer wunderschönen, sonnenblumengelben Farbe grundiert war. Um die Seiten des Brettes zog sich ein Rahmen aus roter Farbe, und mit demselben Rot waren im Zentrum des Schildes zwei Wörter zu lesen: »MANUELS BAR«. Ich stand da und sah sprachlos zu dem Schild hinauf. Der Maler hatte die Buchstaben auf der linken Seite mit einem schmalen weißen Rand versehen, so daß man das Gefühl einer räumlichen Schrift hatte, und nach dem Wort »BAR« hatte er drei Punkte gesetzt. Ich habe es sehr gerne, wenn ich in einem Buch oder einer Zeitung einen Satz finde, der nicht mit einem, sondern mit drei Punkten endet. Das zeigt nur, daß der Mensch, der den Text geschrieben hatte, es meiner Phantasie überlassen wollte, die Geschichte weiterzudenken. »MANUELS BAR ...« – das konnte nur ein Mensch wissen: Verenice ...

Ich stand da mit meinem Schild in der Hand und blickte auf die drei Punkte, als ich ihre Stimme hörte.

»Gefällt es dir so?« Sie öffnete die Schwingtüre und lächelte mich an.

»Ja«, sagte ich, ja, es gefällt mir sehr.«

»Fein ...«

Ich sah sie an und konnte nicht mehr sagen. Sie wußte soviel von mir – manchmal glaube ich, daß sie Dinge von mir weiß, die ich selbst langsam, Schritt für Schritt erlernen darf. Dasselbe gilt übrigens auch umgekehrt. Auch von Verenice weiß ich Geheimnisse, die in ihrem Herzen verborgen sind, die ihr selbst zur Überraschung werden, wenn sie ihnen begegnet. Aber lassen Sie mich später von Verenice erzählen – wir waren noch bei der Besichtigung meines Reiches.

Das Schild, das über dem Eingang hängt, hat eine magische Kraft. Es verwittert nicht. Sie erinnern sich daran, daß die Farbe vom Geländer jeden zweiten Sommer erneuert wird, auch die Außenwände werden bei dieser Gelegenheit gestrichen, und daran arbeite ich fast drei Tage lang. Jedes Mal komme ich dann als letztes an die Vorderseite des Hauses und ziehe den Pinsel mit dichten Querstrichen über die Bretter, bis ich dann wieder einmal dem Schild begegne. Alle zwei Jahre erlebe ich dann dasselbe magische Rätsel dieses Schildes. Es verwittert nicht. Wenn ich mit der Hand über die Farbschichten streiche, fühlt es sich an wie kühle Seide. Fest sitzt die Farbe auf dem Holz und zeigt keine Risse, in die die salzige Meeresluft eindringen kann.

Der Maler, der dieses Schild angefertigt hatte, versteht sein Handwerk. Wahrscheinlich hatte er das Holz des Schildes mit einer speziellen Pinienöl-Lösung getränkt.

Vielleicht war er aber auch nur ungleich sorgfältiger im Auftragen der Farbschichten, als ich es jemals sein kann. Das einzige, was ich bemerke, ist, daß die Leuchtkraft der Farben mit jedem Sommer ein klein wenig transparenter wird. Ich sage bewußt: transparenter und nicht schwächer – denn ich habe nicht das Gefühl, daß sich die Strahlkraft des gelben Grundes und der roten Buchstaben auflöst – nein –, es ist wie beim Altern mancher Menschen.

Ich habe die verschiedensten Arten des Alterns beobachtet. Es gibt Wesen, bei denen das Alter die Hülle Jahr um Jahr beschädigt, zernagt und letztlich verfallen läßt, und Hand in Hand mit diesem Zu-Ende-Gehen erlischt auch die Flamme der Seele, die in diesem Körper ein Leben lang zu Hause war.

Dann aber treffe ich von Zeit zu Zeit auf jemanden, der diesen Vorgang des Alterns als eine Verwandlung begreift. Und diese Verwandlung läßt ihn erstrahlen. Er wird transparent. Unzählige Schritte sind es, die man gehen kann, um sich von sich selbst zu verabschieden. Man kann sich verabschieden von seiner Herkunft, von seinen Meinungen, von all dem, was man Persönlichkeit nennt. Alles, an dem man sich so gerne festhält, um »Ich« sagen zu können, all das kann man loslassen. Dann fangen die Menschen an zu schimmern. Wie eine Perle leuchtet ihr wahres selbstloses Wesen durch die dünner werdende Hülle – so wie mein Schild ...

Es scheint eines der Geheimnisse dieser Insel zu sein, daß sie die Wahrheit ans Licht bringt. Schneller als an jedem anderen Ort dieser Erde werden die Dinge und die Menschen zu dem gebracht, was sie wirklich sind.

Es gibt solche Plätze, und früher hat man aus solch einer Gegend einen heiligen Ort gemacht. Die Menschen haben ihn aufgesucht, um sich der Kraft des heiligen Ortes hinzugeben und von ihr verwandelt zu werden.

Der heilige Ort hat die Macht, die Eile derjenigen, die ihn finden, in Geduld und Gelassenheit zu verwandeln. Es ist unerheblich, ob man dann eine Kirche, einen Tempel oder eine Bar errichtet. Es wird ein Ort sein, der die Menschen, die ihn finden sollen, anziehen wird. Ohne es erklären zu können, gehen die Menschen dann auf die Suche. Wenn ihre Zeit gekommen ist.

Wenn die Zeit gekommen ist, Furcht vor Veränderung und einer ungewissen Zukunft hinter sich zu lassen. Erst wenn dieser magische Wendepunkt erreicht ist, erst dann findet sich die Kraft, einen Koffer zu pakken und einfach loszugehen. Und jeder findet den Platz, der auf ihn und nur auf ihn gewartet hat. Und dann treten einige durch eine Schwingtüre und erblicken sich selbst in einem großen Spiegel.

So ist es auch dem jungen Mann ergangen, der vor einer halben Stunde meine Bar betreten hatte.

Er saß still an seinem Tisch. Er blickte auf das Glas mit Rotwein, das er bestellt hatte, und lauschte. Er hörte auf den Lärm, der noch in seinem Inneren dröhnte. Er hörte auf das Echo seines Lebens, das er hinter sich gelassen hatte. Seine Hände spielten mit dem Fuß des Glases. Langsam drehte er es und beobachtete, wie der Wein zögerlich diese Bewegung übernahm. Manchmal schien es, als würde ein kurzes Lächeln über seine Lippen ziehen, das aber sofort wieder verschwand.

Manchmal hob er den Kopf etwas und versuchte, tief durchzuatmen. Wie viele Tonnen aus Blei lag ein unerklärter Schmerz auf seiner Brust. Wieder trank er einen Schluck aus dem Glas, und dann war es leer.

Er sah, daß es leer war, und auch dieser Umstand verführte ihn zu einem kurzen, ironischen Lächeln. Ich fühlte mit, wie er sich mehr und mehr in den Strudel eines langsam drehenden Selbstmitleids hineinsaugen ließ, und beschloß, seinem Lebensweg eine kleine Änderung anzubieten. Ich blickte über eine Reihe von Flaschen mit meinen besten Rotweinen und überlegte, mit welchem Geschmack ich ihm eine Freude bereiten konnte. Kurz war ich in Versuchung, ihm einen etwas leichteren, heiteren Wein anzubieten, aber im Moment der Überlegung wußte ich auch schon, daß sie falsch war. Paracelsus hat gesagt: Gleiches heilt Gleiches. Der junge Mann machte den Eindruck einer großen Schwere. Natürlich ist das, was man ihm anbieten möchte, Erleichterung. Wenn man es aber tut, indem man ihm ein Glas leichten, duftigen Weines hinstellt, wird sich seine Stimmung in der Reaktion des Trotzes nur verfestigen, und man erreicht das Gegenteil dessen, was man erreichen wollte. Nein – in seinem Fall war es ein sehr tiefer, dunkler Wein, der ihm helfen sollte.

Ich füllte eine Karaffe, nahm zwei Gläser und ging zu dem Tisch, an dem der junge Mann saß. »Verzeihen Sie«, sagte ich, »darf ich mich zu Ihnen setzen?«

Er blickte hoch und sagte mit wohldosierter Höflichkeit: »Bitte schön – wenn Sie wollen.«

Ich bedankte mich und stellte die Karaffe und die Gläser

vor uns auf den Tisch. Er blickte mich kurz an und dann an mir vorbei durch das Fenster auf das Meer. So gerne wäre er allein geblieben mit seiner Melancholie. So gerne hätte er sich der Betrachtung seiner Wunden gewidmet, nur um immer wieder am selben Punkt anzulangen. Dieser Punkt war der Punkt, an dem er feststellen konnte, daß die Antwort auf die Frage nach dem ›Warum?!‹ nur lauten konnte: Die anderen sind schuld. Ich wußte keine Details seiner Biographie, aber so viele Möglichkeiten zu scheitern gibt es nicht. Alles läßt sich auf zwei große Felder reduzieren, auf denen wir Sieg und Niederlage erleben. Die äußere Welt teilt sich auf in den Kampf um Erfolg oder um Liebe. Besser gesagt, um das, was wir so schnellhin Liebe nennen. Nur diese zwei Felder sind es, auf denen wir nach einem Sieg streben und auf denen wir eine Niederlage persönlich nehmen und unseren Schmerz damit betäuben, indem wir feststellen, daß die anderen schuld sind an unserem Unglück. Die Frage ist nur, wie lange uns dieses Herumirren auf den Spielplätzen der äußeren Welt interessiert und ab wann wir erlernen, daß ein Ausweg nur im Betreten der inneren Welten liegt. Wenn wir Glück haben, sehen wir eines Tages die Weggabelung und wählen den Abschied vom Lärm der äußeren Welt.

Wir alle erleben es so, daß an irgendeinem Tag das Wechselspiel der Kräfte in der äußeren Welt einen Sprung erhält. Irgendwann wird eine Trennung oder ein Verlust oder eine Schmach so verheerend, daß es uns aus dem Rennen wirft. Von einem Tag zum anderen fühlen wir einen Ruf, der uns zwingt aufzuhören. Eine

Stimme ist mit einemmal da, die sagt: ›Du fährst das falsche Rennen – steig aus, solange es noch Zeit ist, zu dir zu kommen.‹ Glücklich sind diejenigen, denen das Schicksal so einen großen Verlust in der äußeren Welt beschert, daß dieser Schicksalsschlag sie zur Besinnung bringt. Dann packt man von einem Tag auf den anderen einen Koffer und verläßt den Ort des Geschehens. Dann beginnt der Aufbruch, dann sind wir unterwegs. Dann und nur dann können wir im Laufe dieses Weges sagen: ›Ich beginne zu fühlen, wer ich sein könnte!‹ Und noch später folgt vielleicht der Satz: ›Ich bin, der ich bin.‹ Dann lebt man in seiner Wahrheit, dann kann man seine Wahrheit teilen und mitteilen. Noch war der junge Mann nicht an diesem Punkt. Eines Tages würde er ganz leicht sagen können: »Verzeihen Sie – ich möchte im Moment lieber alleine bleiben«, wenn sich ein Mann mit einer Flasche Rotwein und zwei Gläsern seinem Tisch nähert. Er würde in der Folge eines wahrhaftigen Lebens mit sich selbst fähig sein, für die Welt erkennbar zu sein. Er würde ›Ja‹ und ›Nein‹ sagen können, ohne jemanden damit zu verletzen, weil sein Ja und sein Nein aus seiner in sich ruhenden Wahrheit kommen würden.

Als ich mich zu ihm setzte, war es aber noch nicht soweit, und ich hatte große Freude daran, ein Stein auf seiner Landstraße zu sich selbst zu sein.

»Sie sind selber schuld«, sagte ich und füllte unsere beiden Gläser. Er war schockiert und fassungslos, wie jemand, der in seinen geheimsten Gedanken entblößt worden war.

»Wie bitte ... was meinen Sie?« Er richtete sich auf. Ich setzte die Flasche ab und atmete langsam den Duft des Weines ein.

»Sie sind selbst schuld«, wiederholte ich, »wenn Sie hier vor einem leeren Glas sitzen, fühle ich mich verpflichtet, Sie einen meiner besten Roten kosten zu lassen.«

Ich lachte ihn an und stellte eines der beiden Gläser vor ihn hin. Er erkannte sein Mißverständnis und begann ebenfalls zu lachen.

»Ich verstehe ... Ich dachte schon, Sie können Gedanken lesen.«

»An manchen Tagen mehr, an manchen Tagen weniger«, erwiderte ich, »und vorhin konnte ich lesen, daß es Sie nach einem guten Wein verlangt.«

Ich hob mein Glas, und dann stießen wir an. Es war schön zu sehen, daß er nicht gleich trank, sondern langsam das Glas hob und erst einmal atmete. Er ließ die Seele des Weines aufsteigen und atmete tief ein. Im selben Moment seiner Konzentration auf den Duft war seine Miene wie verwandelt. Alle Sorgen waren verschwunden, und nur ein Ausdruck der Verzauberung blieb zurück. Unmittelbar und direkt hatte die Schwingung des Weines seine Phantasie verwandelt.

»Ein phantastischer Wein«, sagte er leise, und dann tranken wir den ersten Schluck. Wie ein warmer Wind durchstreifte der Wein unsere Arme und Beine, unsere Hände, die Finger und das Gesicht.

»Darf ich Sie fragen, wie er heißt?« Der junge Mann betrachtete das Rubinrot in seinem Glas gegen das Licht.

»Amarone«, sagte ich und holte uns eine Flasche mit klarem Wasser.

Daß es mir so schnell gelang, ihm eine Ahnung davon zu geben, wie schön das Leben sein konnte, zeigte, daß er schon sehr weit weggetrieben war von der Quelle seiner Schmerzen. Er war schon weggetrieben worden, ohne es selbst bemerkt zu haben.

»Amarone«, wiederholte er langsam und fast andächtig, »ein Italiener.«

»Ein Italiener«, stimmte ich zu.

»Ich habe einmal einen spanischen Rotwein gekostet, der eine gewisse Ähnlichkeit hatte ...«

»Sie meinen sicher den ›Margues de Cazeres‹«, unterbrach ich ihn, und dann begannen wir gleichzeitig zu lachen wie zwei Fremde, die bei einer zufälligen Begegnung auf der Straße entdecken, daß sie im selben Wald als Kinder Beeren gesammelt haben.

»Ich freue mich, daß er Ihnen gefällt«, sagte ich und füllte sein Glas wieder nach.

»Danke sehr – das tut er ... Verzeihen Sie, wir tauschen hier die Namen unserer italienischen und spanischen Bekannten aus, und Sie wissen noch gar nicht, wer ich bin ...« Er reichte mir seine Hand über den Tisch. »Stefan«, sagte er, »ich heiße Stefan Landovsky ...«

Ich ergriff seine Hand und freute mich über seinen festen und ehrlichen Händedruck.

»Sagen Sie einfach Manuel zu mir«, antwortete ich, während wir unsere Hände wieder lösten.

»Aha – daher das Schild über der Türe ...«

Verenice hatte fast lautlos die Bar betreten und begonnen, alles für den Abend vorzubereiten. Sie sah manchmal zu uns herüber, und dann lächelte sie mir zu, als Stefan sagte: »Es ist ein außergewöhnlich schönes Schild.«

»Hast du das gehört, Verenice?!« rief ich zu ihr.

»Ich habe es gehört«, sagte sie lächelnd und blies sich eine Haarsträhne aus der Stirne.

»Guten Tag.« Stefan verbeugte sich leicht im Sitzen und grüßte Verenice.

»Guten Tag«, sagte sie.

»Sie arbeiten zusammen hier?«

»Mein Mann und ich sind ein ganz gutes Team, glaube ich ...« Sie lächelte mir noch einmal zu und ging dann aus dem Raum, um ihre Vorbereitungen in der Küche fortzuführen.

»Ihre Frau?!«

»Ja.«

»Darf ich Sie fragen, wie Sie beide hierhergekommen sind?«

Da war sie wieder, die Frage, die ich schon so oft gehört hatte. So oft schon hatte ein Reisender vor mir gesessen und hatte zu spüren begonnen, daß der Ort, an dem wir einander begegneten, etwas Besonderes war. So oft schon hatte ein Zugvogel gefühlt, daß es sich hier gut rasten läßt, und zur Landung angesetzt. Die ersten Blicke wurden gewechselt, die ersten Höflichkeiten ausgetauscht – dann öffneten sich langsam die Augen, und Verenice und ich wurden wahrgenommen. Wahrgenommen als etwas Seltenes. Etwas, dem man mit einer Frage gegenübertritt, wenn man zu spüren beginnt, daß das

Besondere zwischen zwei Menschen schwingt. Ich war die Neugier und die Fragen gewohnt und trotzdem überkam mich auch jetzt wieder eine Welle des Staunens. Ja – wie waren wir hierhergekommen?

»Wenn Sie wissen wollen, wie Verenice hierhergekommen ist, dann müssen Sie sie selber fragen, denn sie war schon lange vor mir da«, sagte ich, »aber wenn Sie wollen, erzähle ich Ihnen gerne meinen Teil der Geschichte.«

»Ja, bitte. Ich habe heute noch nichts vor.« Der junge Mann lehnte sich neugierig in seinem Stuhl zurück.

Endlich – dachte ich –, endlich beginnt er, sich wirklich in diesen Stuhl sinken zu lassen. Die Aussicht, nun eine Geschichte erzählt zu bekommen, ließ ihn endlich ein wenig ruhiger werden und ein wenig den süßen Tropfen der Entspannung kosten.

Nun gut – auch ich lehnte mich zurück und erinnerte mich.

Ich erinnere mich so unendlich gerne an den Tag, an dem ich erfahren durfte, daß es in unserer Seele die Möglichkeit gibt, die Spielflächen des Lebens zu vertauschen. Es gibt in uns die Möglichkeit, herauszutreten aus der Geschichte, die wir begonnen haben zu schreiben, und eine neue Geschichte zu beginnen. Wir können uns selbst ein neues, zweites Leben schenken, wenn es uns gelingt, den Moment zu erkennen, an dem sich die Türe des Gefängnisses unseres Wesens öffnet. Wenn sie sich öffnet und wir das leichte Singen ihrer Angeln hören, dann gilt es aufzustehen und hinauszugehen in das Freie. Es gibt eine Freiheit vor unserer Türe, die auf uns wartet, von uns betreten zu werden. Und bei mir war dieser Moment ein Tag im September vor siebzehn Jahren.

»Also, passen Sie auf«, sagte ich und füllte unsere Gläser noch einmal. »Vor siebzehn Jahren habe ich alles verloren, was mir damals wichtig war. Ich betone deshalb das Wort ›damals‹ so sehr, weil ich heute staunend und lächelnd auf die Dinge zurückblicke, von denen ich mir damals mein Glück erwartet habe.«

»Die da wären?« Er sah mich neugierig an.

»Ruhm, Macht, Reichtum – und natürlich eine Frau.«

Bei den letzten Worten atmete er tief ein, und ich sah, daß sein Schicksalsschlag auf dem Feld der Liebe stattgefunden hatte.

»Ich verstehe.«

»Wie Sie wissen, ist es schmerzhafter, in der Liebe zu verlieren als im Beruf – aber bei mir wollte das Schicksal sichergehen und hat mir zwei Schläge geschenkt.« Ich lachte und blickte kurz auf das Meer hinaus. Die Sonne begann sich langsam zu senken, und der Himmel nahm eine pfirsichfarbene Tönung an. Zwei Vögel zogen kreisend über eine Stelle des Wassers, an der sie Fische vermuteten, und die Oleanderbüsche neben der Terrasse rauschten leise.

»Ja – zwei Schläge habe ich erhalten«, fuhr ich fort, »und war der festen Überzeugung, daß mein Leben zu Ende sei.«

»Ich verstehe.«

»Wie Sie sehen, ist es aber nicht zu Ende.« Ich lachte ihn an und sah, daß er für eine Sekunde dieselbe Hoffnung für sein eigenes Leben verspürte.

»Der Reihe nach. Sie werden es vielleicht nicht glauben, wenn Sie mich heute hier sitzen sehen und ich mit Ihnen die Vorzüge von spanischem und italienischem Rotwein vergleiche, aber ich leitete einmal eine Computerfirma. Meine Firma war sogar führend in der Forschung auf dem Gebiet der Spracherkennung, und wir standen unmittelbar vor einem entscheidenden Durchbruch auf diesem Gebiet. Dazu muß ich sagen, daß ich – wie sie vielleicht schon bemerkt haben – kein geborener Techniker bin, aber genau das war es, was mich und meine Firma an die Spitze bringen konnte.«

»Wie meinen Sie das?«

»Nun – es wird Ihnen doch schon passiert sein, daß Sie vor Wut über die Unlesbarkeit einer Gebrauchsanweisung für ein technisches Gerät das Benutzerhandbuch an die Wand geworfen haben?«

»Allerdings.«

»Sehen Sie – das meine ich. Diese Anweisungen werden von Technikern geschrieben, die das Gerät entwikkelt haben und sich in Wahrheit an ihresgleichen wenden. Niemand von diesen Leuten denkt daran, daß eine Mutter von drei Kindern den Videorekorder benutzen möchte und einfache Erklärungen braucht, um sich zurechtzufinden.«

»Wem sagen Sie das!«

»So – nun wissen Sie doch auch, um wieviel unübersehbar schwieriger es ist, sich als Neuling in einem Computerprogramm zurechtzufinden, wenn man schon daran gescheitert ist, die Datumsanzeige im Videorekorder zu programmieren.«

»Darf ich Ihnen ein privates Detail aus meinem Leben verraten?« Der junge Mann beugte sich vor und begann zu flüstern, obwohl wir ganz alleine waren.

»Ich bitte darum.«

»Ich habe meinen Computer nach drei Wochen verkauft, weil ich unfähig war, ihn zu benutzen.«

Ich nickte und sagte: »Ich sehe, wir wissen, wovon wir reden.«

»Und Sie waren einer von diesen Wahnsinnigen, die diese dicken Bücher schreiben, die einen restlos verwirren, wenn man seinen Computer benutzen will?!«

»Eben nicht. Ich hatte eine Vision. Ich wollte einen Computer entwickeln, der mich versteht, und nicht einen, der mich zwingt, ihn zu verstehen.«

»Haben Sie's geschafft?«

»Sehe ich so aus?«

Wir lachten herzlich, und dann erzählte ich weiter: »Ich hatte die Vision, daß ich einen neu gekauften Computer an die Steckdose anschließe, einschalte und dann sage: ›Computer – es geht los!‹«

»Sensationell!«

»Das dachte ich auch – ich wollte das erreichen, was der Autoindustrie mit der Erfindung des Automatikgetriebes gelungen war. Ich wollte den Computer für jedermann.«

»Woran lag es, daß ich ihn noch nicht kaufen kann?«

Ich sah ihn an und wartete eine Weile. Ich wollte, daß meine Worte mit großer Wirkung bei ihm ankommen sollten.

»Es lag an Liebe, Eifersucht und Haß.«

»Das ist nicht wenig«, sagte er und atmete tief durch.

»Das ist nicht wenig«, antwortete ich, »und doch ist es so gering und bedeutet nichts, nichts und noch einmal nichts angesichts der wahren Natur des menschlichen Herzens.«

»Wie bitte?«

»Der Reihe nach – ich hatte meine Firma schon sehr, sehr weit gebracht und stand kurz vor einem Durchbruch bei meinem Forschungsprogramm. Das, was mir in dieser Zeit Kraft gegeben hat und Lust und die Motivation, weiterzumachen und zu siegen, war meine wunderschöne Verlobte.«

»Sie waren verlobt?«

»Ach, ich bitte Sie – das waren wir doch alle irgendwann einmal. Aber in meinem Fall schien es den Segen der Götter zu haben. Sie hieß Lisa und war wie gesagt nicht nur außerordentlich attraktiv – sie war auch noch dazu eine geniale Computertechnikerin. Sie sehen, es ist ein Aberglaube, daß Technik eine kalte Angelegenheit ist, die nur von einsamen Männern betrieben wird. Nein – Lisa war das, was man brillant nennt. Sie war einer dieser Menschen, denen es gegeben ist, ein Problem nicht nur von einer Seite anzupacken, sondern von sämtlichen unmöglichen Seiten gleichzeitig. Sie konnte die weibliche Fähigkeit, ein Rätsel intuitiv zu lösen, mit der männlichen Eigenschaft verbinden, geradlinig weiterzuarbeiten, bis alle Zweifel am Ergebnis beseitigt waren.«

»Eine tolle Frau.«

»Sie sagen es – und doch bin ich froh und glücklich,

heute hier mit Ihnen zu sitzen und zu spüren, wie sehr sich Verenice über unser Gespräch amüsiert.«

»Ja – das scheint Lichtjahre von dem entfernt zu sein, was ich hier mit Ihnen erlebe.« Der junge Mann schüttelte erstaunt seinen Kopf.

Ich freute mich zu bemerken, wie er an meiner Geschichte Gefallen zu finden begann.

»Und dann?« fragte er und stützte seinen Kopf in seine Hand, gespannt auf die Fortsetzung meines damaligen Lebens.

»Und dann kam die erlösende Explosion – und die sah folgendermaßen aus: Wir waren mit unserer kleinen Firma an unsere Grenzen gestoßen. Für die vielen Forschungszweige hatten wir ganz einfach zu wenige Mitarbeiter, und um neue anstellen zu können, zu wenig Geld. In dieser Situation lernten Lisa und ich bei einem Kongreß einen Mann kennen, der zuviel Geld hatte und auf der Suche war nach einer erfolgversprechenden jungen Firma, die zuwenig Geld hatte.«

»Besser kann es doch nicht laufen«, sagte Stefan, und ein Ausdruck der Verwunderung zog mit diesen Worten über sein Gesicht.

»Ja, besser konnte es nicht laufen – aber wissen Sie, es ist eine seltsame Angewohnheit des Lebens, in den Momenten, in denen es nicht besser laufen kann, eine Weiche zu stellen, die den Zug der Ereignisse von seinem Kurs abbringt.«

»Ist das Ihrer Meinung nach immer so?«

»Ich glaube fast, daß es immer so sein muß«, sagte ich.

»Verzeihen Sie, wenn ich Ihre Geschichte kurz unterbreche, aber hier und jetzt wirken Sie auf mich wie ein Mann, bei dem es nicht besser laufen kann.«

»Danke.«

»Ist in Ihrem jetzigen Leben auch so eine zerstörerische Weiche angelegt?«

Ich muß sagen – er hatte den Mut, eines meiner Bilder in seiner ganzen Tragweite auf mein jetziges Leben zu beziehen. Der Zug meines jetzigen Lebens lief in der Tat völlig anders als meine frühere Existenz. In Wirklichkeit war es aber immer noch ein Zug – wenn auch ein völlig anderer. Seine Frage war daher kühn, aber berechtigt. Ich hoffte, daß es uns gelingen würde, einander näherzukommen, und daß er verstehen würde, wenn ich ihm sagte: »Die Schienen meines neuen Lebens zeichnen sich dadurch aus, daß sie ausschließlich aus Weichen bestehen. Ich bin bereit zu akzeptieren, daß das Leben eine immerwährend sich verändernde Veränderung bedeutet. Das einmal akzeptiert, und die Tatsache einer Veränderung wird zur Chance und nicht zur Katastrophe.«

»Ich würde gerne mit Ihnen über diese Frage etwas später länger reden – erzählen Sie mir aber doch bitte erst, wie es mit Lisa und Ihnen weitergegangen ist.«

Ich mochte die Art, mit der er die Situation bewältigte.

»Also gut«, sagte ich daher, »zurück zur Weiche meines Lebens, die mit einer totalen Entgleisung meines damaligen Lebensweges in Verbindung stand. Wir hatten diesen Fremden – sein Name tut nichts zur Sache – direkt von dem Kongreß weg zu uns in unsere Firma gebeten. Wir legten ihm unsere Konzepte und Arbeitsmodelle vor, und alles, was er sah, fand seine Zustimmung. Eine Woche später unterschrieben wir einen Vertrag, der ihn zum Partner in unserer Firma machte. Das Geld, das er investierte, erlaubte uns, mehrere Fachkräfte zu engagieren, und die Entwicklungsphase für den Volkscomputer näherte sich dem Punkt, an dem man von einer Serienproduktion reden kann. Dann kam ich eines Nachmittages von einer Reise früher zurück als geplant und fand meinen neuen Partner und Lisa in meinem Büro auf meinem Sofa in dem, was man eine eindeutige Situation nennt.«

»Nein!«

»Doch.« Ich lachte und betrachtete Stefan, der nach Luft rang. Er stand auf und ging zum Bartresen. Er hielt dort kurz inne und griff nach einer kleinen Tonschüssel, in der sich geröstete Mandeln befanden. Er brauchte diese Bewegung offenbar, um sich Luft zu machen. Die Mandeln waren nur eine willkommene Erklärung für seinen Weg durch die Bar, aber nicht das Eigentliche. Das Eigentliche war, daß ich mit meiner Erzählung offenbar etwas in ihm berührt hatte. Offenbar gab es Teile seiner Lebensgeschichte, die sich ähnlich zu meinem Leben darstellten.

Plötzlich drehte er sich zu mir und sagte: »Ist es nicht fast unheimlich, wie sich die Lebensgeschichten gleichen? Ist es nicht schrecklich zu erleben, wie wenig verschiedene Farben es gibt, aus denen das Bild des Lebens gemalt wird, und wie austauschbar ab einem gewissen Punkt Gefühle und Erlebnisse sind? Da glaubt man, ein einmaliges, unverwechselbares Individuum zu sein mit einer nie gehörten Melodie, und wenn man nur genau zuhört, gibt es nur die acht Töne einer Oktave, und alle, alle, alle ergeben dasselbe Musikstück. Ich fasse es nicht.« Er stand da und starrte zu mir herüber.

»Ihr Bild mit den acht Tönen gefällt mir«, sagte ich und stand ebenfalls auf und ging zu ihm, um eine Mandel zu nehmen. »Das Bild gefällt mir sogar sehr, obwohl ich es etwas erweitern möchte.«

»Und zwar wie?«

»Es ist schon so, daß es für die Musik des Lebens nur acht Töne und die Halbtöne gibt – aber trotz dieser kleinen Anzahl ist kein Ende der möglichen Kompositionen abzusehen. Immer noch erfindet sich ein Lied, das es in seiner Tonfolge so noch nie zuvor gegeben hat, neu. Verstehen Sie, was ich meine? Sie haben recht, es wirkt, als würden immer nur dieselben Ereignisse gespielt werden ...«

»Aber so ist es doch!« unterbrach er mich.

»So ist es, und so ist es doch auch wieder nicht, weil Sie eines vergessen.«

»Und das wäre?«

»Wir haben die Freiheit, eine Pause an der Stelle zu halten, und wir haben sogar die Freiheit, mit dem Abspielen der Melodie unseres Lebens aufzuhören. Musik, die ich meine, findet zwischen den Tönen statt. Dort, wo sich das befindet, was wir vorschnell das Nichts nennen, dort ist die Chance verborgen für unsere Rettung. Unsere Rettung kann nur darin bestehen, aus dem Orkan der immer gleichen Üblichkeiten zu fliehen und in die

Stille einzutreten. Die Stille, die ich meine, verbirgt sich im Zentrum der Verwüstung. Dort hinzugelangen kann eines der großen Abenteuer, kann eine der erregendsten Expeditionen sein.«

Er sah mich lange und schweigend an. »Ich ahne, was Sie meinen. Würden Sie denn von sich behaupten, im Zentrum des Orkans zu leben?«

»Das ist eine Frage, deren Antwort sich an der Schnittstelle zweier Beobachtungen findet. Die eine Ebene der Beobachtung bin ich selbst und mein Urteil über mich selbst, die andere Ebene sind die Menschen, die mich beobachten und einen Kommentar zu meinem Leben abgeben wollen. Verstehen Sie? Bei allem, was wir tun, sind wir selbst in der Stille Teil eines Ganzen. Wir sind nicht losgelöst, wir sind ein Teil. Auch dann – und erst recht dann –, wenn wir glauben, einsam und völlig verloren zu sein.«

»Meinen Sie mich?« fragte er, und ich sah, daß er diese Frage mit einem feinen Lächeln stellte.

»Wollen wir uns vielleicht wieder setzen?«

»Gerne – aber was halten Sie davon, wenn wir unseren Wein auf die Terrasse mitnehmen?

»Sie nehmen den Wein, und ich trage das Wasser.«

»Einverstanden.«

Wir griffen nach unseren Gläsern und traten hinaus auf die Terrasse. Wir stellten die Schale mit den Mandeln zwischen uns und rückten unsere Stühle so zurecht, daß wir die gesamte Bucht und den Horizont des Meeres im Blick hatten.

Er atmete tief durch und sagte: »Das war eine herrliche Idee!«

In diesem Moment trat Verenice kurz zu uns heraus und sagte:« Ah, da seid ihr. Geht es euch gut?«

»Phantastisch.«

»Manuel, könntest du mir dann bitte in einer halben Stunde helfen – sie kommen in einer Stunde?«

»Gerne, mein Liebling.«

»Ich danke dir. Habt ihr alles, was ihr braucht?«

»Haben wir alles?«

Stefan schreckte kurz aus seiner Betrachtung von Verenices Anblick hoch. »Ja, danke .... oh .... nein, doch ...«

»Bitte?« Sie lächelte mich kurz an und wendete ihr Gesicht dann wieder ihm zu.

»Ich hätte unwahrscheinlich gerne noch ein Glas von diesem Wein.«

»Auch ich hätte noch unwahrscheinlich gerne ein Glas.«

»Bleib sitzen ...« Nach einem Moment kam sie wieder und füllte unsere Gläser. »Also dann – bis gleich.«

»Bis gleich!«

Sie ging, und die Schwingtüre erzählte noch eine Weile davon, daß sie eben hiergewesen war.

»Was werden Sie in einer halben Stunde machen?«

»Ich werde meine Fischsuppe zubereiten, für die ich, in aller Bescheidenheit gesagt, berühmt bin.«

»Verstehe – glauben Sie, es wird ein Teller für mich übrigbleiben?«

»Ich denke, schon.«

»Ich freue mich darauf.«

Es war schön, mit Stefan auf der Terrasse zu sitzen und heiter plaudernd auf die sinkende Sonne zu schauen, die fünf Handbreit über dem Horizont stand.

»Der Wein wirkt so herrlich leicht«, sagte er, und ich mußte an Paracelsus denken.

»Das freut mich.«

»Weiter, bitte ...«

»Ja ... ja, weiter: Also, wie gesagt – ich hatte Lisa und meinen damaligen Partner auf dem Sofa überrascht ... und war in der Folge von mir selbst überrascht.«

»Inwiefern?«

»Ich war überrascht, daß ich mich nicht so verhielt, wie man es gemeinhin kennt. Ich brach in keinen Tobsuchtsanfall aus, und ich erschlug oder erschoß oder erdolchte auch weder sie noch ihn. Ich war von einer eigenartigen Stille erfüllt und hörte nur einen kurzen trockenen Ton in mir. Es war wie das Geräusch in einem winterlichen Wald, wenn alle Zweige mit schwerem Schnee bedeckt sind. Eine kühle helle Stille liegt über dem Winterwald, und der Raum zwischen den Tannen ist mit einer klaren, weiten Lautlosigkeit erfüllt. Man steht da und läßt den Blick wandern. Nichts regt sich. Alles schläft und sammelt Kraft für einen neuen Frühling. Mit einemmal knackt es hart und kurz und trocken. Am Rand des Blickfeldes sieht man die Bewegung, die diesem Ton folgt. Ein Ast konnte die nasse, weiße Last des Schnees nicht länger tragen und war gebrochen. Und dann ist es wieder so still wie vorher. An der Stelle, an der dieser Abbruch stattgefunden hat, ragt ein zersplittertes Holzstück vom Stamm zur Seite, das eben noch ein Ast gewesen war. Der Wald aber steht still und unverändert da. Und wissen Sie, Stefan, das ist der Trost an diesem Bild: Was macht es schon, wenn ein kleiner Ast zu schwach gewesen ist, solange es den Wald nicht irritiert.«

Ich mußte wieder lächeln in der Erinnerung an Lisa und ihr Gesicht, in dem die Züge so dermaßen in Unordnung geraten waren, als sie mich sah. Ein Wetterleuchten der widersprüchlichsten Stimmungen war es, das ihre so hübschen Feinheiten der Gesichtspartien durcheinanderbrachte. Eben noch glühten ihre Augen und Wangen, und im Moment der Erfüllung mußte ihr Blick auf mich fallen. Das ist ein wenig viel für ein Gesicht, dessen Mimik solchen Belastungen noch nicht oft ausgesetzt war. Heute würde ich den Moment sicher anders empfinden, damals aber drehte ich mich um und verließ das Gebäude mit schnellem Schritt, weil ich dadurch hoffte, dem Echo des knackenden Geräusches zu entkommen, das ich in meinem Herzen gehört hatte.

»Ich staune, mit welcher Gelassenheit Sie mir diese Geschichte erzählen können«, sagte Stefan in die lange Pause hinein, die nach meinem Bericht entstanden war. »Empfinden Sie wirklich keine Bitterkeit mehr bei diesen Erinnerungen?« Er sah mich mit dem Ausdruck größten Unglaubens an und forschte in meinem Gesicht, ob das, was er als Ruhe und Heiterkeit empfand, nicht vielleicht nur das Ergebnis perfekter Selbstbeherrschung war, hinter der immer noch ein Vulkan aus Haß und Leidenschaft brodelte.

»Ich werde Ihnen sagen, was mich heute so ruhig und gelassen sein läßt. Vielleicht glauben Sie, daß es das offensichtliche Glück zwischen mir und Verenice ist?«

»Das vermute ich.«

»Sie glauben also, daß die Liebe mit Verenice stärker war als der Schmerz der Vergangenheit und darum dieser Schmerz seine Wirkung verloren hat.«

»Wäre das nicht zu wünschen?« Er fragte so liebenswert rührend und voller Hoffnung, daß ich sehen konnte, wie sehr er sich ein eigenes Glück mit einer Frau wünschte. So stark war dieser Wunsch in ihm, daß ich beginnen mußte, seinen Blick auf die persönlichen Wünsche ein wenig zu verändern.

»Ich verstehe Sie sehr gut«, sagte ich, »und was Sie empfinden, ist mehr als nur menschlich und logisch.«

»Aber?«

»Wenn es wirklich so wäre, daß mein persönliches Glück von unserer Liebe abhängen sollte, dann wäre ich der unglücklichste Mensch. Wenn es so wäre, dann wäre das Leben mit Verenice nämlich nur das Medikament Beziehung, das die Aufgabe hat, meinen Schmerz zu lindern. Verstehen Sie mich?«

»Aber ich sehe doch, wie sehr Sie ihre Frau lieben und daß Sie von ihr geliebt werden und daß ihrer beiden Augen vor Glück leuchten, wenn Sie sich nur kurz anblicken. – Nein, ich muß sagen, ich verstehe Sie nicht.«

»Also gut«, sagte ich, »beginnen wir noch einmal bei dem poetischen Bild des brechenden Herzens, das wir beide so gut kennen – nicht wahr?«

»Ja.« Er blickte zu Boden und atmete tief ein.

»Nicht wahr ...?« wiederholte ich und beugte mich vor, um seinen Blick zu suchen.

Er mußte lachen. »Ja – wir kennen dieses Bild, und wenn mir ihre Fischsuppe so gut schmeckt, wie sie angekündigt haben, dürfen Sie vielleicht später meiner Erzählung lauschen!«

»Ich freue mich zu sehen, daß langsam, langsam Ihr Humor zurückkehrt.«

»Sie haben recht – er kehrt zurück ... Und vor zwei Stunden noch war ich der festen Überzeugung, nie mehr in meinem Leben lachen zu können. Was geht hier vor?«

»Tja ...«

»Wahrscheinlich der Wein.«

»Nur der Wein«, sagte ich, »aber wer oder was auch immer dafür die Verantwortung trägt, daß das Lachen in Ihr Leben zurückkehrt, es läßt sie spüren, daß Ihr Herz nicht versteinert ist, obwohl Sie noch vor zwei Stunden von dieser Tatsache felsenfest überzeugt waren.«

»Das ist richtig.«

»Gut, Sie werden also mitfühlen können, was ich Ihnen jetzt sage. Es ist ganz einfach. Wir müssen uns lediglich eine einzige Sache bewußtmachen. Es ist nicht unser Herz, das für immer gebrochen ist, es war nur eine Verbindung dieses Herzens zu einem Wesen, das eine Zeitlang so gewirkt hat, als könnte es unser ganzes Herz erfüllen. Wenn das aber so wäre, dann hätte nicht geschehen können, daß unser Herz bricht. Das heißt, daß nur die Verbindung zu einem anderen Menschen, der eine wichtige Zeitlang eine wichtige Rolle in unserem Leben gespielt hat, zerbrochen ist, nicht aber unser ganzes Herz – und das nur, weil wir glauben, mit dem ganzen Herzen geliebt zu haben. Unsere Sehnsucht nach vollkommener Erfüllung hat uns einen Streich gespielt, und in Wirklichkeit ist nur eine Farbe unseres Lebens verändert worden, nicht aber unser wirkliches Dasein.«

»Trotzdem tut es weh!«

»Lieber Schmerzen empfinden als nichts mehr empfinden.«

»Machen Sie sich ruhig lustig über mich.« Er blickte mit funkelnden Augen voll gespielter Empörung zu mir. »Aber um Ihr Wort aufzugreifen, das Sie jetzt schon zweimal verwendet haben. Sie haben zweimal darauf hingewiesen, daß gewisse Ereignisse des Lebens mit Schmerzen verbunden sind.«

»Das werde ich wahrscheinlich noch öfter als zweimal tun müssen, bis Sie den Sinn in diesen Schmerzen begriffen haben.« Ich sagte diesen Satz mit einem Anflug von Ernsthaftigkeit, um seine Konzentration wieder zu wecken. Im Augenblick wurden seine Augen wieder wachsam.

»Wie meinen Sie das?«

»Schmerz hat wie alles in unserem Leben zwei Farben: die Farbe der Erwartung und die Farbe der Entwicklung. Die heiße Herdplatte läßt Sie Schmerz empfinden, um Sie zu ermahnen, wachsamer zu sein und die Realität der Dinge auf unserem Planeten zu respektieren. Eine Geburt allerdings ist mit Schmerzen begleitet, die uns zeigen, daß wir einen beengenden Zustand hinter uns lassen. Das heißt also, es gibt Schmerzen, die dazu gut sind, uns aufmerksam zu machen auf Fehler, die wir begehen, und Schmerzen, die uns berichten, daß eine Verbesserung unseres Lebens eintritt.

Seien Sie also froh über die Schmerzen Ihrer Trennung, weil sie Ihnen unendlich Wichtiges über Sie selbst erzählt haben. Sie haben Ihnen klargemacht, daß das, was Sie für Liebe gehalten haben, eine Verliebtheit gewesen sein muß. Ich sage ganz bewußt nicht ›nur eine Verliebtheit‹, weil das Gefühl des Verliebtseins unendlich schön und wertvoll ist.«

»Würden Sie das, was Sie mit Ihrer Frau erleben, als die Wiese bezeichnen oder aber als den Schmetterling?«

Der junge Mann gefiel mir immer besser. Es gefiel mir, daß er überhaupt die Ruhe gefunden hatte zuzuhören und die Geduld, über das, was ich ihm erzählte, im Moment der Erzählung seinen eigenen Standpunkt zu bestimmen. Es konnte nicht leicht sein für ihn, den Girlanden zu folgen, die ein Fremder vor ihm ausbreitete. Er hätte jedes Recht gehabt aufzubegehren und auf seinem privaten Schmerz zu bestehen, aber er war der, der er war, und nicht umsonst hatte sein Schicksalsweg ihn hierher zu mir – zu uns – geführt. Etwas hatte ihn gerufen. Etwas in ihm und etwas hier an diesem Ort hatten dieselbe Schwingung. Mit jedem Atemzug wurde er bereiter für die Vision eines Lebens, das sich von den Labyrinthen unserer Irrtümer befreien konnte. Er wurde langsam bereit, das Gefühl zu erahnen, wie es sein könnte, aus der Konzentration auf den persönlichen Kosmos herauszutreten und einen weiteren, größeren Kreis zu erleben. Diese Bereitschaft, sich zu erweitern, war es, die mein Herz mit großer Sympathie für diesen jungen Mann erfüllte. Dieses Bereitsein für das Unbekannte, das uns mit seinem Abenteuer der Freiheit umarmt. Dieses Bereitsein war es, das ihm den Mut gab, mich so direkt nach meinem persönlichen Leben zu fragen. Gerne begann ich, ihm eine Antwort zu geben.

»Es ist das eine wie das andere und noch etwas mehr ... – sind Sie mit dieser Antwort zufrieden, Stefan?«

»Ich habe mir schon gedacht, daß ich keine klare, einfache Antwort erhalten werde«, sagte er und griff nach seinem Glas.

»Wenn Sie mich nach so kurzer Zeit schon so gut kennen, dann wissen Sie auch, daß ich Ihnen noch von meiner ersten Begegnung mit Verenice erzählen werde. Und dann wissen Sie auch, daß die Antwort auf Ihre Frage sich Schritt für Schritt aus dieser Erzählung ergeben wird.«

»Ich weiß.«

»Also gut – es geht weiter: Ich hatte die Trümmer meiner alten Welt mit zügigen Schritten verlassen und fand mich eine Ewigkeit später in einem kleinen, dunklen Lokal in der Nähe des Bahnhofs wieder. Fragen Sie mich nicht, wie ich dorthin gekommen war – ich weiß nur, daß ich an der Theke stand und Johnnie Walker trank. Ich stand da und beobachtete mich dabei, wie ich versuchte, dem Bild des einsamen, verstoßenen

Mannes gerecht zu werden. Ich hielt mich an meinem Glas fest, in dem drei Eiswürfel knackend zerschmolzen, und immer wieder nickte ich einem stillen Barkeeper zu, der wortlos die Flasche mit Johnnie Walker öffnete und zwei Finger hoch das süße Gift des Vergessenwollens in mein Glas füllte. Ich sage ›Vergessen-Wollen‹, weil der Whiskey auf eigenartige Weise das Gegenteil in mir erreichte. Ich trank ein Glas um das andere, und mit zunehmender Betäubung meines Nervenapparates konnte ich mitverfolgen, wie sich der Brennpunkt meines Bewußtseins immer deutlicher auf mein Problem richtete. Es war also kein Hinunterspülen möglich. Nach dem fünften oder siebenten Glas fiel mein Blick auf eine kleine Statue, die hinter dem Barkeeper an der Wand stand. Es war eine Werbefigur für den Whiskey, den ich vor mir im Glas hatte. Es war Johnnie Walker persönlich. Ich sah mit unklarem Blick auf die Haltung, die er innehatte. Mit rotem Gehrock und schwarzen Stiefeln zur weißen Hose und zum hellen Zylinder auf dem schwarzgelockten Haupt ging er, die Knie stramm durchgedrückt, einen Stock mit goldenem Knauf in der Hand, seines Weges. Aus der Hosentasche blitzte ein Sacktuch, und durch eine Brille am Stiel betrachtete er mit blitzendem Lächeln das, was offenbar auf seinem Weg vor ihm lag. Auf der Längsseite seines Sockels war ein Messingschild angebracht, auf dem das Lebensmotto von Johnnie Walker zu lesen war: *Still going strong.* Ich starrte, benebelt durch den Alkoholdunst in meinem Hirn, auf diese kleine Figur und sein Lebensmotto, und plötzlich hatte ich die klare Vision, daß er recht hatte. Komme, was da wolle, es geht darum, allen Gefahren zu trotzen und sich lachend auf den Weg zu machen. So simpel war diese Botschaft und ins Unendliche vergrößert durch den Rausch, den ich mittlerweile hatte, daß ich einen Ansporn fühlte, der von dieser kleinen Figur ausging. Lachen Sie nicht, der Erleuchtung ist es egal, wie man sie erlangt ...«

»Ich lache nur, weil ich Johnnie Walker sehr gut verstehen kann«, sagte Stefan und rieb sich eine Träne der Heiterkeit aus den Augen.

»Ist das wahr?!«

»Ja, das ist wahr.«

»Na gut, dann werfen Sie einen Blick durch das Fenster – links vom Spiegel steht die Figur. Ich habe sie nämlich in jener Nacht dem wortkargen Barkeeper für ein Vermögen abgekauft.«

Stefan erhob sich kurz, um besser auf den Tresen blikken zu können. »Tatsächlich, da geht er!«

»Ja, da geht er. Und in den Momenten der Unsicherheit tut man gut daran, einen Moment lang vor ihm zu verweilen.«

»Was geschah, nachdem Sie Johnnie erstanden hatten?«

»Ich trat ›still going strong‹ vor die Kneipe und sah, wie im selben Augenblick ein Zug den Bahnhof verließ. In dem Moment war es mir, als würde jemand den ersten Dominostein umkippen, der unzählige weitere Steine umzuwerfen begann, was zur Folge hatte, daß wir heute abend hier gemeinsam sitzen. Einfacher gesagt: Ich fühlte, daß ich nicht nur meine gescheiterte

Verliebtheit, meinen Beruf und mein Zuhause verlassen mußte, sondern auch meine Herkunft und meine persönliche Geschichte und all das andere, zu dem man ›Ich‹ sagen kann.

Eine Woche später saß ich im Flugzeug und sah zu, wie die Startbahn unter mir zu einem kleinen, schmalen, grauen Streifen wurde. Es regnete, und dieses Wetter paßte so perfekt zu meiner Stimmung, daß ich begann, eine Inszenierung hinter all dem zu vermuten, was man das Schicksal nennt. Ich hatte innerhalb einer Woche meinen Anwalt damit betraut, die Firma zu verkaufen. Ich war von mir selbst sehr überrascht. Ich war überrascht, daß es mir nichts ausmachte, daß es mein Partner und meine damalige Verlobte waren, die ein Kaufangebot von ihrem Anwalt an meinen Anwalt übermitteln ließen. Ich stimmte allem zu. Mir war klar, daß ich auf das Erbärmlichste über den Tisch gezogen wurde, und auch das machte mir nichts aus. Von einem Tag auf den anderen war ich nicht mehr verantwortlich dafür, die nächste Generation der Computer zu entwickeln. Von einem Tag auf den anderen vermißte ich es nicht mehr, neben der hübschen Frau aufzuwachen, mit der ich geglaubt hatte, eine gemeinsame Zukunft zu haben. Ich saß in diesem Flugzeug, hatte meine Ablösesumme in bar bei mir und sah aus dem Fenster hinaus.

Das Geld konnte bei sparsamer Lebensführung für ein Jahr Leben reichen. Ich hatte vor, in einem sonnigen Land ein kleines Zimmer zu mieten und erst einmal auszuatmen. Was weiter geschehen sollte, lag in Gottes Hand. Da saß ich nun und sah zu, wie die Flügel meines

Flugzeuges in die dichte, weiße Wolkenschicht hineinfuhren wie ein Kaffeelöffel in einen Berg von Schlagsahne, und für ein paar Augenblicke war es undurchdringlich weiß vor meinem Bullauge. Dann stießen wir durch die Wolkendecke, und mit diesem Durchstoßen öffnete sich meine Brust mit einem großen Seufzer. Ich hörte, wie ich langsam und mit großem Seufzen ausatmete, weil ich den Anblick der unendlichen Weiße, die unter uns lag, so überwältigend heilsam für mein Herz empfand. Bis zum Horizont erstreckte sich unter uns eine leicht gewellte, weiße Fläche, über der strahlend blau der Himmel seine Kuppel setzte. Die Tragfläche hob sich scharf von diesem Weiß-Blau ab und war der einzige Hinweis darauf, daß ich noch unter Menschen und nicht im Jenseits war. Dieses Bild der grenzenlosen Weite. Dieses Sich-Ausdehnen bis zum Horizont, dieses weiche Weiß, über das wir dahinzogen und das so wirkte, als könnte man sich sorglos darauf niederlassen. All das war ein derartig wichtiger Eindruck von Offenheit und Gelassenheit, daß meine Panzerungen sich nicht gegen diese Schönheit wehren konnten und zu schmelzen begannen. Die Eispanzer um mein Herz knackten und tauten auf, und die Luft der Freiheit konnte endlich wieder einmal einen kleinen Wirbel in meiner Seele vollführen. Ich spürte, wie diese Freiheit meine Brust ausdehnte, und als ich mich vor Überwältigung stöhnen hörte, mußte ich lachen. Ich begann zu lachen, weil ich meine Situation plötzlich von außen betrachtete. Ein einsamer Mann, dem es eigentlich sterbensübel war, saß da, verloren aus einem kleinen, ovalen Flugzeugfenster blickend, und stöhnte erlöst auf, weil er einen weißen Wolkenteppich sah, der sich bis zum Horizont erstreckte.

›Ist alles in Ordnung?‹ fragte mich eine Stewardeß mit freundlich besorgtem Ausdruck im Gesicht.

›Alles in Ordnung‹, sagte ich, und als ich ihr Lächeln sah, mußte ich noch mehr lachen.

›Seien Sie mir nicht böse‹, brachte ich zwischen zwei Lachanfällen hervor, ›aber wie Sie ja wissen, ist die Freiheit über den Wolken grenzenlos.‹

Für einen Moment ließ sie sich von meiner Heiterkeit anstecken. ›Das freut mich, daß Sie sich so wohl fühlen bei uns an Bord. Darf ich Ihnen vor dem Essen etwas zu trinken bringen?‹

Ich war versucht, nein zu sagen, weil ich eine dumme, anerzogene Grundbescheidenheit in mir stecken hatte. Für einen Moment lang wollte sich dieses Ritual der Verneinung vordrängen, dann aber sagte etwas in mir: ›Dein neues Leben hat schon begonnen – jetzt übe einmal, ja zu sagen, wenn man dir etwas Gutes tun möchte.‹ Ich atmete tief aus und sagte: ›Gerne, haben Sie vielleicht ein Glas Champagner?‹

›Selbstverständlich?!‹

Als sie mir das Glas reichte, lächelten wir uns entspannt zu. Und dann trank ich meinen Champagner und blickte wieder hinaus. Immer weiter flogen wir, und mit jeder Meile, die wir zurücklegten, entfernte ich mich von dem Mann, der ich so lange versucht hatte zu sein. Ich fühlte vage, daß alles, alles, alles in meinem Leben falsch gelaufen war. So einfach kann man es sagen, bevor man anfängt, nach dem ›Warum‹ zu fragen. Es war alles falsch gelaufen, weil ich in Wirklichkeit niemals den Menschen in mir gefragt hatte, wer er eigentlich war und was er eigentlich mit seinem Leben anfangen sollte. Ich kam mir plötzlich vor wie eine Bowling-Kugel, die von der Hand des Schicksals auf ihre Bahn geworfen war und nun, diesem ersten Schwung gehorchend, dahinraste.

Kindheit, Schule, Ausbildung, Erwachsenwerden – all das raste an mir vorbei wie die Telefonmasten vor den Abteilfenstern eines D-Zuges. Eine Lebensstufe schoß aus der vorherigen hervor und war von ihr geprägt und gab ihrerseits wiederum die einzig mögliche Richtung vor. Mein Vater war ein Ingenieur und liebt es über alles, Erfindungen im Fernmeldewesen zum Patentamt zu tragen und darauf zu hoffen, berühmt zu werden. Schon als kleiner Junge sah ich ihm zu, wie er lötete und hämmerte und Drähte verband, um dem entscheidenden Durchbruch näher zu kommen. Manchmal habe ich am See gesessen, der ganz in der Nähe unseres Hauses lag, und Steine ins Wasser geworfen, aber mein Vater holte mich dann immer ins Haus und erklärte mir die Funktionsweise von Halbleitern.

Verstehen Sie mich jetzt bitte nicht falsch! Ich liebte meinen Vater, und ich gehöre auch nicht zu denen, die körperlich oder seelisch mißhandelt wurden. Nein, im Gegenteil: Ich spürte, wie sehr er mich liebte und daß er aus bestem Wissen und Gewissen nichts anderes wollte, als mich an seiner Welt teilhaben zu lassen. Es war also überhaupt keine Frage, daß ich mich für ein Technikstudium entschied, das mit recht gutem Erfolg zum Abschluß kam. Es war auch kein Wunder, daß ich seinen Wunsch übernahm, ein großer Erfinder zu werden, und mich fortan der Suche nach dem kameradschaftlichen Computer widmete, der mir einen Cocktail rühren konnte, wenn ich die Haustüre öffnete. Ich bin mir sicher, daß jetzt, in diesem Moment, da wir hier sitzen, irgendwo auf der Welt ein Mensch in seinem Keller den ersten Prototyp in Gang setzt. Aber Gott sei Dank bin das nicht ich. Ich bin nämlich in Wirklichkeit der Junge, der so gerne am See sitzt und Steine ins Wasser wirft. Glauben Sie mir, es dauert so unendlich lange, bis man die Töne der Kindheit wieder zu hören beginnt. Und noch länger dauert es, bis man lernt, ihnen zuzuhören und zu vertrauen. Manche hören diesen Klang nie wieder und sterben am Ende eines Lebens, das nicht ihres war. Ich flog über die weißen Wolken dahin, und die freundliche Stewardeß füllte mein leeres Glas noch einmal nach.

›Ich freue mich, daß es Ihnen schmeckt‹, sagte sie, und ihr Lächeln war mit einemmal das Lächeln eines Menschen geworden. So einfach ist es. Wenn man die kleinen Perlen dieser Wahrhaftigkeit sammelt, werden sie täglich mehr, und mit einemmal hat man eine große Schatztruhe voll mit schimmernden Kugeln, die sich wie Seide auf der Haut anfühlen. Nur – irgendwann einmal muß man damit anfangen. Denn nur wenn man die Perle der Wahrheit zu erkennen übt, kann man das Falsche vom Echten trennen. Ich hatte von diesem Wissen in meinem früheren Leben nicht einmal eine Ahnung. So konnte es dann geschehen, daß ich mich in das bildhübsche Mädchen verlieben mußte, das kurz darauf meine Verlobte wurde. Ich war so stolz und froh, die ›Richtige‹ gefunden zu haben. Mein Vater erkannte sofort ihre technische Begabung, als wir beim ersten Nachmittagskaffee beisammensaßen, und er verbrachte die Zeit bis zum Abendessen mit ihr im Keller. Es war rührend, ihnen zuzusehen, wie sie Anoden und Kathoden begutachteten, und ich platzte fast vor Stolz, als mein Vater mich beim Lebewohl zur Seite nahm und mit ernstem Blick meinte: ›Die ist die Richtige – mach bloß keinen Fehler!‹

So begannen wir, uns aneinander zu binden. Sie war eine sehr schöne junge Frau und sehr intelligent und hochbegabt; all diese bestechenden Eigenschaften hatten eine Zeitlang die Kraft, etwas Entscheidendes zu überdecken. Ich träumte nie davon, mit ihr an einem See zu sitzen und Steine ins Wasser zu werfen. So gesehen, muß ich also meinem ehemaligen Geschäftspartner sehr dankbar sein, daß er mir mit ihr gemeinsam die Augen geöffnet hatte. Manchen Menschen wird diese Gnade der erleuchtenden Ohrfeige niemals zuteil. Eine dichte Mauer von Alltäglichkeiten und Nebensächlichkeiten umschließt ihr Leben vollständig, wie die Mauer von Sing-Sing.

Das Fatale an dieser Mauer ist, daß sie sich tarnt. Diese Mauer ist nicht aus rohen, scharfkantigen Brocken gemacht, auf deren Krone Stacheldraht und Glasscherben ein Aussteigen verhindern. Es gibt auch keine Wärter in den Wachtürmen. Nein, diese Mauer, von der ich spreche, ist die Gefängnismauer der sogenannten Gemeinsamkeiten. So gerne fährt man im selben kleinen Ort von denselben weißen Berghängen mit bunten Skiern bergab. So gerne ißt man im ›Lucky Chinese‹ die ›Acht Schätze des Lao-Tse‹, so gerne sieht man ›Titanic‹ miteinander zum dritten Mal. All das verbindet. Und so verbringt man sein Leben von einer Gemeinsamkeit zur anderen schaukelnd, und zu spät erkennt man dann, daß etwas Entscheidendes ein Leben lang verfehlt wurde – das eigene Herz. Ein Leben lang hat der Lärm der Verpflichtungen und der Ablenkungen und der Kinder eine Stimme übertönt, die tief in uns ganz leise nach Liebe gefragt hat. Wir haben sie nicht gehört. Wir haben sie nicht gehört, weil wir insgeheim gehofft haben, daß sie im Lauf der Ereignisse verstummen würde. Bei manchen tut sie es auch fast – bei manchen nie. Manchen Menschen gelingt es, ein Leben lang lauter zu pfeifen als dieser Ton in ihrem Herzen. Aber in seltenen Momenten, wenn sie allein in einem Café sitzen, sehen sie manchmal so unendlich verloren aus. So traurig blicken ihre Augen, daß man hingehen und sie umarmen möchte. Das ist aber unmöglich, weil sie diese Annäherung nicht verstehen würden. Weil sie nicht erkennen, daß es genau das ist, was sie soeben bekommen: Verständnis für ihre Trauer und Mitgefühl. Solche Worte stehen auf dem Index unserer heutigen Zeit, weil wir uns um keinen Preis erlauben können, was man menschliche Schwäche nennt.

Käme zum Vorschein, was die Zensoren unseres Alltags verhindern, könnte es nämlich sein, daß mehr Menschen in ein Flugzeug steigen und ihrer Lebenslüge davonfliegen. Nein, das darf nicht geschehen, und darum reißen wir uns zusammen und hoffen, daß alles so bleibt, wie es ist.«

»Sie wissen aber schon, daß Sie sehr, sehr streng sind«, sagte der junge Mann, der mir in den letzten Minuten aufmerksam zugehört hatte.

»Was meinen Sie mit ›streng‹?« fragte ich, weil ich das Wörterbuch seiner Weltanschauung kennenlernen wollte.

»Mit streng meine ich, daß ich Ihrer Logik zwar folgen kann, daß das Leben meiner Meinung nach aber nicht für jeden einen See bereithält, in den er Steine werfen will. «

»Glauben Sie, nicht?«

»Nein, ich glaube das wirklich nicht. Ich glaube, daß es mit Sicherheit poetische Seelen gibt, in denen diese romantischen Bilder leben, aber die Mehrheit der Menschen genießt es sehr, sich in Alltäglichkeiten verbunden zu fühlen. Sie genießt es sehr, daß wir in einer Zeit leben, in der es überhaupt möglich ist, das zu teilen, was man Lebensfreude nennt. Wenn Sie all diesen Versuchen, sich wohl zu fühlen, eine so vehemente Absage erteilen, dann nenne ich das streng. Es ist auch nicht so, daß jeder Mensch eine außergewöhnliche Begabung hat – sei es nun, ein Lied zu komponieren oder wie Ihr Vater ein Virtuose in technischen Belangen zu sein. Wenn Sie alles das, was den Alltag der Menschen ausmacht, die nun einmal auf dieser Erde leben müssen, so wie sie ist, verurteilen, dann nenne ich das streng. – Verzeihen Sie meine Offenheit!«

»Um Gottes willen! Ich wünsche mir nichts mehr als Ihre Offenheit – nur so wissen wir doch voneinander, mit wem wir hier sitzen und Rotwein trinken. Im Gegenteil: Ich bitte Sie, mich zu kritisieren und zu befragen.«

»Gut.«

Ich nahm einen Schluck Wein und beobachtete das Gesicht meines Gastes. Je mehr die Anspannung seiner Reise und die Last seiner Geschichte von ihm abfielen, um so mehr entspannten sich seine Züge. Er hatte warme, lebhafte, braune Augen und dichtes, dunkles Haar. Seine Lippen waren voll und fest, und manchmal konnte man sehen, wie gewinnend sein Lächeln war. Sobald das geschah, leuchtete sein Gesicht auf. Er schien ein Mensch zu sein, in dem eine große Kraft lebte, und er war bemüht, im schwankenden Boot seines Schicksals die Mitte wiederzufinden.

Er war offenbar in Seenot geraten, bevor er den Weg zu meiner Bar gefunden hatte, und unter diesen Voraussetzungen war es erstaunlich, daß er überhaupt die Muße finden konnte, mir soviel von seiner Lebenszeit zu schenken. Ich blickte auf das Meer hinaus und konzentrierte mich auf das, was ich ihm sagen wollte.

»Darf ich mit einer kleinen Geschichte aufwarten«, fragte ich und beobachtete eine Möwe, die nun schon seit Minuten über einer Stelle in der bewegten See kreiste.

»Ich habe nichts anderes von Ihnen erwartet.« Stefan lächelte und streckte sich im Sitzen durch. Er hob beide

Arme über den Kopf und griff nach oben, als wollte er einen unsichtbaren Ast erfassen.

»Wollen wir uns vielleicht ein wenig bewegen?« fragte ich.

»Das ist eine sehr gute Idee.« Als hätte er nur auf diesen Vorschlag gewartet, stand er auf und trank sein Wasserglas aus.

»Gehen wir ein wenig am Meer entlang«, sagte ich, »dann muß ich auch schon bald in die Küche – da ist es gut, wenn mein Kreislauf wieder in Schwung kommt.«

Wir gingen die drei Holzstufen von der Terrasse hinunter an den Strand. »Ich verstehe Ihre Einwände sehr gut. Darum lassen Sie mich eine Frage stellen: Wissen Sie, wie man im alten China eine gute Ehe von einer schlechten Ehe unterschieden hat?«

»Nein ...«

»Die Chinesen sagten folgendes: Eine gute Ehe ist wie ein Kessel mit kaltem Wasser, den man aufs Feuer stellt. Im Lauf der Zeit wird das Feuer den Kessel erwärmen, und das Wasser wird heiß. Eine schlechte Ehe beginnt wie ein Kessel mit kochendem Wasser, den man vom Feuer nimmt. – Was sagt uns dieses konfuzianische Bild? Der Chinese hat es als selbstverständlich angesehen, daß für den festen Bestand einer Partnerschaft eine Grundvoraussetzung darin besteht, keine – heißen Gefühle zu haben. Nur das verbindende Miteinander in der Pflicht des Alltags war es, das seiner Meinung nach die Ehe stabil halten konnte. Diese Stabilität war dann der Boden für aufkeimende Gefühle. Diese Gefühle waren dann auch eher freundschaftlicher Natur wie Treue, Zuverlässigkeit und Sympathie. Entsetzt wäre der Chinese von einer Gefühlswelt, wie sie wir Europäer seit Romeo und Julia anstreben. Kochendheiß vor Leidenschaft – die ja dann, wie wir wissen, nur Leiden schafft. Können Sie mir folgen?«

»Voll und ganz.«

»Der Chinese hat auch völlig recht mit seiner Ablehnung dieser hormonellen Angelegenheit. Weil sich die Körperchemie verwandelt und mit ihr das, was wir gemeinhin Liebe nennen.«

»Worauf wollen Sie hinaus?«

»Ich will darauf hinaus, Ihnen und dem Chinesen recht zu geben: Der Mensch in seinem Alltag darf sich glücklich schätzen, wenn er beständige Freuden in seinen Ritualen findet. Das, was ich anspreche, ist aber die Möglichkeit, in einer wahren, einer allumfassenden, der von allem umfaßten Liebe zu leben. Das und nur das meine ich; und das Problem liegt darin, daß wir den Partner nicht in die Freiheit seines Herzens entlassen – wenn er es möchte. Es entscheidet sich alles an einem wichtigen Punkt. Lasse ich den geliebten Menschen aus den bunten Mauern des gemeinsamen Lebens hinaus, wenn er es möchte? Lasse ich ihn frei – auch auf die Gefahr hin, daß er nicht wiederkommt –, oder aber lege ich ihm Fesseln aus goldenen Gewohnheiten an. Und da alle Welten – die chinesische genauso wie die unsere – diesen Moment der Freiheit nicht zulassen, verleugnen und bekämpfen – darum bin ich so streng. Mir ist völlig klar, daß alle Formen der Partnerschaft zwischen Mann und Frau in allen Zeiten auf Dauer angelegt waren. Erstens ging es um die Kinder, die Eltern brauchen, und zweitens um die Gesellschaft, die nicht durch den Freiheitsanspruch der Seele in Unordnung gebracht werden sollte. Das ist es, was ich meine, und diese Motivation ist es, die ich mir bewußtmache.«

»Ich verstehe.«

»Nein, Sie müssen das nicht sagen.«

»Ich verstehe Sie aber trotzdem.«

»Na gut – und außerdem möchte ich Ihnen in einem für mich ganz wesentlichen Punkt widersprechen.«

»Aha ...«

»Ja ... ich bin nämlich der Meinung, daß jeder Mensch – wirklich jeder Mensch – seinen See hat, in den er in aller Liebe seine Steine werfen soll. Ich weiß, daß es manchmal anders wirkt, aber sein inneres, eigenes, einziges Geheimnis trägt jeder von uns im Herzen.«

Wir waren am Meer angekommen, und ich drehte mich um. Die Bucht lag weit vor uns, und in der Bar gingen die Lichter an.

# Verenice

Es war dasselbe Bild, das ich vor vielen Jahren gesehen hatte, als ich an diesem Strand angekommen war. »Im Landeanflug auf die Insel hatte ich eine Bucht gesehen. Das Wasser war smaragdgrün, und der Strand lag wie ein helles Tuch zwischen Land und Meer. Auf einem Hügel über der Bucht lag ein größeres Anwesen, und am Strand konnte ich ein flaches Holzhaus erkennen. Ich mietete mir am Flughafen einen Wagen und fuhr die Küste entlang zu der Bucht, deren Anblick mich beim Landen so gefesselt hatte. Es dämmerte bereits, als ich aus dem Wagen stieg und langsam auf das kleine Holzhaus zuging. Ich stieg die drei Holzstufen hinauf, ging über die Terrasse und öffnete die Schwingtüre. Direkt gegenüber der Türe war ein riesiger Spiegel angebracht, und ich blieb stehen und sah dem Mann in die Augen, der da wie angewurzelt vor mir stand. Meine Augen brannten sich an meinem Bild fest, und ich hatte das Gefühl, mich zum ersten Mal in meinem Leben wahrzunehmen. Mein Gesicht war mein Gesicht – so wie ich es kannte. An diesem Abend sah ich plötzlich etwas, das ich so noch nie gesehen hatte. Ich sah mich selbst. Der Mann in dem großen Spiegel da vor mir hatte so traurige Augen. Das was das erste, das ich erkennen konnte. Ich sah einen leidlich attraktiven Körper, der in langen Trainingsstunden fitgehalten wurde, ich sah eine Spannkraft in den Gliedmaßen, die sich so oft schon so unendlich perfekt bewegt hatten auf dem Parkett der Eitelkeiten. Ich sah einen zeitgemäßen Haarschnitt und gefällige Kleidung. Aber über all dem lag ein Blick, der so unendlich traurig war, daß ich erstarrte. Das hatte ich noch nie gesehen. Das heißt – wenn ich genau sein möchte –, ich hatte es zwar gesehen, aber ich hatte es nie zur Kenntnis genommen. So oft hatte ich daheim vor dem Waschbecken gestanden und hatte mich erfrischt. Meine Augen beobachteten mich dabei, wie ich nach einer morgendlichen Naßrasur die letzten Schaumreste abwischte und mir daraufhin noch einmal eiskaltes Wasser in das Gesicht schwemmte, um diesen Ausdruck der Müdigkeit zu vertreiben. Ein Ausdruck der Müdigkeit war jeden Morgen da, den auch der intensivste Dauerlauf nicht vertreiben konnte. Jeden Tag sprang ich aus meinem Bett, legte mir meinen Pulsschlaggürtel um die Brust und die Überwachungsuhr um das Handgelenk und lief los. Ich verließ die Wohnung leicht und federnd und rannte in den nahe gelegenen Park. Dort trabte ich dann über die gewundenen Wege, die am Teich entlangführten, und alle zehn Schritte starrte ich auf die Herzfrequenzanzeige auf meinem Handgelenk. Ich hatte die Information erhalten, daß der Körper dann am meisten Fett verbrennt, wenn man so schnell läuft, daß der Pulsschlag sich zwischen 120 und 140 Schlägen einpendelt. Es ging mir darum, mit der wenigen Zeit, die ich zur

Verfügung hatte, so effizient wie möglich umzugehen. Einfaches Dahinlaufen, wie wir es noch vor zehn Jahren betrieben hatten, war undenkbar geworden. Wenn man schon vierzig Minuten für den Körper opferte, dann sollten so viele Ansprüche wie möglich bedient werden. In diesen vierzig Minuten wurden dank meiner Pulsuhr also nicht nur der Kreislauf und die Muskeln motiviert, sondern auch die optimale Menge an Körperfett verbrannt, ohne einen allzu großen Erschöpfungszustand zu riskieren. Früher liefen wir nämlich viel zu schnell. Einfach so wurde dahingelaufen, ohne Maß und Ziel, und dann war man manchmal richtig müde und hatte sogar Muskelkater. Es machte richtig Spaß. Das war Gott sei Dank vorbei. Muskeln, Kreislauf, Fettverbrennung, alles wurde optimal angesteuert, und wenn ich nach vierzig Minuten wieder in der Wohnung angekommen war, setzte ich mir noch fünf Minuten lang eine Sauerstoffflasche aufs Gesicht, um den pumpenden Lungen soviel Gesundheit wie möglich zu liefern. Zum Frühstück trank ich grünen Tee, um Krebs vorzubeugen, und in meinem Aktenkoffer hatte ich eine Halbliterflasche mit Quellwasser, das mit Sauerstoff angereichert war. Ich tat wirklich, was ich konnte für mich – und trotzdem, jeden Morgen nach dem Rasieren war da ein Schatten einer Müdigkeit, der mir unerklärlich war.

Als ich dann vor dem großen Spiegel stand, konnte ich nicht mehr darüber hinwegsehen. Es war keine Müdigkeit. Es war eine stille Traurigkeit. Der Mann da in dem

Spiegel, der ich war, dieser Mann war sehr, sehr traurig. Ich weiß nicht, wie lange ich so dagestanden und mir in die Augen gesehen hatte, als ich eine Stimme hörte. ›Sie können sich ruhig setzen – der Spiegel hängt noch länger hier.‹

Ich erschrak ein wenig, weil mir diese Stimme deutlich machte, daß ich nicht allein mit mir war, sondern in einem öffentlichen Raum. Ohne mich umzusehen und ohne darauf zu achten, woher diese Stimme gekommen war, setzte ich mich auf den nächsten freien Stuhl. Ich kam mir vor wie ein Schüler, der dabei ertappt worden war, wie er aus dem Fenster geblickt hatte, anstatt auf die Tafel zu blicken, vor der der Lehrer sich um Respekt bemühte. Hingehuscht saß ich da und fing jetzt erst an, mich in dem Raum umzusehen. Die Bar war damals noch nicht in dem Zustand, in dem Sie sie heute kennengelernt haben, aber die Tische und Stühle waren auch wirklich nicht das, was mich an diesem Raum faszinierte.«

»Ich nehme an, das, was sie faszinierte, war Verenice.« Der junge Mann stand neben mir.

»Ja«, sagte ich, »genauso war es. Ich hatte mich kaum auf meinen Stuhl gerettet, als ich ein wunderbares Lachen hörte. Eine Frauenstimme lachte so herrlich und gelassen, daß ich nach einem kurzen Moment miteinstimmen mußte. Mir war klar, was für ein seltsames Bild ich abgegeben hatte. Verwirrt und traurig vor einem Spiegel stehend, wortlos auf das eigene Abbild starrend, um dann wie ein Wiedehopf auf den nächsten Stuhl zu springen.

Das Lachen, das ich ausgelöst hatte, war so herrlich, daß ich mich nicht schämen konnte. Ich hatte nicht das Gefühl, daß mich dieses Lachen verurteilte oder verspottete. Es war kein hämisches Lachen. Es war ein Lachen, das so voller Verständnis war, und dies machte es mir leicht mitzulachen.

›Kann ich irgend etwas für Sie tun‹, fragte die Stimme. Dann trat Verenice an meinen Tisch.

›Ich glaube schon‹, sagte ich und sah sie an. Unsere Blicke trafen sich, und dann lachten wir auf der Stelle wieder wie zwei Kinder, die sich im Wald auf einer Lichtung gefunden hatten. Nach einem Moment, von dem ich nicht sagen kann, ob er Sekunden oder Jahrhunderte gedauert hat, wurden wir stiller und konnten den Blick nicht voneinander lösen.«

Wir begannen am Meer entlangzuwandern und ein milder Abendwind kam vom Landesinneren über die Bucht gezogen.

»Ihre Frau ist von einer Schönheit, wie man sie heute selten sieht. Ich könnte auch nicht sagen, ob es an der Zeit liegt, in der wir leben und die ein bestimmtes Schönheitsbild entworfen hat. Ihre Frau ist ... zeitlos schön – was immer das auch bedeuten mag«, sagte der junge Mann schließlich.

Er war so rührend bemüht, die richtigen Worte zu finden, daß ich ihm die Hand auf die Schulter legte. »Mir ist es an diesem ersten Abend genauso gegangen wie Ihnen«, sagte ich und mußte lächeln. »Wir sollten eben akzeptieren, daß es Menschen gibt, die sich einer einzigen Beschriftung entziehen.«

»Das ist richtig – aber nicht dem Versuch einer Beschreibung – denn dieser Versuch ist die Geburt der Poesie ...«

Ich sah den jungen Mann an und war sehr froh, daß er an diesem Tag durch unsere Türe gekommen war. Er war bereit, etwas von sich preiszugeben, und er war vor allem bereit zuzuhören. Wer hat schon in unseren Tagen den Mut, das Wort »Poesie« in den Mund zu nehmen. Wer hat die Möglichkeit, sich der Ahnung eines anderen Lebens auszuliefern. Diese Ahnung ist voller Poesie und kann der Beginn eines Polsprunges sein. Ein Polsprung, der die Pole unseres Lebens auf den Kopf stellt, ereignet sich, wenn wir beginnen, der Stimme unseres Herzens zuzuhören. Aus diesem Zuhören kann eines Tages ein Befolgen werden, und dann gibt es kein Zurück mehr. Wenn wir den poetischen Aufruf zur Öffnung unseres Wesens einmal gehört haben, stehen wir an der Wegscheide unseres Lebens. Entweder müssen wir unser Herz sofort wieder verschließen, oder wir erleben eine Revolution in unserer Alltäglichkeit. Wir werden erzogen, in eine Welt zu passen, die das Herz erkalten läßt. Diese Welt ist die Welt unserer täglichen Kämpfe, Rituale, Berufe, Beziehungen und Religionen. All das hinter sich zu lassen braucht Mut. Es braucht großen Mut, das Ausgestoßensein zu lieben. Es kann nur ein Ausstoßen sein, mit dem die Welt diejenigen belohnt, die das Spiel des Zynismus nicht mehr spielen wollen, weil der Weg des Herzens ein Weg ist, der die Spiele der Welt gefährdet. Es ist eine Gefahr für den Kampf, der sich in unserem Miteinander zeigt, wenn ein Lachen dort einsetzt, wo ansonsten Ernst und Härte regieren. Kein Anlaß ist klein genug, um nicht als Schlüssel zu dienen, der das Gefängnistor öffnet, das vor unserer Wahrheit angebracht ist – und für mich war dieser Schlüssel das Lachen von Verenice. Ihr Lachen und ihre Sicherheit in ihrem Lachen und die große Freiheit in ihrer Natur ließen mich still werden und sie lange, lange betrachten. Ihr Gesicht war klar und hatte zarte, weiche Formen. Ihre Backenknochen waren ein wenig hochgewölbt, was ihrem Gesicht den Ausdruck einer Frau gab, deren Vorfahren man im Osten vermuten könnte. Als Ergänzung dazu waren ihr Mund und ihre Augen von einem eher süditalienischen Einfluß geprägt. Der Mund war sehr voll, und gleichzeitig waren ihre Lippen deutlich konturiert. Ein leichtes Lächeln, das unmerklich auch dann durch ihr Gesicht leuchtete, wenn sie sehr ernst war, lag immerzu um ihre Mundwinkel. Ihre Augen waren von einem hellen Himmelsblau und ihre Haare von der Sonne hell geworden. Ihr Körper war weich und sehr geschmeidig. Man konnte sehen, daß sie oft und lange im Meer geschwommen war und die Kraft der Wellen in ihre Haut aufgenommen hatte. Ein warmer Bronzeton färbte ihre Haut. Sie trug ein leichtes, helles Kleid, das vorne von einer langen Reihe dunkelroter Knöpfe zusammengehalten wurde. Am linken Handgelenk trug sie ein dünnes geflochtenes Band aus dunkelbraunem Leder. Sie stützte sich mit beiden Armen auf meinen Tisch, und dann sahen wir einander in die Augen.

Ich schwieg und versank in der Erinnerung an diesen Moment, der am Beginn meines neuen Lebensweges stand. Es wäre falsch zu sagen, daß ich mein neues Leben nur begonnen hatte, weil ich Verenice getroffen hatte. Es wäre falsch zu sagen, daß unsere Liebe mir die Kraft gab für einen Neuanfang. Ich konnte sie als den Menschen wahrnehmen, der sie war, weil die Tür meines Herzens bereit war, sich zu öffnen, und die Frau, die sie war, zu mir in mein Leben treten konnte. Ich weiß nicht, ob ich sie in früheren Zeiten bemerkt hätte. Dieser Satz mag vielleicht hart klingen, aber es ist die Wahrheit. Man sieht nur, was man weiß. In früheren Zeiten kannte ich nur Menschen, die mit überspielter Traurigkeit Lebendigkeit vorgaukelten. Ich kannte nur ein Leben, das stets kampfbereit die Zähne zeigte. Die Folge war, daß ich von Frauen angezogen war, die stets auf dem Sprung waren. Stets bereit zur Attacke und niemals bereit, sich eine Blöße zu geben. Das war die Welt, in der ich funktioniert hatte und ich und meinesgleichen eilig den Espresso in einem Stehcafé schlürften. Eine Frau wie Verenice wäre mir nicht aufgefallen. Und wenn, dann nur weil ich ihr feines Lächeln als Provokation empfunden hätte. Ich hätte dieses Lächeln nicht als liebevolles Lächeln interpretieren können, sondern nur als Ausdruck des Zynismus. Ihr Lächeln hätte ich falsch verstanden und vor allem auch ihr Tempo. Sie hatte keine Eile. Seit ich sie kenne, habe ich niemals einen Tag erlebt, an dem sie gehetzt gewesen wäre. Es lag eine Aura der Gelassenheit um sie. Andererseits war sie auch niemals träge oder zu langsam. Es schien nur so im Vergleich mit der rasenden Hektik unserer Normalität, als wäre sie langsam. Das war sie aber nicht. Das ist sie nicht. Sie war und ist – entsprechend. Das Tempo ihres Lebens war auf eine wundersame Art und Weise entsprechend.

Wenn es drohte, daß ein kleiner Bub von einem Felsen am Meer abrutschen könnte, auf den er sich zu weit vorgewagt hatte, war sie die erste, um ihn in Sicherheit zu bringen. Wenn es galt, das Restaurant auf einen überfallartigen Besuch von 20 Menschen vorzubereiten, war sie es, die diese Aufgabe meisterte. Wenn allerdings der Moment gekommen war, zu erkennen, daß keine Gefahren drohten und keine Invasionen heranrückten, verstand sie es immer, das Tempo zu wechseln und den Gleichmut einer Sommerwolke auszustrahlen. Das meine ich mit entsprechend.

»Ich verstehe, wenn Sie jetzt mit Ihrer Erinnerung allein bleiben wollen – Sie müssen mir nicht weiter von Ihrer Frau erzählen.«

Ich blickte den jungen Mann an. Er stand neben mir und war so rührend um Höflichkeit bemüht. Er war bereit, seine Neugier zu unterdrücken, nur um ja nicht in den Verdacht zu kommen, ein unhöflicher Mensch zu sein.

»Ich kann Ihnen gar nicht sagen, wie sehr ich Ihre Höflichkeit und Ihren Respekt schätze«, sagte ich, nickte ihm dankbar zu. »Es ist so selten geworden in unserer Zeit, jemandem zu begegnen, der seinem Gegenüber den Raum zum Leben lassen möchte.«

Er lachte auf und sagte: »Verzeihen Sie, wenn ich lache – aber manchmal glaube ich, hier in eine andere Zeit geraten zu sein. Ich weiß nicht, ob ich sagen soll, in eine vergangene Zeit – weil ich nicht zu denen gehöre, die der Meinung sind, daß früher irgend etwas besser war. Vielleicht leben Sie hier wie in der Zukunft, die sich so gibt, als wäre sie Vergangenheit.«

Jetzt mußte ich lachen. »Können Sie mir das nochmals etwas schlichter erklären?«

»Ich werde es versuchen – kurz gesagt –, wir vermuten doch alle, daß die Menschen früher respektvoller und höflicher waren als heute.«

»Ja.«

»Ich denke aber, daß es sich dabei nur um eine Attitüde gehandelt hat, die sehr perfekt die Grausamkeiten der Menschen übertüncht hat.«

»Ja.«

»Daher habe ich bei Ihnen dieses seltsame Gefühl, in einer doppelten Zeit zu sein – einerseits formulieren Sie manchmal in der Höflichkeit des 17. Jahrhunderts – andererseits habe ich das Gefühl, daß es keine leere Form ist, der Sie huldigen, sondern Ihre Lebensrealität. Das wiederum wirkt auf mich so, als wäre hier bei Ihnen und in Ihnen etwas zur Wirklichkeit geworden, was alle Menschen nur als Utopie erfahren.«

»Ja, ich verstehe Sie – und wie würden Sie diese Utopie benennen?« Ich war gespannt, ob er vorschnell beurteilte, was ihm fremd war.

»Ich würde es gerne mit einem einzigen Wort benennen, aber das wäre mir in diesem Moment zu vorschnell – lassen Sie mich bitte noch eine Weile zuhören und zusehen, wie Ihr Leben hier aussieht, bis ich meinem eigenen Urteil trauen kann.«

Ich nickte ihm zu. Er hatte es in seinem Wesen. Er hatte die Gabe der Betrachtung in sich, die es nicht zuläßt, ein Urteil zu fällen, bevor nicht ein ganzer Kreis um das Objekt der Betrachtung gegangen wurde.

»Verenice stand vor mir und sah mich an«, fuhr ich fort, »sie sah mich an, und in ihrem Blick lag alles, was ich jemals gesucht hatte. Ich weiß, daß Sie dieser Satz jetzt in das reinste Erstaunen versetzen muß.«

Der junge Mann sah mich an und wartete, wie sich meine Erzählung fortsetzen würde.

»Wissen Sie«, sagte ich, »es gibt diese wunderschöne Theorie vom Beginn des Universums. Man sagt, daß alles das, was zum Universum gehört, vor undenklichen Zeiten zusammengeballt war in ein Atom von unvorstellbarer Dichte und Schwere. Das Universum hat darauf gewartet, erweckt zu werden und mit dem Leben zu beginnen. Und die erste Stufe des Lebens ist Ausdehnung. Vielleicht wird all das, was uns in diesem Augenblick umgibt, sich eines Tages wieder zusammenziehen und den kosmischen Tod erfahren, aber noch dehnt sich das Universum aus. Ich erzähle Ihnen dieses Bild, das die Wissenschaft entworfen hat, um uns ein Begreifen der Welt möglich zu machen, deshalb, weil dasselbe Bild auf meine Begegnung mit Verenice anzuwenden ist. Ich habe damals in ihre Augen geblickt und habe dabei das Uratom unseres gemeinsamen Lebens erkannt. Wenn Sie so wollen, könnte man es die Liebe auf den ersten Blick nennen – von der ich bis zu jenem Tag nicht geglaubt habe, daß sie erlebbar ist. Anders gesagt – ich habe schon geglaubt und auch persönlich erfahren, daß es enorme Anziehungskräfte zwischen Menschen gibt, die so gewaltig sind, daß sie im ersten Atemzug der Anziehung auch schon die Kraft der Abstoßung in sich tragen. Habe ich dieses Phänomen da Liebe nennen können? Nein, ganz sicher nicht. Nennen Sie es, wie Sie wollen. Animalität, Sexualität, Machtkampf der Geschlechter, es war immer nur eine eindimensionale Kraft, die sehr heiß und verbrennend in das Leben geschleudert wird. Wo die Fackel dieser Gefühle einschlägt, entsteht auch sofort ein helles Feuer, das funkenstiebend alles verwüstet und letztlich nur Asche hinterläßt. Das kannte ich schon. Ich kannte es zur Genüge – glauben Sie mir. Was ich noch nicht kannte, war – Liebe.«

»Ist Liebe Ihrer Meinung nach nicht mit einem Feuer zu vergleichen?! Sie ist doch das einzige Gefühl, das wir haben, das uns von der Kälte des Alltags erlöst?!« Der junge Mann hatte diese Frage so heftig herausgeschleudert, daß ich sehen konnte, wie tief seine Enttäuschung noch war. Ein Sturm war durch sein Leben gezogen und hatte sein Herz verwüstet. Ich kannte diesen Schmerz der Enttäuschung Warum erlischt das glühende Feuer der Leidenschaft? Warum hinterläßt diese Hitze, nach der wir uns so sehr sehnen, nur ausgeglühte Ruinen?

Ich legte meine Hand auf seine Schulter und sagte: »Glauben Sie mir, auch ich kenne den Schmerz der Enttäuschung. Von nichts wollen wir uns schneller und vehementer abwenden als von der Enttäuschung. Wir versuchen dabei leider nur, das zu vermeiden, was uns helfen kann, das Glück wieder in unser Leben zu lassen.«

»Nein«, rief der junge Mann, »nein, verzeihen Sie – ich höre Ihren Ausführungen gerne und voller Anteilnahme zu – aber verzeihen Sie, ich bin nicht in der Lage, mich dieser Gedankenspielerei hinzugeben!«

»Welcher Gedankenspielerei?!«

»In meinen Augen ist es kokett, das Erleben von Enttäuschung als wunderbar zu empfinden. Ja, es ist für mich nichts anderes als purer Masochismus. Was soll für einen Menschen von Vorteil sein, der lieben und geliebt werden möchte, wenn er nach langen Zeiten der Hingabe enttäuscht worden ist und nur mehr Schmerz empfindet? Es tut mir leid – diesen Zustand als wohltuend zu bezeichnen, empfinde ich als pervers!« Er war mit einem Mal in Zorn geraten und nahm ein paar Schritte Abstand von mir. Wie bitter muß das Ende seiner Liebe gewesen sein.

»Ich bedaure es sehr, Sie in Wut versetzt zu haben«, sagte ich, »trotzdem werde ich weiterreden und mich Ihnen erklären. Aber ich verstehe aus meiner eigenen Geschichte das Mirakel des Schmerzes, den eine Enttäuschung hervorruft, so gut, daß ich wirklich verstehen würde, wenn Sie gehen wollten.«

Er stand einige Meter von mir entfernt und sah mich nicht an. Ich konnte fühlen, wie es in ihm kämpfte. Sollte er sich weiter einem Dialog aussetzen, der mit der Gefahr verbunden war, seinem Schmerz erneut zu begegnen – oder sollte er ganz einfach gehen und sich verschließen. Langsam beruhigten sich seine Atemzüge, und er richtete seinen Blick wieder auf mich. Ich stand da und wartete. Nach einem stillen Moment, den er dazu benutzte, in meinen Augen zu erforschen, ob ich ihm weh tun wollte, mußte er lachen.

»Also gut – ich bleibe –, aber nur, weil ich nach unserem Gespräch Ihre Fischsuppe kosten möchte.«

»Das ist ein Wort« sagte ich, und dann wanderten wir weiter.

»Sehen Sie«, begann ich, »Ihre Erregung ist doch ein Zeichen dafür, daß eine große Spannung vorliegt, die sich entladen will.«

»So kann man es sagen – ja!« Er lächelte bitter und war wieder bereit, mir zuzuhören.

»Nun sehen Sie – der Zustand, den wir alle ersehnen, ist es doch, frei zu sein von zerstörenden Spannungen. Frei zu sein von Verspannungen, die einem gesunden, liebevollen Leben im Wege stehen. Das, was diesem erfüllten Lebenszustand im Wege steht, ist aber sehr oft eine Täuschung. Wir täuschen uns einfach sehr, sehr oft in einem Menschen, in einem Zustand, in einem Gefühl. Wir haben alle eine große Sehnsucht nach Liebe und Frieden in unserem Herzen. Diese Sehnsucht ist so groß und will so dringend erfüllt werden, daß wir allzuoft hereinfallen. Wir fallen herein auf Äußerlichkeiten. Der Mensch ist ein Wesen, das sich nach Wärme sehnt. Und er ist ein Wesen, das leider allzuoft völlig blind für die Wirklichkeit einem äußeren Reiz erliegt. Muß ich ins Detail gehen?! Was gefällt uns beiden denn an einer Frau? Selbst wenn Sie ein anderes Bild der Sehnsucht in sich tragen als ich – es läßt sich doch sehr simpel an

Äußerlichkeiten ablesen. Eine Art, das Haar zu tragen, ein Augenaufschlag, die Farbe der Haut – all das sind die simplen ersten Eindrücke, die uns anziehen. Diese Reize lassen uns stehenbleiben, wenn sie vorbeigeht, und lassen uns hinterhergehen, wenn sie um die Ecke biegt. Dann kommt es zu einem ersten Gespräch. Der Klang der Stimme, die Art, sich zu bewegen, der Geruch, die Kleidung – all das hat nur zwei Möglichkeiten, beantwortet zu werden. Es gefällt uns – oder es gefällt uns nicht. Es zieht uns an – oder es stößt uns ab.

Aber wir sollten wissen, was es ist, das uns anzieht. Selbst wenn wir mit dem Menschen unserer Wahl übereinstimmende Ansichten über den Inhalt des Shintoismus haben, es ist immer nur noch der äußere Reiz, der uns täuschen kann. Ich sage nicht, daß wir immer getäuscht werden müssen. Aber wir müssen wissen, welche Möglichkeiten das Leben bereithält, um dafür zu sorgen, daß sich zwei Menschen gefallen. All das kann auch ein Leben lang funktionieren. Ich wähle mit Bedacht dieses mechanische Wort, weil dieses Zusammenspiel eine Mechanik als Basis hat. Die Zahnräder passen ineinander. Die Sexualität, die Weltanschauung, die Toastbrotsorte, all das kann man teilen und angenehm teilen, so daß das Miteinanderleben läuft – und ruhig läuft bis zum Tod. Aber ... und jetzt kommt dieses große Aber, über das wir beide hier in Wirklichkeit reden. All das kann eine Täuschung sein. All diese Übereinstimmungen können eine Täuschung sein. Die wärmevollsten Momente heißer Sexualität und ruhiger Besinnlichkeit unter einem Sommervollmond im August können eine Täuschung sein. All das kann uns darüber hinwegtäuschen, daß keine Liebe anwesend ist. Das Furchtbare an den Momenten der äußeren Schönheit ist noch dazu, daß wir um so ungläubiger werden, je schöner und herrlicher unser äußeres Leben verläuft. Wir wollen es nicht glauben, daß keine Liebe anwesend ist, wo doch alles andere so absolut stimmt.

Und an diesem Punkt liegen wieder einmal zwei Wege vor uns. Wir können diese Stimme ignorieren. Wir können uns damit abfinden und arrangieren, daß wir keine Liebe in unserem Leben haben – dafür aber Abwechslung und Vielfalt der äußeren Sensationen. Oder aber wir lassen zu, daß wir dieser Stimme folgen, und erkennen die Täuschung, der wir unterliegen. Wir können ruhig werden und die Wahrheit beim Namen nennen. Wir können die Täuschung beenden. Das ist ein schmerzhafter Moment. So gerne haben wir geglaubt, daß die laute Musik der Jahrmarktsorgel eine Engelsharfe ist. – Falsch. Es war eine Jahrmarktsorgel. Wütend, irritiert, verbittert und verletzt von unseren Hoffnungen, die nicht erfüllt worden sind, stehen wir da wie weinende Kinder und hassen den Moment der Enttäuschung. Wir müssen ihn hassen, weil wir soviel Energie und Lebenszeit investiert haben. All unsere Energien haben wir investiert, um ein Trugbild aufrechtzuerhalten. Und nun hat es eine dumme Stimme des Herzens zum Einsturz gebracht. Welch ein Desaster. In diesem Moment der Empörung fällt es wirklich schwer, diesen Zustand als den Beginn einer glücklichen Zeit zu erleben. In Wahrheit aber schafft die Beseitigung einer Täuschung

Raum für die Wirklichkeit. Die Frage ist nur, ob wir diese Wirklichkeit akzeptieren wollen. Es ist nämlich nicht so, daß wir nach dem Erleben einer Enttäuschung sofort mit fliegenden Fahnen zu dem übergehen können, was wir eigentlich wollen – eine wahrhaftige, menschliche Liebe zu erfahren. Allzuoft müssen wir erkennen, daß uns das Feld der menschlichen Liebe nicht eröffnet werden soll.«

»Warum betonen Sie so nachdrücklich das Wort menschliche Liebe«, unterbrach mich mein junger Freund.

»Ich betone das Wort Liebe unter Menschen so sehr, weil es die einzige Form ist, die wir uns als Bild der Sehnsucht vorstellen können. Doch wir sollten erkennen, daß es eine Liebe gibt, die uns mit der Existenz verbindet. Es gibt einen Zustand der Losgelöstheit von der menschlichen Vergänglichkeit, der das ist, was ich die All-Liebe nennen möchte. Losgelöst von den Umständen, lebt diese Liebe in einer Ewigkeit, die wir uns üblicherweise von dem Menschen erhoffen. Wir können die Liebe sehr wohl mit einem Menschen erleben. Ich ziehe es nur vor, Ihren Blick zuerst auf etwas anderes zu lenken. Ich tue das, weil uns die Persönlichkeit eines Menschen allzuoft dominierend vereinnahmt und unseren Blick auf die All-Liebe irritieren kann. Ein Mensch kann auf tausend Ebenen faszinieren – daher ist es manchmal ratsam, mit dem Blick auf einen Stein zu beginnen ...« Ich bückte mich und hob einen dunklen, vom Rollen im Meer glattgeschliffenen Kieselstein vom Strand auf. Vorsichtig trat der junge Mann näher.

»Sehen Sie diesen Stein«, sagte ich, »ist es nicht ein kosmisches Wunder, wie schön er ist. Vor Millionen von Jahren ist er irgendwo von einem Berg abgebrochen. Milliardenmal hat ihn die Brandung hin und her bewegt. Millionenmal hat er die Sonne auf- und den Mond untergehen gesehen. Jetzt liegt er wie eine Perle hier auf meiner Hand. Stellen Sie sich vor – in Abermillionen von Jahren werden seine Moleküle und Atome diese Form, die wir jetzt sehen, verlassen haben. Er wird sich vom Stein, der jetzt hier auf meiner Hand liegt, wieder in die pure, formlose Existenz des Lebens verwandelt haben. Vielleicht erkennt er jetzt in diesem Augenblick meine Atome, mit denen er im Uratom verschmolzen war und die dann mit dem Beginn des Lebens und der Zeit von seinen Atomen getrennt worden sind. Im Strom der Wahrheit aber werden wir beide, dieser Stein und ich, unsere vorübergehende Erscheinung hinter uns lassen und einander wieder begegnen.« Ich blies langsam über den feuchten Kiesel. Die salzigen Tropfen des Meeres rannen an ihm herunter und legten eine kleine weiße Ader frei. Ich betrachtete ihn noch einmal von allen Seiten und legte ihn dann wieder auf den Strand. Das Meer schickte eine weitere Welle und begann, den Stein wieder hin und her zu rollen. Ich richtete mich auf und blickte in die staunenden Augen des jungen Mannes. »Das ist es, was ich den Beginn der All-Liebe nenne«, sagte ich und rieb meine Hände im Weitergehen trocken.

»Wollen Sie mir sagen, daß diese meditative Betrachtung eines Steines die Begegnung mit einem Menschen ersetzen kann oder soll?« fragte er ohne die Andeutung von Ironie. Ich schätzte es, daß er bereit war, meinen Gedanken zu folgen.

»Nein«, antwortete ich, »weder denke ich, daß dieser Stein einen Menschen ersetzen kann, noch, daß er es soll. Ich weiß nur, daß die Wahrheit dieses Steines in Verbindung steht mit meiner Wahrheit. Ich weiß, daß nur die Betrachtung seiner Geschichte vom Anfang bis zum Ende aller Zeiten den Blick öffnen kann für die Realität der Welt, in der ich mich bewege. Ich weiß, daß ich mich verändern muß als Mensch, wenn es mir gelingt, in die Wahrheit dieses Steines voll Liebe einzudringen. Es ist das unauffälligste Ding, das wir beide heute abend hier finden werden. Und dieses unauffälligste aller Objekte hier an diesem Strand hat in seiner ersten und letzten Wahrheit dieselbe Geschichte wie Sie und ich. Er kommt von dorther, wo wir herkommen, und eines Tages werden wir uns dort wortlos wiederfinden, wenn die Geschichte unserer Persönlichkeiten Vergangenheit ist. Das ist sein Geheimnis. Er kann ein Maßstab für die Dimension der Wahrheit sein. Dieser Stein ist von jedem Reiz entkleidet – und das macht ihn zur Sensation. Denn obwohl er ohne Besonderheit ist, kommt er aus derselben Quelle wie Sie und ich – die wir ja so besonders sind. Wir sind ganz besondere wichtige Männer. Wir müssen ein besonderes Leben führen, indem wir besonderen Persönlichkeiten begegnen, die in ihrer Vielschichtigkeit gerade noch zu uns passen. Wir, die wir ganz genau über unsere Außergewöhnlichkeit Bescheid wissen, können nur mit außergewöhnlichen Menschen Partnerschaft eingehen. Wir sind nämlich so speziell und einmalig, daß es kaum jemanden geben kann, der fähig ist, unsere Besonderheit mit Liebe zu beantworten – oh, welch eine Enttäuschung!«

Ich blieb stehen und breitete pathetisch meine Arme aus. Einen Moment lang zögerte der junge Mann, dann mußte er zu lachen beginnen.

»Ich fange an zu erkennen, auf welchen Pfad Sie mich bringen wollen«, sagte er und suchte sich einen runden Stein in der Brandung. »Ich liebe dich – du mein Stein – sei mein – so wie ich dein sein will auf immerdar – komm – laß uns Kinder zeugen gehen ...« Er lachte noch einmal auf und warf den Kiesel mit hohem Wurf hinaus in die dunkle See.

»Ich sehe, Sie haben mich verstanden«, ich lachte und warf einen zweiten Stein hinterher. »Nur – ich darf Sie bitten, Ihre Hoffnungen nicht auf einen kinderreichen Haushalt zu richten. Der Stein ist dazu vermutlich der ungeeignetste Partner.«

»Aber wir lieben einander.«

»Ich erkenne Ihren feinen Spott, mit dem Sie mir signalisieren wollen, daß Sie mich doch für ein wenig verrückt halten, aber daß ist schon in Ordnung.« Ich fuhr mir mit beiden Händen durch das Haar. Der Wind trieb die weichen Gerüche der Pinien vor sich her, und ich kostete die ganze Herrlichkeit der Existenz. »Gehen Sie hin, und finden Sie eine Frau, mit der Sie Kinder machen wollen und die das gleiche mit Ihnen will. Gehen Sie hin, und bauen Sie ein Haus, und pflanzen Sie einen Baum, und reiten Sie einen Esel, und fliegen Sie in einer

Rakete zum Mars. Tun Sie, was Sie wollen. Leben Sie das Leben. Nur ... « Ich wurde ernst und trat näher an ihn heran, »nur ... werden Sie sich bewußt, was Sie tun. Stellen Sie sich eine Million Mal am Tag die Frage: Was ist was?! Nehmen Sie einen Stein vom Boden hoch, und versinken Sie in seiner kosmischen Wahrheit, kaufen Sie sich ein Vanilleeis und essen es langsam und genießerisch, und schlecken Sie sich danach die zuckerverklebten Finger ab, gehen Sie in einen Shinto-Schrein, und schweigen Sie einen Tag lang. Tun Sie, was Sie wollen – nur verwechseln Sie die Dinge nicht. Ein Priester ist kein Autoradio, ein Flußbett keine Kielfeder und menschliche Beziehungen nicht automatisch die große Liebe.«

»Sie werden lachen – ich verstehe Sie jetzt.«

»Na, Gott sei Dank«, rief ich und schlug ihm lachend auf den Rücken. »Wenn Sie den Dingen ihren wahren Namen geben, können Sie nicht mehr enttäuscht werden.

»Also kommen Sie, wir müssen zurück. Verenice wartet sicher schon auf uns. Vor allem wartet sie darauf, daß ich meine Fischsuppe zubereite, zu der Sie sich ja auch schon angemeldet haben.«

Der junge Mann bückte sich und steckte sich einen Stein in die Hosentasche. Wir beschleunigten unsere Schritte und kehrten zur Bar zurück.

»Sie sind sehr raffiniert«, sagte er plötzlich.

»Finden Sie?«

»Ja, finde ich – über all den Ausführungen über die Essenz der All-Liebe ist es Ihnen gelungen, von Ihrer Liebe zu Verenice abzulenken. Glauben Sie, ich habe das nicht bemerkt?! Das letzte, was mir in Erinnerung geblieben ist, war Ihr Bekenntnis, daß Verenice für Sie alles ist. Dann allerdings haben Sie sich ins Allgemeine gerettet. Wie ist das nun mit Ihrer Liebe? Ist es die wirkliche Liebe – obwohl sie ein Mensch ist –, oder ist Verenice für Sie so etwas wie ein Kieselstein, der sehr attraktiv geraten ist?«

Ich konnte mich vor Lachen kaum mehr auf den Beinen halten. Zu meinem Glück waren wir schon an der Terrasse angekommen, und ich konnte mich auf die oberste Stufe setzen und zu Ende lachen. »Junger Freund«, sagte ich schließlich, »junger Freund – Sie dürfen nicht so mit meinem Zwerchfell spielen – ja?! Ich versuche immerhin seit geraumer Zeit, Ihnen die Eckpfeiler meines Weltbildes nahezubringen, und Sie beantworten diesen Versuch mit einem Aphorismus. ›Ein sehr attraktiv geratener Kieselstein‹ – mein Gott, das muß ich ihr sagen.« Erneut überkam mich ein Lachen, daß durch die ganze Bucht hallte.

»Ist alles in Ordnung?« hörte ich die Stimme von Verenice aus dem Haus.

»Ja, mein Herz, es ist alles in Ordnung. Wir kommen gleich.«

»Gut – ich gebe dir schon mal etwas Öl in die Pfanne.«

»Danke, mein Kieselstein!«

»Was?«

»Das erklärt dir unser junger Freund hier am besten selber!«

»Ich verstehe – bis gleich.«

»Bis gleich, mein Herz.« Langsam beruhigte ich mich wieder und konnte erkennen, daß der junge Mann nicht völlig von der Notwendigkeit überzeugt war, Verenice den Hintergrund meiner Heiterkeit zu erklären.

»Ich weiß nicht, ob sie dieses Bild genauso lustig finden wird wie Sie«, sagte er und setzte sich neben mich auf die Treppe.

»Machen Sie sich keine Sorgen – sie wird.«

»Ja?!«

»Ja – erstens kennt sie meine Sichtweise der Welt und die Bilder, die ich im Lauf der Zeit liebgewonnen habe – und zweitens würde sie es auch verstehen, wenn es völlig neu für sie wäre. Es wird ihr sogar aufs äußerste schmeicheln, von Ihnen als Steinchen bezeichnet zu werden!«

»Ihr Wort in Gottes Ohr ...«

»Mal sehen.« Wir saßen nebeneinander und blickten hinaus auf das Meer. Fern am Horizont begann ein Licht aufzustrahlen. Wahrscheinlich zog ein Schiff an unserer Küste vorbei. Eine Möwe kreiste über der Bar und beobachtete, ob ein Fischrest aus der Küche abfallen würde. Der Abend war mild, und die Luft entspannte sich.

»Darf ich Ihnen bei aller Heiterkeit doch noch eine Frage stellen?« Der junge Mann wählte seinen Ton sehr vorsichtig, was mir sehr gefiel.

»Gerne – nur zu.«

»Ich beginne zu verstehen, was Sie mir nahebringen wollen – das, was Sie All-Liebe nennen, ist in meinem Wortschatz die Liebe zur Natur – zu Gott, wenn Sie so wollen –, es ist auf jeden Fall ein Gefühl, das frei ist von den Irrtümern und Stürmen der menschlichen Natur.«

»Ja.«

»Wie ist es Ihnen dann aber trotzdem möglich gewesen, mit Verenice das zu erleben, was wir beide ebenfalls Liebe nennen – sie ist ja – ein Mensch. Ich hoffe, Sie empfinden das nicht erneut als Scherz.«

»Keineswegs – und ich werde versuchen, Ihnen noch eine ausreichende Antwort zu geben – bevor wir dann aber wirklich kochen müssen.«

»Ich bitte Sie darum – es interessiert mich wirklich sehr.«

»Warum interessiert es Sie?« Ich war gespannt auf seine Antwort.

»Es interessiert mich, weil es vielleicht der Schlüssel sein kann für mein eigenes Herzensrätsel.«

Ich fühlte eine Welle der Sympathie für ihn und sprach weiter. »Ich werde versuchen, Ihnen dieses Rätsel, so gut ich kann, zu erklären. Ich sage deshalb, ich werde es versuchen, weil auch ich immer noch jeden Tag staunend vor diesem Geschenk stehe. Das Geschenk ist die Aufhebung der Polarität in der Polarität.«

»Wie bitte?«

»Sie haben recht – das kann keine befriedigende Antwort sein – es ist gewissermaßen nur die chemische Formel, die einen Vorgang in der Seele beschreibt, der ununterbrochen stattfindet. Ich nenne diesen Vorgang das Leben des Lebens.«

»Ich bitte Sie – machen Sie es einem Schüler im ersten Jahrgang etwas einfacher –, was ist die Aufhebung der Polarität in der Polarität?!!«

»Also – Sie stimmen mir zu, daß ich ein Mann bin und Verenice eine Frau?«

»Ich stimme zu.«

»Sie und ich sind also Mann und Frau – wir sind zwei Pole. So wie dieser Planet einen Nord- und einen Südpol hat.«

»Ich folge Ihnen.«

»Jedes Kind kennt das lustige Spiel, wenn zwei unterschiedliche magnetische Pole aufeinander zufliegen – und – wir kennen es auch – daß gleiche Pole einander abstoßen.«

»Ja.«

»So weit, so gut – das Rätsel, dem der Mensch begegnet, ist sehr seltsam. Jeder Pol – jeder Mann und jede Frau suchen ihre Entsprechung, ihre Ergänzung, ihren Gegenpol. Das ist ein seelenphysikalisches Gesetz. Die Seele hat nämlich Gesetzmäßigkeiten, die auf fast erschreckende Weise genauso mechanisch ablaufen wie die Physik der Materie.«

»Ich folge Ihnen.«

»Was wir nun alle kennen und immer wieder durchlaufen, ist ein Vorgang, der unser Lebensrätsel darstellt. Halt – ich möchte mich korrigieren –, eines unserer Lebensrätsel wollte ich sagen.«

»Wie lautet dieses Rätsel?«

»Das Rätsel besteht darin, daß in jeder Beziehung zwischen Mann und Frau, die sie kennen, Kampf herrscht. Habe ich nicht recht?« Der junge Mann sah mich an und nickte stumm. »Warum ist das so?«

»Es wäre interessant, Ihre Erklärung zu hören.« Er atmete tief ein und sah mich wartend an.

»Es ist so, weil die Polarität der Geschlechter zu einem

Kampf führen muß, wenn keine Liebe da ist. Das, was ich die wahre Liebe nenne, erlöst Mann und Frau von dem Kampf um die Macht. Das, was man fürchterlicherweise Leidenschaft nennt und was so viele als Liebe mißverstehen, schafft nämlich nur Leid. Lassen Sie sich doch nur einmal dieses Wort auf der Zunge zergehen: Leiden-schaft. Nur ein Dummkopf kann diesen Zustand anstreben.«

»Ja aber – wir stürzen eben immer wieder in diesen Zustand hinein –, so ist das Leben, und das erhält uns doch auch letztlich am Leben. All das, wovon Sie sprechen, ist doch auch eine Frage des Temperaments. Es gibt eben stille Naturen und extrovertierte Menschen. Wollen Sie die Lebendigkeit und die Vielfalt der menschlichen Liebe auf einen stillen Bach eindämmen – wo wir auch die Möglichkeit in uns haben, ein reißender Strom zu sein?« Er sah mich herausfordernd an.

»Ich will gar nichts«, sagte ich, »ich will Ihnen nur erklären, wie mein Leben mit Verenice verläuft, weil Sie mich danach gefragt haben.«

»Aber Sie kritisieren doch die menschliche Leidenschaft!«

»Ja, das tue ich – und wenn Sie die menschliche Leidenschaft als etwas Großartiges erleben, dann werden Sie sie mit großer Kraft verteidigen. Nur zu – ich bin bereit, Ihre Ansichten kennenzulernen. Ich darf Sie nur noch ganz kurz daran erinnern, daß Sie mir vor einem Augenblick noch zugestimmt haben, daß in allen Beziehungen Krieg herrscht. Und ich darf daran erinnern, mit welch bitterem Gefühl der Enttäuschung Sie heute diese Bar betreten haben. Wenn Sie dieses Gefühl so sehr schätzen, dann überzeugen Sie mich. Überzeugen Sie mich davon, daß der Kampf, den Sie offenbar erlebt haben und der Ihr Herz verwundet hat, eine tolle Sache war. Sie haben sich offensichtlich getrennt. Sie sind verbittert und müde und fühlen sich einsam und unverstanden. Sie hören einem älteren Mann zu, der Ihnen von Steinen erzählt, und tief drinnen in Ihrem Herzen warten Sie nur darauf, daß Ihre Wunden verheilen. Wenn Sie dann verheilt sind, werden Sie erneut hinausgehen in die Welt und auf die nächste Frau treffen. Nach einer Phase der begeisterten Anziehung und der tosenden Sexualität werden Sie sich an sie gewöhnen. Sie werden sie nach geraumer Zeit nicht mehr als so überwältigend empfinden. Dann werden Sie sich nach dem sehnen, was Sie Freiheit nennen. Das wird sie Ihnen verbieten, und Sie werden es ihr verbieten, weil Sie doch noch in einer Beziehung leben und Besitzansprüche haben. Dann wird Ihnen beiden an irgendeinem Tag die Decke Ihres Beziehungshauses auf den Kopf fallen, und es wird den ultimativen Streit geben. Es wird den ultimativen Streit geben, weil Sie beide niemals gelernt haben, den anderen aus Liebe in die Freiheit zu schicken. Dieser ultimative Streit wird so grausam und verletzend geführt werden, wie Sie es beide nur können. Diese Verletzungen müssen Sie beide so erbarmungslos anbringen, damit es garantiert keinen Weg zurück gibt. Wenn Sie Glück und Zeit haben, nicht sofort am nächsten Tag wieder ins Büro zu müssen, werden Sie sich ein Ticket in den Süden kaufen, um zu vergessen. Sie werden eine stille Insel ansteuern, um in der Einsamkeit ihre Wunden zu pflegen. Sie werden sich mißverstanden fühlen und durch die Schwingtüre von ›Manuels Bar‹ treten. Dann werden Sie sich hinsetzen und zu trinken beginnen. Sie werden ihren Kummer begießen und sich wie Hemingway fühlen. Dann werden Sie in dieser Melancholie kurzzeitig von dem Besitzer der Bar gestört werden, der Ihnen versucht zu erzählen, daß es auch anders geht. Das wird Sie empören, und Sie werden sogar auf die berühmte Fischsuppe verzichten und mit dem Gedanken an sofortige Abreise spielen. Vorher aber werden Sie dem Besitzer der Bar ein flammendes Plädoyer für die Leidenschaft halten. Darin wird er Sie unterbrechen, weil er dringend in der Küche gebraucht wird. Sie verlassen niedergeschlagen den Ort des Geschehens und erschießen sich in den nahe gelegenen Dünen mit einer Schrotflinte. Ende!«

Er saß neben mir und hatte sein Gesicht in den Händen vergraben. »Gnade ...«, sagte er leise lachend, »Gnade.«

»Also gut – weil Sie so herzlich darum bitten, werde ich Gnade walten lassen und Ihnen die Schilderung Ihres Begräbnisses ersparen.«

»Danke.«

»Bitte ... aber im Ernst – ich verstehe Sie zutiefst.«

»Wirklich – und das, nachdem ich so vorlaut für die Leidenschaft gesprochen habe?«

»Ja – gerade darum. Ich verstehe nämlich gut, worin Ihre Furcht besteht. Ich verstehe, was sie glauben zu verlieren, wenn Sie auf Leidenschaft verzichten sollen. Diese

Furcht hat sie auch zu dem Vergleich mit dem schmalen Bach getrieben, den mein Lebensbild für Sie darstellt.«

»Ich hoffe, Sie verzeihen mir dieses Vorpreschen.«

»Aber ich bitte Sie, ich kann diese Angst vor Verlust sehr gut verstehen.«

»Welchen Verlust meinen Sie?«

»Sie haben Angst davor, Wärme in Ihrem Leben zu verlieren, wenn Sie die Leidenschaft verlieren. Es kann eine enorme Hitze entstehen, wenn man sich im Kampf der Geschlechter aneinander reibt. Eine Seelenhitze, eine Herzenshitze, eine Gedankenhitze und eine Körperhitze. Und wir alle sehnen uns ein Leben lang nach der Wärme zurück, die wir in den ersten neun Monaten unserer Existenz auf diesem Planeten erfahren haben. Der erschreckende Aufbruch in das Licht der Welt hat diesen Zustand beendet. Ein Leben lang suchen wir nun bewußt oder unbewußt nach dem Urgefühl von Wärme und Umarmung. Dafür sind wir sogar bereit, jede Form von Wärme und Hitze als positiv zu bewerten, selbst wenn es ein verbrennendes Feuer ist. Das humorvolle Rätsel, das Gott nämlich in diesen Planeten eingebaut hat, besteht darin, daß sich sehr oft zwei völlig unterschiedliche Seelendimensionen in ähnlicher Form präsentieren. Es gibt eine Hitze der Leidenschaft, die unsere Herzen verbrennen muß. Aber es gibt auch eine Wärme der Freiheit. Beide Zustände sind das Gegenteil von Kälte. Beide Seelenzustände beenden die Herrschaft des Eises in unserem Wesen. Das Rätsel liegt nur darin, daß die Freiheit sich nach außen hin kühl zeigt und in ihrem Inneren die Wahrheit der lebendigen Wärme verbirgt. Die

Leidenschaft hingegen zeigt sich von vornherein als flammendes Tor – dahinter aber lauert die Einäscherung unseres Herzens.

Da stehen wir nun vor zwei Wegen. Der eine lockt uns mit der Hitze der Nacht, der andere zeigt sich leicht und sogar etwas kühl. Wohin werden wir uns wenden? Die Antwort haben Sie soeben selbst sehr hitzig gegeben. Lieber gehen wir in der einengenden Glut einer Leidenschaft zugrunde, als die Flügel auszubreiten und in die Wärme der eigenen Realität zu fliegen. Das ist es nämlich, was ich unter der Freiheit in Liebe verstehe. Wir verwechseln das Abenteuer der Freiheit in einer Beziehung immer mit Gleichgültigkeit, Austauschbarkeit und kaltem Egoismus. Das sind nur die Perversionen der Freiheit. Die Essenz dieses Wortes aber bedeutet, daß ich in Liebe zu fliegen lerne. Meinen eigenen, alleinigen Weg zu gehen lerne, mich zu dem Menschen entfalte, der ich sein kann, und deswegen geliebt werde. Weil ich immer mehr ich selbst werde, liebt mich der Mensch, mit dem ich in einer befreienden Liebe verbunden bin. Das allerdings setzt voraus, daß der andere Mensch ein großes Selbstbewußtsein besitzt. Nur ein Wissen um das eigene Selbst kann mich stark genug machen, ein anderes Selbst zu lieben. Nur die Kraft meiner eigenen Wahrheit, die ich in Liebe täglich verstärke, ist es, die es mich lieben läßt, daß mein Lebensmensch höher und höher fliegt.«

»Und wenn der Lebensmensch auf diesem Weg so weit fliegt, daß er nicht mehr zurückkehrt?!« Eine große Wehmut lag in seinen Worten.

Ich sah ihn lange an. »Das ist die größte aller Prüfungen – Sie haben völlig recht. Wenn es aber so ist, daß die Wege sich trennen, dann kann man in Liebe loslassen.«

»Ich danke Ihnen, daß Sie diese Wahrheit so schonungslos aussprechen ... diese Wahrheit ist nämlich mein Problem.« Er saß neben mir und blickte traurig auf das Meer hinaus.

»Ich weiß«, sagte ich leise, »aber wenn unser Gespräch den kleinsten Sinn haben soll, müssen wir uns die Wahrheit sagen dürfen.«

»Ja ...«

»Ich darf Ihnen nur eines aus meiner eigenen Erfahrung berichten«, fuhr ich fort, »auch dieser Schmerz vergeht.«

Er lachte bitter auf. »So ... und dann kommt der nächste.«

»Wenn Sie es wollen, kommt er nicht mehr auf dieser Ebene«, antwortete ich.

»Wie meinen Sie das?« Er wandte sich mir wieder zu.

»Stimmen Sie mir zu, daß es sinnlos ist, einen Menschen, dessen innere Natur ihn von Ihnen wegführt, festhalten zu wollen?!«

»Ich stimme zu. Aber worauf wollen Sie hinaus?!«

»Ich will Ihnen klarmachen, daß diese Trennung, die Sie hinter sich haben, das Beste war, das Ihnen widerfahren konnte.«

»Meinen Sie?!«

»Ich meine nicht – es ist so. Ganz einfach – wenn dieser Mensch der Mensch gewesen wäre, mit dem Sie die Wahrheit der Liebe hätten erleben sollen, dann wäre es jetzt nicht zu einer Trennung gekommen. So simpel ist die Realität. Das, was Sie jetzt erleben, ist eine Befreiung für Sie beide. Traurig ist nur, daß Sie darüber Schmerzen empfinden. Erkennen Sie, daß der Schmerz, den Sie fühlen, nur der Schmerz ist, der darin liegt, daß Ihre Phantasien nicht Realität geworden sind. Vielleicht habe Sie ein Märchen erhofft. Liebe, Treue, Kinder, ein Zuhause – eine gemeinsame Zukunft. Es tut weh, daß daraus nichts wurde. Aber es war offenbar nur Ihre Phantasie und Hoffnung. Die Realität ist, daß Sie nicht füreinander bestimmt waren. Lassen Sie los, und sehen Sie sich die Realität an. Benutzen Sie diesen Schmerz jetzt nicht, um sich zu verheizen. Versuchen Sie nicht, es das nächste Mal besser zu machen. Machen Sie es beim nächsten Mal richtig!«

»Wie meinen Sie das?«

»Achten Sie darauf, ob Sie von sich selbst glauben, einen Fehler gemacht zu haben, der da heißt: Wenn ich sie nur stark genug überzeugt hätte, wären meine Wünsche vom Leben mit ihr wahr geworden. Überfordern Sie Ihre nächste Frau nicht mit Ihren Wünschen. Machen Sie es nicht besser – sondern richtig. Richtig heißt: Bleiben Sie in aller Verliebtheit und Begeisterung ruhig. Auch wenn Sie das Bild des stillen Baches lächerlich empfinden. Bleiben Sie ruhig, und überstürzen Sie nichts. Geben Sie dem Menschen die Chance, das Gesicht seiner Wahrheit zu zeigen. Horchen Sie in sich hinein. Entdecken Sie, was tatsächlich los ist. Ist es nur ein Duft? Nur ein schöner Abend? Nur erfüllender Sex? Nur ein gemeinsamer Blick in die Sterne?! Dann lassen

Sie der Wahrheit ihr Recht. Machen Sie nicht mehr daraus. Lernen Sie die Freude kennen, die darin besteht, den Moment als das zu erleben, was er ist. Ein Moment. Wenn es so sein sollte, daß dieser Moment sich ausdehnt und breiter wird und länger andauern will – dann verhindern Sie aber auch das nicht. Wenn eine Begegnung die Qualität in sich trägt, zu einer Bindung zu werden, dann ist es gut. Lassen Sie es zu. Wenn die Qualität einer Begegnung allerdings die schnelle Trennung in sich trägt, dann hat das genauso seine Berechtigung. Mit anderen Worten, nehmen Sie Ihren Stein zur Hand und fragen sich: Was ist was? Das wird Ihnen helfen, aus dem Spiegelkabinett Ihrer Phantasien herauszukommen.

Sie haben Ihr Schicksal in der Hand. Sie könnten sich vornehmen, dem alten Stefan Landovsky Lebewohl zu sagen. Hören Sie doch heute abend damit auf, sich in die Vergangenheit zu verbeißen, und stellen Sie sich einmal vor, wie eine neue, andere Liebe für Sie aussehen könnte. Ich sage Ihnen einfach: Sie lebt schon ...«

»Was?!«

»Die Frau Ihrer Träume lebt schon und bürstet vielleicht in diesem Moment ihr Haar. Das einzige, was Sie müssen, ist – ihr begegnen.«

»Ihr Humor ist köstlich.«

»Nein, nein, das, was Ihnen als Humor erscheint, ist nur ein Sinn für Realität. Sie glauben nämlich im Moment, nie wieder eine Frau finden zu können. Schluß damit. Öffnen Sie Ihr Herz. Seien Sie bereit zur Freiheit in Liebe, und dann wird sie Ihnen begegnen!«

»Und wenn nicht?!«

»Wenn nicht – dann werden Sie auf ewig dazu verdammt sein, einen Kieselstein zum Objekt Ihrer Sehnsucht zu machen!« Ich mußte lachen und schlug ihm zwischen die Schultern. Er konnte nicht anders – er mußte mitlachen.

»Na sehen Sie – es ist doch gar nicht so schwer«, rief ich.

»Wissen Sie eigentlich, daß Sie verdammt recht haben«, sagte er und sah mich mit gespielter Entrüstung an.

»Ja, weil ich weiß, daß Sie auf dieses Gespräch im tiefsten Inneren Ihres Herzens gewartet haben. In Wirklichkeit sind Sie nämlich schon viel weiter, als Sie es sich eingestehen wollen. Sonst wären Sie nicht hierhergekommen, sonst hätten Sie dieses Gespräch nicht gesucht. Glauben Sie mir, wir kommen alle immer dorthin und begegnen immer den Menschen, die eine Wahrheit für unser Leben darstellen.«

»Und so war es auch mit Ihnen und Verenice.«

»Jetzt haben Sie mich verstanden«, rief ich und ging in die Küche. Verenice stand am Küchentisch und bereitete soeben Pasta zu. In langen, schmalen Streifen dehnten sich die Nudeln aus der Teigmaschine. Sie bestäubte den Teig mit Mehl, damit sie nicht aneinanderklebten und blickte uns entgegen.

»Ich liebe Küchengeräte«, sagte ich und trat an den Herd.

»Wie bitte?« Der junge Mann war auf den sehr zügigen Themenwechsel nicht vorbereitet und stellte sich neben mich.

»Verzeihen Sie, wenn ich Sie hier jetzt wegschicke – aber beim Kochen brauche ich Ellbogenfreiheit. Schauen Sie – da steht ein Stuhl. Setzen Sie sich doch dort drüben an die Wand, und schauen Sie uns zu. Dabei können Sie nämlich einmal wirklich etwas für das Leben lernen.«

»Ja, danke ...« Er ging zur Wand, schob sich den Stuhl zurecht und setzte sich auf die Sitzfläche, die aus geflochtenem, dichtem Stroh bestand.

Ich begann, Zwiebeln zu schälen.

»Ich sehe, ihr habt ein ausgiebiges Gespräch hinter euch.« Verenice stand an ihrer Maschine und blies sich eine Haarsträhne aus dem Gesicht. Sie war so schön, daß ich sie einen Moment lang stumm betrachten mußte. Unsere Blicke trafen sich, und sie lächelte mich zärtlich an. Dann wandte ich mich wieder den Zwiebeln zu.

»Sie lieben also Küchen«, begann der junge Mann nach einer Weile.

»Ja – Küchen und vor allem Küchengeräte«, sagte ich und begann, mit meinem scharfen Lieblingsmesser die Zwiebel kleinzuschneiden. »Sehen Sie sich alleine die Nudelmaschine an. Funktionalität in höchster schlichter Vollendung. Oder diese breite, schwere Eisenpfanne hier. Sie verteilt die aufgenommene Hitze vollkommen gleichmäßig. Ganz zu schweigen von diesem Messer. Ich habe es vor drei Jahren auf einem Markt gekauft, und es schneidet immer noch wie ein Damaszenerschwert. Der Holzgriff ist so gearbeitet, daß man ihn überhaupt nicht in der Hand spürt. All diese Dinge sind das Ergebnis einer langen Entwicklungsgeschichte, die das Ziel hatte, das Zubereiten von Essen so leicht und so gut wie möglich zu gestalten.«

»Das heißt, Sie kümmern sich nicht nur um die Bekanntschaft zu Kieselsteinen, sondern auch um so nebensächliche Dinge wie Essen und Trinken.«

»Sie haben recht und irren gewaltig.«

»Ich irre?«

»Sie irren, wenn Sie Essen und Trinken als nebensächlich bezeichnen. Essen und Trinken sind die Basis von allem, was wir mit diesem Körper, den uns Gott geschenkt hat, wahrnehmen können. Funktioniert dieses Instrument unseres Körpers nicht optimal, verzerrt sich die Wahrnehmung der Welt. Man kann mit Essen und Trinken wahre Expeditionen in das Reich der Gefühle machen. Jedes Ding, das wir essen, löst einen anderen Zustand aus. Beruhigung und Erregung, Abklärung und Ekstase – all das können wir mit den geeigneten Stoffen, die wir unserem Körper geben, hervorrufen.«

Ich beobachtete geduldig, wie die Zwiebel in meiner Pfanne langsam glasig wurde, und begann, Knoblauch zu schälen, während Verenice das Wort ergriff: »Das teuflische Mißverständnis liegt darin, die Wurzeln unserer Existenz minderer zu achten als die Blüten. Das ist es, was Manuel gemeint hat und was auch ich genauso empfinde. Wo und wie Sie sitzen, was Sie essen, wie Sie sich kleiden, in welchem Bett Sie schlafen. All das ist eine Symphonie von Beeinflussungen, die wir respektieren müssen, wenn wir uns an das Thema wagen, das da heißt – wie entwickle ich mich als Mensch. Wenn wir nämlich so tun, als wären wir von diesen Realitäten unabhängig und könnten uns mit dem beschäftigen, was wir die reine Seele nennen oder den reinen Geist, müssen wir früher oder später scheitern. Wir scheitern daran, daß uns unser Körper daran erinnert, daß er Liebe braucht. Unser Körper braucht ein Leben lang unsere Liebe, und damit meine ich jetzt nicht Sexualität. Was, zum Beispiel, ist für Sie am wichtigsten, wenn Sie an Ihren Körper denken?« Sie sah den jungen Mann fragend an und begann, Basilikumblätter von ihren Stengeln zu zupfen, um ihr berühmtes Sugo zu fabrizieren.

»Tja ... vielleicht – regelmäßiger Sport –, wollen Sie das von mir hören?!«

Verenice atmete bedauernd tief ein und aus. »Falsch.«

»Falsch?!«

»Völlig falsch. Ich sehe, daß Sie alle möglichen Fitneß-Journale durchgeblättert haben. Sie haben gelesen, wie wichtig die täglichen Bauchwippen sind, aber das Wichtigste für Ihren Körper haben Sie nicht erfahren.«

»Das wäre?!«

»Schlaf ...«

Er lachte kurz auf. »Schlaf?!«

»Schlaf«, wiederholte Verenice und begann, Tomaten in einer großen Tonschüssel zu zerstampfen.

»Also daran hätte ich jetzt als letztes gedacht«, sagte der junge Mann und schlug ein Bein über das andere.

»Sehen Sie, der Mensch übersieht das Wichtigste und Wesentlichste und tut in blindem Aktionismus den zweiten Schritt vor dem ersten. Er stellt eine Staffelei auf, setzt sich einen Strohhut auf den Kopf, streift einen Malerkittel über und hat vergessen, die Farben zu kaufen. So kommt mir manchmal die Welt vor. Natürlich haben auch Sie recht, wenn Sie Ihren Körper trainieren wollen. Sie können aber nur einen erholten und ausgeruhten Körper trainieren. Der Körper holt sich nämlich von selbst, was er braucht. Wenn Sie ihm zuwenig Ruhe und Schlaf gönnen, zwingt der Körper Sie mit einem Unfall, sich hinzulegen und Ruhe zu geben.

Es wirkt nur leider so unspannend. Das ist das Problem. Man kann keine große Show machen mit dem Wort ›Schlaf‹. Darum vernachlässigen wir es und werden bitter bestraft. Alles im Leben, das so unscheinbar wirkt, ist in Wahrheit die Grundlage für die kühnsten Gebäude unserer Seele. Nichts ist gering genug, um nicht als Hinweis für das Geschenk der Schöpfung zu dienen. Nehmen Sie zum Beispiel einmal einen Kieselstein vom Strand ... Oh – ich sehe, bei diesem Punkt wart ihr schon.«

»Ja, Liebling – das waren wir schon –, und wir haben unsere Steine auch schon weit hinaus ins Meer geworfen ...«

»Um so besser, dann wissen Sie ja, wovon ich rede. Kommen wir wieder zum Schlaf.« Verenice begann, mit der großen hölzernen Pfeffermühle schwarze Pfefferkörner über die gestampften Tomaten zu verteilen. »Wie schlafen Sie?«

»Wie ich schlafe ... nun ja ... ich lege mich ins Bett und warte, bis der Schlaf kommt. Das geschieht manchmal langsamer und manchmal schneller. Zur Zeit fast gar nicht – um ehrlich zu sein.«

»Ich schätze Ihre Offenheit, aber auch diese Trennung

werden Sie überleben, um es ganz kurz zu sagen – ich nehme an, auch darüber habt ihr euch bei eurem Spaziergang schon ausgetauscht.«

»Haben wir«, sagte ich und begann, einen Seeteufel zu filetieren.

»Verzeihen Sie also, wenn ich mich zuerst einmal nach der Art Ihres Einschlafens erkundige. Ich nehme an, Sie haben sich dabei nicht bewußt lieb?«

»Bitte?!« Verenice nahm sich etwas von meinem geschälten Knoblauch und zerquetschte ihn in ihrer Schüssel.

»Ich meine, ob Sie sich liebhaben. Sich selbst – Ihren Atem, Ihren Körper, Ihre Haut, Ihre zahllosen Gedanken. – Ihre Haut ... – berühren Sie sich, bevor Sie einschlafen? – Nicht sexuell, meine ich?«

»Nein. Sehen Sie .... Wie soll ich lernen, mich liebzuhaben?«

Ich achtete auf den Klang seiner Stimme. Sie war erfüllt von Interesse, und darum konnte Verenice auch ohne Umschweife fortfahren.

»Sie könnten – wenn Sie es wollen –, wenn Sie in Ihrem Bett liegen, ihre Hände warm und fest auf Ihren Bauch legen und warten, bis sie dieselbe Temperatur haben wie die Umgebung Ihres Nabels. Sie werden festgestellt haben, daß Ihre Hände oft etwas kühler sind als der Rest Ihres Körpers.«

»Das habe ich, ja.«

»Wenn also Ihre Hände so warm sind wie Ihr Bauch, könnten Sie eine Hand auf Ihr Herz legen und es beruhigen. Sie können Ihrem Herzen zureden, sich zu entspannen. Wenn Sie das jeden Abend tun, werden Sie bemerken, daß Ihr Herzschlag langsamer und gleichmäßiger wird. Sie können tief in den Bauch und in die Brust atmen und Ihre Lungen von jedem Druck befreien, indem Sie bei jedem Ausatmen die Vorstellung üben, die Last des Tages von sich wegzuatmen. Sie können Ihre Beine leicht aneinanderreiben, um die Wärme zu spüren, die in Ihrem Körper herrscht, und dann sollten Sie von Kopf bis Fuß die Entspanntheit durch Ihren Leib wandern lassen. Sie werden erstaunt sein, an wie vielen Stellen ein Muskel verspannt ist und Sie mit Ihrem weichen, entspannten Gedankenstrom steckenbleiben. Reden Sie dann innerlich mit dieser Stelle, und sagen Sie ihr, daß alles gut ist und daß sie sich entspannen kann. Wenn Sie das ein paar Monate machen, werden Sie sich freuen zu fühlen, wie schnell Ihr Körper auf Ihre beruhigenden Gedanken reagiert. Stellen Sie sich vor, daß Sie eine kleine, goldene, sehr warme, runde Kugel durch Ihren ganzen Körper rollen lassen. Diese Kugel erwärmt und entspannt jeden Punkt, an dem sie vorbeirollt, und am Ende lassen Sie die Kugel in Ihrem Herzen ankommen und dort verweilen, bis Sie wieder erwachen. Wenn Sie all das lange genug geübt haben, werden Sie auch die Unterschiede deutlich spüren, die verschiedenes Essen in Ihnen auslöst, welche Empfindungen ein Glas Rotwein oder Weißwein auslöst. Sie werden sich ganz einfach kennenlernen. Ich sage Ihnen – es gibt kein größeres Abenteuer.«

Verenice trat an unseren zweiten Herd und setzte eine Pfanne mit hohem Rand auf. Sie bedeckte den Boden mit Olivenöl, und als es heiß wurde, leerte sie den Teller mit kleingeschnittenen Pinienkernen dazu. Sie füllte die Tomaten dazu und ließ alles auf kleiner Flamme kochen. Von Zeit zu Zeit rührte Sie mit einem Holzlöffel um und gab dann eine Prise Salz und einen kleinen Löffel Zucker in das Sugo.

»Und auf diese Weise gehen Sie jeden Abend schlafen.«

Der junge Mann hatte ihr zugesehen und gewartet, ob sie noch weiterreden wollte. Ich bemerkte, mit welcher Neugier er die Bewegungen von Verenice verfolgte. Sie stand vor ihrem Herd und hatte ihr dunkelrotes Kleid an, daß ich ihr vor fünf Jahren geschenkt hatte. Die Farbe ihrer Haut war getönt von der Sonne des Tages, und es lag ein leichter, feuchter Schimmer auf ihrer Brust. Sie war auf ihr Sugo konzentriert und doch bereit, dem jungen Mann zu antworten. »Ja, das tue ich – seit vielen Jahren, und diese Liebe zu mir selbst wird mit jedem Tag schöner und leichter – so wie die Liebe zu dir, mein Herz.«

Sie trat kurz zu mir heran und strich mir sanft über den Kopf. Stefan lächelte vor sich hin und hatte mit einem Mal fast keine Wehmut mehr in seinem Blick. Er konnte mitansehen, daß es Liebe gab, ohne deswegen in die Schlucht seiner eigenen Erfahrung zu stürzen.

»Würden Sie mir bitte eine Flasche Rotwein aufmachen«, sagte Verenice und ging zu ihrem Feuer zurück, »ich kann den Herd jetzt nicht alleine lassen.«

»Gerne – wenn Sie mir sagen, wo ich den Wein finde.« Er stand auf und blickte sich suchend um.

»Genau hinter Ihnen ist ein Schrank in die Wand eingelassen – öffnen Sie ihn bitte, und nehmen Sie eine Flasche ›Marguez de Arioz‹ heraus.«

Er öffnete den Schrank und studierte die Etiketten. Er fand die gesuchte Flasche und auch den Öffner, der an der Innenseite der Türe hing. Zügig bohrte er die metallene Spirale in den Korken und zog ihn heraus. Er roch an der Unterseite des Korkens und nickte zustimmend.

»Dann werden wir jetzt ein kleines Glas davon hier in diese Sauce leeren.« Sie füllte etwas von dem Rioja in ein kleines Weinglas und leerte es mit einer kreisenden Bewegung in ihre Pfanne.

»Das habe ich nicht gewußt«, sagte Stefan und trat an Verenices Seite.

»Daß man Rotwein dazugibt?!«

»Ja, sehen Sie ...«

»Und heute nacht fangen Sie mit Ihrer neuen Liebe an. Gut?«

»Ja, ich werde mit mir plaudern und mich ein wenig in mich selbst verlieben.« Stefan setzte sich wieder auf seinen Stuhl. Ich war damit fertig, den Seeteufel zu filetieren und begann, Tintenfische kleinzuschneiden. Neben meinem Schneidbrett wartete auch noch ein Korb voll mit Scampi.

»Ich werde langsam bereit, die Sensation Ihres Essens in meinem Körper zu beobachten«, sagte Stefan und lehnte sich in seinem Stuhl zurück.

»Hörst du, wie er anfängt auf seine Sprache zu achten«, sagte ich zu Verenice und war bemüht, die Tintenfischringe gleich dick zu schneiden.

»Ich höre es«, sagte Verenice. »Die Umgebung färbt ab.«

»Und wenn ich mit so einem derart verwöhnten Körper zum Morgensport antrete, wird mein Muskelapparat sicher auch anders reagieren als sonst.«

»Völlig richtig – leichter, federnder, runder.«

»Und was hat Ihnen den Anstoß gegeben, sich in Selbstliebe dem eigenen Körper zuzuwenden? In der Schule bekommt man diese Einstellung leider nicht mit auf den Weg.«

»Der Tod meines ersten Mannes.« Verenice rührte weiter in ihrer Schüssel und sah nicht, wie erschrocken Stefan auf ihre Antwort reagierte.

»Verzeihen Sie bitte, ich konnte nicht wissen ...«

Verenice lachte leise. »Was soll ich verzeihen – wie Sie ja selber bemerkt habe, konnten Sie das ja nicht wissen!« Sie drehte ihre Flamme etwas kleiner. Ich war mit meinen Tintenfischen zu Ende gekommen und füllte sie nun zu den Seeteufelstückchen in die Pfanne.

»Wissen Sie, ich bin über diesen Schmerz und diesen Verlust schon sehr lange hinweg. Sie müssen wissen – ich bin genausowenig wie Manuel auf dieser Insel geboren. Ich habe mit meinem Mann in New York gelebt. Er war Architekt. Sein Lebensprojekt wäre es gewesen, an der Wiederbelebung der verfallenen Stadtbezirke mitzuarbeiten. Die Bronx hat es ihm dabei besonders angetan. Na ja ... es hat nicht sollen sein ...«

»Darf ich fragen, wie er gestorben ist?«

»Auf eine ganz lächerliche Weise – er ist an einer Bank vorbeigegangen, die überfallen wurde. Die Gangster wollten die Leute nur einschüchtern und haben ein paarmal in die Luft geschossen. Eine Kugel hat sich verirrt und ist als Querschläger meinem Mann in den Rükken geschlagen. Aber das ist jetzt lange Vergangenheit.« Verenice ging zu Stefan. »Kosten Sie mal mein Sugo und sagen Sie mir, ob Sie es so mögen.« Sie schob ihm den hölzernen Löffel in den Mund und wartete auf seine Reaktion.

»Phantastisch. Und das gibt es dann zu Ihren Nudeln, die Sie vorbereitet haben?!«

»Das gibt es zu den Nudeln.« Verenice trat zurück an ihren Herd und drehte ihre Flamme auf die kleinste Einstellung.

»Sehen Sie, was ein einfacher Bissen eines simplen Sugos vermag«, sagte Verenice und lehnte sich neben mich an die Küchenwand. »Innerhalb einer Sekunde hat uns unser Körper daran erinnert, daß es etwas Wichtigeres gibt als die Vergangenheit. Die Schicksalsschläge, die wir erleben dürfen, dienen allesamt nur einem einzigen Zweck: Wir müssen erkennen, daß die Aufgabe unseres Lebens darin besteht, in der Bindung bindungslos zu werden.«

»Nein – nein – nein!« Der junge Mann sprang von seinem Stuhl auf und breitete seine Arme aus. »Bindungslos in der Bindung? Obwohl ich sagen muß, daß ich es leichter erahne als das Überwinden der Polarität in der Polarität.«

»Empfinden Sie bitte keine Erleichterung im Laufe unserer Plauderei! Wo kämen wir denn da hin, wenn Sie sich mit einem Mal heiter und unbeschwert fühlen würden? Wäre das nicht ein Indiz dafür, daß Ihr Kummer nicht so groß war, wie Sie es gerne hätten? Würden Sie sich nicht ein wenig schämen, einen so bedeutenden Trennungsschmerz nach nur ein paar Schluck Rotwein und einer leichten Plauderei zu vergessen?!«

Ich liebte ihre Stimme, wenn sie den Zwischenton des liebevollen Spottes annahm. Behutsam wendete ich die Fischstücke in meiner Pfanne.

»Also gut – ich nehme es gerne in Kauf, das Ziel Ihres Spottes zu werden«, sagte Stefan, »weil ich in allem Ernst sagen möchte, daß Sie recht haben. Verglichen mit dem Schmerz, den Sie erlitten haben, ist meine simple Trennung von einer Frau ein Kinderspiel. Eines aber erlaube ich mir zu sagen: Ich kann es mir beim besten Willen nicht vorstellen, daß Sie nach so einem Verlust Ihre Balance und Ihren Seelenfrieden wiedergefunden haben, indem Sie vor dem Schlafengehen eine goldene Kugel imaginiert haben. Der Satz – ich hab' dich lieb –, den Sie zu Ihrem eigenen Herzen gesprochen haben, kann doch nicht die Erlösung von diesem Unglück gewesen sein.«

Verenice sah ihn lange an. »Ich weiß, daß diese Situation für Sie sicher sehr merkwürdig ist. Wenn ich Ihnen gefühlvoll meine Trauer der damaligen Zeit geschildert hätte, wäre ihre Gefühlsantwort ein simples Mitleid gewesen, in dem Sie unter Umständen steckengeblieben wären. Die Folge hätte sein können, daß Sie meine Art, mit dem Schicksal umzugehen, nicht mehr gehört hätten. So aber haben Sie der Unglauben und der Zweifel ganz wach gemacht.«

Stefan sah sie staunend an. Er atmete tief durch und sagte nach einer kleinen Pause. »Ja, das ist so.«

»Wollen Sie hören, wie ich dorthin gekommen bin? Wie ich an den Punkt gekommen bin, der Sie so sehr in Erstaunen versetzt?« Verenice nahm sich ein Glas und füllte es zur Hälfte mit Rotwein. »Möchtest du auch einen Schluck, Liebling?«

»Danke, nein, unser junger Freund hat mich schon zuvor auf der Terrasse fast betrunken gemacht.«

»Es ist noch nicht geklärt, wer wen betrunken gemacht hat.« Stefan lachte. »Könnte ich bitte ein Glas Wasser haben – das löscht die Flammen meiner Neugier.«

Verenice füllte ihm ein schönes, hellblaues Glas, das ich einmal in Venedig gefunden hatte. Es war ein kleiner Pokal mit eingeschliffenen Sternen, die im Licht der Küchenlampen erstrahlten.

»Danke sehr.«

»Bitte.« Verenice setzte sich auf einen kleinen Holzstoß, der neben dem Kamin lag. »Ich werde versuchen, Ihnen einen kurzen Ablauf meiner damaligen Empfindungen zu geben. Wissen Sie, der Schock der Tage nach Richards Tod war so überwältigend, daß ich wochenlang nicht aus meiner Wohnung gehen konnte. Meine Freunde waren so rührend um mich besorgt. Rund um die Uhr war jemand von meinen liebsten Menschen bei mir. Es kann sein, daß es eine Frage der seelischen Genetik ist, ob man an so einem Schmerz stirbt oder ob man ihn überlebt.«

»Ja.«

»Das empfinde ich als kein Verdienst – es ist eine Frage des Schicksals.«

»Ja.«

»Es ist nur so, daß ich nicht der einzige Mensch bin, dem so etwas widerfahren ist. Und viel, viel mehr Menschen überleben so ein Unglück, als es Menschen gibt, die daran zugrunde gehen.«

»Die Frage ist nur, wie sie es überleben.«

Verenice sah ihn lächelnd an. »Die Frage ist die Frage nach dem ›Wie‹. Das ist der Schlüssel zu allem, was wir tun in unserem Leben. Wie tun wir es? Tun wir das, was wir tun, weil wir es müssen? Tun wir es lustlos, gezwungen, automatisch – oder tun wir das, was wir tun, weil es aus unserem Herzen kommt? Das ist die Frage.

Um auf mein Rätsel von damals zu kommen. Es gibt Millionen von Menschen, die das Schicksal haben, nach so einem Verlust weiterleben zu müssen. Die Frage ist nur, wie. Stellen sie sich dem Fragezeichen, das die Existenz an die Wand ihres Lebens gemalt hat? Schauen sie sich die Aufforderung an, die ein Verlust bedeutet? Lassen sie eine Verwandlung zu, und öffnen sie sich für eine neue Dimension?«

»Ist das nicht eine Frage des Glaubens?« sagte Stefan.

»Wie meinen Sie das?«

»Nun, es gibt viele Menschen, die in diesen Stunden ihr Glauben an Gott rettet.«

»Ja, ich verstehe«, sagte Verenice und nickte vor sich hin. »Ich verstehe sehr gut, aber ich muß Ihnen sagen – sosehr ich diesen Weg verstehe, der ein helfender Weg ist, um nicht umzufallen – ich habe es vorgezogen, nicht zu glauben, sondern zu wissen.«

»Erklären Sie mir das bitte.«

»Ich bin durch diesen Schmerz an einen Punkt gekommen – tief in meinem Wesen, Sie können es auch Seele nennen –, an dem ich plötzlich vor zwei Wegen gestanden habe. Der eine Weg hat all die Märchen bereitgehabt, die ich in der Kindheit gelernt habe. Der Gedanke, daß es Richard jetzt bessergeht, die Vision, daß ich ihn eines Tages wiedersehen werde, und so weiter. Die andere Seite des Weges war ein kühler, heller Realismus. Dort standen die Sätze: Deine Hoffnungen und Phantasien sind tot, die Zukunftspläne sind tot. Das ist so, und es ist unabänderlich. Ich habe mich entschieden, auf diesem klaren Weg mit diesen Wahrheiten zu gehen und zu erforschen, wo er mich hinführen kann. Ich bin zu einem weiteren Gedanken geführt worden. Der hieß: Du lebst. Ja ... ich lebte. Als nächstes habe ich gewagt, meinen Schmerz genau anzuschauen. Was war das für ein Schmerz? Ich begann zu entdecken, daß es ein Schmerz war, der darin bestand, daß meine Wünsche und Ansprüche an die Zukunft nicht erfüllt werden könnten. Ich vermißte Richard. Seine Umarmung, seine Wärme, sein Lächeln, seinen Humor. Es ändern zu wollen war unmöglich. Es gab keine Zukunft in der Form meiner Wünsche. Es gab nur eine Wahl. Verrückt werden oder annehmen. Dieses Schicksal aus der Mitte meines Wesens heraus annehmen. Denn ich habe erkannt, daß mein Herz noch am Leben war. Ich habe erkannt, daß es sich in dem heißen Gefühl des Verlustes heimisch machen wollte. Ich habe erkannt, daß es sein Wundsein mit Lebendigkeit verwechselte. Ich habe diesen Zustand beendet. Verstehen Sie den Unterschied?!«

»Ich glaube, ja.«

»Ich habe nicht auf ein Vergessen gewartet und mich abgelenkt. Im Gegenteil. Ich habe mir immer wieder meine Sehnsucht angeschaut und so lange gesagt, es geht nicht, bis es meinem Bewußtsein zu blöd geworden ist. An irgendeinem Tag hat jemand in meinem Herzen gesagt: ›Okay – es geht nicht – das weiß ich jetzt –, die Frage lautet: Was geht?‹«

»Und was war die Antwort?«

»Die Antwort lautet ›Selbstliebe‹.«

Stefan sah sie lange an und fühlte, daß Verenice ihn an ihrer Wahrheit teilhaben ließ. Er stand auf und ging zur Wasserflasche und füllte sein Glas neu. Er stand kurz neben mir und sah mir über die Schulter.

»Sehen Sie, jetzt sind sie soweit«, sagte ich und hob die braungebratenen Fischstückchen aus der Pfanne und legte sie auf ein Stück weißes, sauberes Leinen.

»Warum tun Sie das?« fragte Stefan.

»Das tue ich, damit sie wieder ein wenig von dem Öl abgeben. Sonst werden sie etwas zu schwer.«

»Ich verstehe.« Er ging zu seinem Stuhl zurück. »Selbstliebe«, sagte er und blickte an die Decke. »Ist es damit getan? Ich ahne, was Sie damit meinen, aber ist dieser Entschluß zur Selbstliebe nicht auch eine Art Rückzug? Wird das nicht eintönig in Ermangelung eines anderen, mit dem man einen Akkord spielen kann?«

»Ich liebe Ihre Vergleiche«, sagte Verenice. »Wirklich – Ihre schönen Bilder spiegeln den Reichtum Ihrer Seele. Sie haben auch bis zu einem gewissen Punkt recht. Nur gibt es auch hier den Satz zu beachten, daß man nicht den zweiten Schritt vor dem ersten tun sollte.«

»Das bedeutet?!«

»Das bedeutet: ›Selbstliebe vor Nächstenliebe!‹«

Stefan lächelte. »Ich hätte wetten können, daß Sie das Gebäude Ihrer Gedankenkonstruktion wieder einmal auf eine Kurzformel bringen werden.«

»Na, sehen Sie – so fangen Sie an, uns kennenzulernen –, wenn Sie in dreiundzwanzig Jahren einem Freund von uns erzählen, können Sie sagen – Manuel und Verenice hatten immer so lustige, kurze Sätze parat, wenn es ums Große und Ganze ging –, aber ich möchte mit Ihnen wetten, daß Sie sich noch lange an diese Sätze erinnern werden.«

»Ich werde mich mit sehr, sehr großer Freude an Sie beide erinnern.«

Ich blickte von meinen Töpfen auf und sah zu Stefan und Verenice. Ich war froh zu erfahren, wie eine neue Freundschaft zwischen Menschen begann, die einander noch vor einigen Stunden fremd gewesen waren.

»Das hoffe ich«, sagte Verenice, »das hoffe ich wirklich sehr. Lassen Sie uns da zu unserer Frage zurückkehren. Die Frage lautet: Wie kann der Wunsch nach Liebe zu einem anderen erfüllt werden, so daß es Glück mit sich bringt zu lieben und nicht Verlust? Anders gesagt: Wieso kann es uns unglücklich machen, wenn die Liebe zu einem Nächsten nicht erfüllt wird oder erwidert? Ich sage Ihnen, daß das nur dann geschehen kann, wenn wir den anderen für unser Glück verantwortlich machen. Glück ist es letzten Endes, was wir alle erleben wollen. Wenn wir aber das Glück von der Liebe erwarten, müssen wir scheitern. Der Tod eines geliebten Menschen ist nur ein grausamer Weg, uns darauf aufmerksam zu machen. Sehen Sie doch nur einmal ganz genau hin, wenn Sie zwei Menschen begegnen, die miteinander leben. Wie oft erleben Sie eine Welt, die nur aus Forderungen und Wünschen besteht. Wie oft hören Sie den Satz: ›Ich kann ohne dich nicht leben.‹ Das ist zwar nett gemeint, aber in Wahrheit ein Erpressungsversuch. Wieviel schöner wäre der Satz: Ich liebe dich, weil ich ohne dich leben kann.«

»Gott, wie unromantisch!!« Stefan lachte und sah mich an. »Sagt Verenice das an Ihrem Geburtstag zu Ihnen?!«

»Sie sagt es nicht nur an meinem Geburtstag, sondern täglich«, antwortete ich und drehte mich um. Meine Suppe konnte ein wenig warten. Ich wollte zu gerne mitansehen, wie Verenice und der junge Mann miteinander umgingen.

»Das, was Sie unromantisch nennen, nenne ich erwachsen«, sagte Verenice und holte sich noch einen Schluck Wein. »Sehen Sie, wir alle bleiben ewige Kinder. In Wahrheit wollen wir ein Leben lang, daß Papa und Mama nicht aus dem Zimmer gehen, wenn wir schlafen. Wir wollen die Menschen, die wir so sehr lieben und brauchen, nicht loslassen. So verpassen wir aber den Wendepunkt, an dem wir uns von dieser Ohnmacht verabschieden müssen. Es kommt der Tag, da trennen wir uns von unseren Eltern. Das Problem liegt nur darin, daß wir uns lediglich körperlich trennen. Unsere Herzen und Empfindungen aber tun nichts anderes, als das gewohnte Spiel der Gefühle auf die anderen Erwachsenen zu verlagern. In Wahrheit suchen wir die kindliche Geborgenheit, die wir niemals aufgeben wollten. Dieses Festhalten an der Kindheit der Seele nennen wir dann Romantik. Verzeihen Sie, wenn ich Ihre Täuschung so brüsk beende. Es ist in Wirklichkeit kindisch, und es tut so weh, das anzunehmen. Es tut weh, erwachsen zu werden. Da mache ich Ihnen gar nichts vor. Es tut verdammt weh, allein zu sein und nicht gepflegt und umsorgt zu werden. Es ist verdammt schwer, die Verantwortung für das eigene Glück selbst in der Hand zu haben. Es ist eine Sache, die völlig unromantisch ist und auch erschreckend, aber man kann süchtig danach werden.«

»Sind Sie ein Masochist?« fragte Stefan mit einem frechen Ausdruck um seine Mundwinkel.

»Nein, das bin ich nicht – aber Sie lassen sich immer noch so wunderbar von mir in Erstaunen versetzen –, ich konnte der Versuchung nicht widerstehen.«

»Sie haben wirklich eine tolle Frau!«

»Ich weiß.«

»Im Ernst«, fuhr Verenice fort, »nutzen Sie die Chance zum Glück – Sie sehnen sich doch so sehr danach ...«

»Ja, das tue ich.« Plötzlich wurde er ernst. Der Ausdruck hatte nichts mehr von der angestrengten Ernsthaftigkeit, die ihn früher umgeben hatte. Er begann, sich selbst näherzukommen.

»Selbstliebe vor Nächstenliebe. Ich wiederhole diesen Satz, weil wir in unserer Welt, in der wir groß geworden sind, das Gegenteil gelernt haben. Wir haben erstaunlicherweise niemals gelernt, uns selbst zu lieben. Immer ist uns der Nächste als besser und wichtiger als wir selbst gezeigt worden. Immer ist uns beigebracht worden, daß wir nichts wert sind. Immer haben wir schuld gehabt für etwas, das unerklärlich geblieben ist. Wir sind nicht in einer Kultur groß geworden, deren Ziel es war, uns zu selbstbestimmten Menschen zu machen. Wir haben niemals gelernt, allein zu sein. Wir haben immer gelernt, das Glück in der Liebe zum Nächsten zu suchen oder in Gott oder im Kino oder in Coca-Cola. Es hat niemanden gegeben, der uns darauf hingewiesen hätte, daß das Glück nur in der Stille unseres Herzens zu finden ist. Ich habe vorher gesagt, daß dieser Weg am Anfang ein harter Weg ist. Es gibt auf diesem Planeten ein lustiges Geheimnis. Soll ich es Ihnen verraten?!«

»Nein, verschweigen Sie es bitte.« Stefan tat entrüstet.

»Also gut, ich verrate es Ihnen. Alles, was uns guttut, wartet hinter einer Hürde von Schmerzen. Es ist hart, wenn man seinen Körper vom Sofa wegbewegt und zum ersten kleinen Waldlauf antritt. Es schmerzt an Stellen, von denen man nicht einmal wußte, daß man sie hat. Jetzt gibt es zwei Möglichkeiten. Wir hören auf und kehren auf das Sofa zurück, oder wir nehmen die Hürde des Schmerzes und stellen nach ein paar Tagen der Überwindung fest, wie wohltuend die regelmäßige Bewegung für uns ist. Genauso ist es auch mit unserer

Suche nach dem Glück. In Wirklichkeit kann uns niemand anders glücklich machen. Wir selbst müssen das Glück finden, dann können wir mit jemandem diesen Zustand teilen. Das wahre Glück ist es, nicht gebraucht zu werden und nicht zu brauchen. Nur dann kann man dem Mißbrauch entgehen. Die Wahrheit ist auch, daß sich erst in diesem Bereich die wahre Wärme einer menschlichen Begegnung einstellt. Nur dann, wenn zwei erwachsene Menschen einander begegnen, die mit einem Lächeln in ihren Augen den anderen betrachten, das schon in ihren Augen war, als sie noch allein waren. Nur diesen Menschen ist es vergönnt, ihr Glück zu teilen. Teilen kann ich aber nur etwas, das ich schon habe. Die Frage, die sich stellt, kann also nur lauten: Wie lernen wir dieses Glück der Selbstliebe? Eines haben wir ja schon festgestellt: Wir leben nicht in einer Welt, die die Selbstliebe pflegt. Ich kann sogar verstehen, warum. Das, was wir einen kranken Egoismus nennen – das ist es, was verhindert werden soll. Egoismus entsteht nämlich erst, wenn der Mensch das Gefühl hat, leer zu sein. Nur dann wird er ›egoistisch‹. Nur wenn er nichts hat, rafft er, soviel er kann, an sich, um sich anzufüllen. Ein vor Glück voller Mensch hingegen muß teilen und geben. Er kann gar nicht anders. Ein wirklich glücklicher Mensch, dessen Herz vor Glück voll ist – dessen Herz wird übergehen. Ich kann keinen Menschen zum gebenden Menschen erziehen, bevor er etwas zu geben hat. Das, was er aber geben kann, findet er nur in einer auf sich selbst bezogenen Lebensweise. Das Erarbeiten des eigenen Glücks zieht nach sich, daß der glücklich gewordene Mensch die Nächsten und die Welt an seinem Glück teilhaben lassen muß und will, weil er wie ein voller See gar nicht anders kann.

Man kann sich nun hinsetzen und es beklagen, daß diese Einsichten erst dann entstehen, wenn wir durch einen großen Schmerz gegangen sind. Noch ist das aber auf diesem Planeten so. Es wäre also klüger, dieses Prinzip anzunehmen. Um so schneller und müheloser gelangen wir auf die andere Seite der Existenz, die hinter der Dornenhecke des Lebens auf uns wartet. Es ist so, wie es ist, und die Ereignisse in unserem Leben sind oft wie tosende Wellen einer Brandung. Es kommt nur darauf an, sich auf der Schaumkrone der Ereignisse zu halten.« Verenice atmete tief ein und blickte lange auf den Rotwein in ihrem Glas. »Dieser Wein ist wunderbar blaurot«, sagte sie und trank einen Schluck.

»Ja, das ist mir auch schon aufgefallen«, antwortete ich und hob den Deckel von meinem großen Kochtopf. In diesem Topf hatte ich schon am Vormittag Gemüse, Lorbeer und Wacholder in einer Brühe aus Wein, Wasser, Zitronensaft und Muscheln angesetzt.

Verenice saß auf ihrem Stuhl und sah mir zu. Sie hatte den Kopf ein wenig zur Seite gelegt und ihre Wange in die Hand gelehnt.

So erinnerte mich Verenice in diesen seltenen Momenten der sprechenden Stille an eine Welle, die unzählige Geschichten aus der weiten, blauen Tiefe herantragen konnte.

»Wie geht es Ihnen jetzt, wenn Sie sich an all das erinnern«, fragte Stefan leise.

»Wie bitte?!« Verenice lächelte ihn an und blickte dann kurz zu mir. Ich schob meine angebratenen Fischstücke in den Topf und begann, langsam umzurühren. Es ist wichtig, eine Suppe nicht aus den Augen zu lassen. Das Essen spürt, ob man sich ihm voll und ganz widmet, während man es zubereitet. Es spürt, ob man mit Genauigkeit und Liebe bei der Sache ist. Es gibt auch zwischen einer Speise, die zubereitet wird, und dem Menschen, der sie zubereitet, eine unsichtbare Verbindung. Das ist das Geheimnis jedes guten Essens. Man muß mit den einzelnen Zutaten in Verbindung treten und ihnen freundlich und liebevoll ihren Platz anweisen.

Alles, was der Mensch tut, muß er mit Konzentration, Hingabe und Liebe tun, wenn er möchte, daß das Ergebnis sein Wesen erkennen läßt. Die Frage, die das Leben dabei an uns stellt, lautet immer: Bist du mit ganzem Herzen dabeigewesen? Hast du deinem Herzen zugehört? Hast du seine Wahrheit erkannt, und hast du sie, so gut du es in diesem Augenblick vermochtest, zum Ausdruck gebracht? Wenn man diese Fragen in sich hört, wird alles, was man tut, mit einem Mal zur Frage der Existenz. Tue ich das, was ich tue, mit dem Bewußtsein, eines Tages sterben zu müssen, oder nicht? Nur diese Frage ist es, die mich wach sein läßt. Nur die Einsicht in die Endlichkeit meines Lebens gibt mir die Kraft und die Hingabe und die Konzentration, was immer ich tue so zu tun, als wäre es das letzte Mal.

Es gibt immer nur das absolute »Jetzt«, und dem gilt es, gerecht zu werden. Vergangenen Oberflächlichkeiten nachzutrauern heißt nur, das Jetzt zu betrügen. In dem Moment, in dem ich mich in meiner Phantasie an die achtlosen Gespräche der letzten Woche erinnere, versäume ich es, jetzt und hier mein Bewußtsein auf das Lorbeerblatt zu lenken, das aus meiner Hand in die Suppe fällt.

»Nichts ist klein genug, um mich an die Größe der Existenz zu erinnern«, dachte ich und rührte langsam in dem großen Topf. Jetzt reduzierte ich die Flamme ein wenig, so daß eine stetige, doch nicht zu heftige Wärme alle Zutaten miteinander in Verbindung bringen konnte.

Ich ließ den Kochlöffel abtropfen und legte ihn dann neben die Feuerstelle. Lange würde es nicht mehr dauern, und die Suppe war fertig.

Bald würden die Freunde kommen. Ich wollte sie mit einem vorbereiteten Tisch empfangen und begann, auf einem großen Tablett die Teller und das Besteck und die Gläser zu stapeln, die ich auf dem Tisch nahe beim großen Fenster aufdecken wollte. Es waren handgearbeitete Teller aus glasiertem Ton, und jeder von ihnen hatte eine andere Persönlichkeit. Einer der Teller hatte eine verlaufene Lasur, die aussah wie ein stiller Bergsee, ein anderer erinnerte mich in seiner Maserung an eine aufgeblühte Teerose. Ich nahm Stoffservietten aus der schweren braunen Lade am oberen Schrank, der neben der Türe stand, und legte sie auf den Tellerstapel auf dem Tablett.

»Kann ich Ihnen helfen«, fragte der junge Mann und richtete sich auf.

»Das ist sehr freundlich«, antwortete ich, »aber ihr solltet das Gespräch jetzt nicht mutwillig unterbrechen.«

Verenice stand auf und küßte mich. »Ja«, sagte sie dann, »ich werde Ihnen erzählen, was ich jetzt denke, und das werden wir nebenan tun. Ich möchte nämlich dabei das Geräusch hören, wenn diese wunderbaren Teller auf den Tisch gesetzt werden. Einer nach dem anderen.«

Ich umarmte sie kurz, und dann trug ich das Tablett durch die Türe, die nun der junge Mann weit aufhielt. Ich begann, um den großen Tisch, der vor dem Fenster stand, die Teller zu verteilen. Dann legte ich Messer, Gabel und Löffel daneben, nachdem ich rechts von den großen Suppentellern mit ihrem hohen, gewölbten Rand die weißen Stoffservietten in einem Dreieck gefaltet hatte. Das Besteck hatte ich in einem alten Laden in Madrid gefunden, und ich freute mich jedesmal, wenn ich es in die Hand nehmen konnte. Es war aus schwerem Silber geformt und hatte am unteren Ende jedes Griffes ein Segelschiff eingraviert. Es war eines dieser kleinen, alten, spanischen Segelschiffe mit kurzem Rumpf und hochgezogenen Seiten. Auf jeder Gabel und auf jedem Löffel war dieses Schiff von Hand eingraviert, und als ich es an einem heißen Tag im September erstanden hatte, trug ich es in mein Hotel und bestellte ein Steak aufs Zimmer und eine Tomatensuppe, nur um so schnell wie möglich dieses Besteck einzuweihen. Es lag perfekt in der Hand, und obwohl es schon sehr alt war, schnitten die Klingen seiner Messer scharf wie ein Damaszenerschwert. Vielleicht war es einmal im Besitz eines Kapitäns gewesen, der voll Stolz sein Schiff auf diesem Besteck verewigt hatte. Vielleicht hatten die Messer schon Indien gesehen oder St. Vincent und die Grenadinen. Jetzt lagen sie in »Manuels Bar« auf einem langen, schweren Holztisch nahe beim offenen Fenster und konnten das Rauschen des Meeres hören.

»Sie wollten wissen, was ich denke«, sagte sie und füllte sich einen Fingerbreit weißen Rum in ein sehr hohes, sehr breites Glas. »Wollen Sie?!«

»Sehr gerne – danke.« Der junge Mann reichte ihr ein Glas, das er sich von der Theke genommen hatte. »Leisten Sie uns Gesellschaft?« fragte er, und nach einem kurzen Moment, in dem ich daran dachte, daß meine Suppe schon fertig war, beschloß ich ebenfalls, einen kleinen Schluck weißen Rums zu trinken. Wir setzten uns mit dem Blick zum Eingang, so daß wir sehen konnten, wann sich die ersten Freunde einfinden würden. Ich hob mein Glas zum Gruß und nahm einen kleinen Schluck. Warm und mit karamelisierter, leicht bitterer Süße schmeckte der klare Rum. Er floß in die Arme und Hände, und kurz darauf entspannte er die Beine und machte es angenehm, so beschützt in den leise knirschenden Strohstühlen zu sitzen.

»Ich denke«, begann Verenice, »ich denke, daß die Seele nur an dem lernt, das der Verstand nicht begreift.« Sie nickte mir zu, und dann atmeten wir gemeinsam im selben Augenblick ein und entließen langsam und im selben Rhythmus wieder den Atem. Es war wie so oft mit ihr, wenn wir zusammen waren. Die Gemeinsamkeit unseres Weges hatte zur Folge, daß wir begonnen hatten, Momente des absoluten Gleichklanges zu erleben. Ich wußte, was wir einander sagen wollten, ohne dafür Worte zu erfinden. Auch jetzt – auch hier –, jetzt, mit diesem Glas voll mit mildem Rum, konnte sich etwas ereignen, das uns zwingen konnte, eine neue Ebene der Wachsamkeit und der Aufmerksamkeit zu betreten. Es könnte ein greller Schmerz sein, der unvermittelt die Ruhe des Vorhersehbaren durchschnitt, nur um uns zu verdeutlichen, daß alles – alles endlich ist. Ich hoffte sehr, daß es nicht geschehen müßte. Ich hoffte und glaubte, daß wir diesen Abend in seiner Schönheit genießen durften.

Als hätte sie meine Gedanken gelesen, sagte Verenice in diesem Moment: »Wissen Sie, es dauert sehr, sehr lange, bis man Frieden und Schönheit als Ermahnung erleben darf. Eine Ermahnung, bewußt zu sein, daß wir in dieser Form nur ein einziges Mal erscheinen. Bis dahin wird uns eben leider immer nur der Schmerz als Lehrer geschenkt. Und der ist ein strenger Meister. Wir werden ermahnt, uns bewußt zu werden, daß wir sterblich sind und jeder Atemzug ein Geschenk Gottes ist. Erst wenn uns der Tod seinen blicklosen Schädel nahe an unsere Augen gepreßt hat und sein Geruch nach mattem Moder den Duft der Fresien überlagert – erst dann wird uns bewußt, wie dankbar wir jedem Moment zu dienen haben, der uns Freiheit von Schmerzen beschert.«

Sie sah hinaus aufs Meer, und obwohl es schon dunkel geworden war, erkannte man die Schaumkronen der Wellen. Der junge Mann sah zu mir herüber und schwieg. Er wollte ihr Zeit lassen, zu erzählen oder einfach nur hinauszusehen. Ich fühlte, wie sehr Verenice zwischen dem Damals und dem Heute hin und her blickte.

»Der Tod meines Mannes hat mich aufgeweckt«, begann sie weiterzureden. »Ich habe an seinem Sterbebett gesessen und seine Hand gehalten. Ich habe gesehen, daß er in all der Hektik, die um ihn herrschte, mit einem Mal Bescheid wußte. Er hatte dagelegen und mit seinen Augen die Bewegungen der Ärzte und Schwestern verfolgt, die sich um ihn bemühten. Von Zeit zu Zeit hat er mich angesehen und mir zugelächelt. Sein Leben verabschiedete sich aus seinem Körper, und er konnte nichts dagegen tun, und er konnte es mir nicht ersparen, diesen Vorgang mitanzusehen. Mit einem Mal blieben seine Augen, die immerzu zwischen den Ärzten und den Maschinen, an denen sie ihn angeschlossen hatten, und mir hin und her gewandert waren, an einem Punkt über seinem Bett hängen. Hoch oben an der Decke war etwas, das seine gesamte Aufmerksamkeit zu fesseln begann. Diese Aufmerksamkeit ging aber nicht nach außen zu diesem Punkt, vielmehr war es so, daß dieser Punkt nur dazu diente, seinen Blick zu beruhigen und nach innen zu lenken. Solange ich ihn gekannt hatte, waren seine Augen immer von einem Blitzen der Lebendigkeit erfüllt gewesen, das in einem stetigen Strom nach außen drang. Er eroberte die Welt mit seinen Blikken. Etwas zu sehen und es in Besitz zu nehmen war bei ihm immer ein und dasselbe gewesen. Ich weiß noch wie gestern, wie es sich angefühlt hat, in seinen Blick zu geraten. Seine Augen sahen mich, hielten mich fest und wollten mich haben. Ich war begeistert von diesem Willen, der hinter diesen Augen lebte, und vertraute mich ihm an wie ein Schiff, daß sich dem Wind anvertraut, der seine Segel erfüllt. Alles hatte seine wunderbare, helle, klare, genaue Vision. Wir wollten ein Haus bauen und drei Kinder haben, und wir wollten die Welt sehen und an alles denken, nur nicht an den Tod. Und dann lag er mit einem Mal da und hielt meine Hand, wie er sie noch nie gehalten hatte. Sein Blick ging zum ersten Mal, seit ich ihn kannte, nach innen. Sein Blick wurde ernst und dunkel, und doch begann eine stille Wärme in ihm zu blühen. Ein leises Staunen war in seinem Blick, weil er das, was er zu sehen begann, noch nie zuvor zu Gesicht bekommen hatte. Er schloß seine Augen nicht so wie üblich, wenn er nicht stark sein konnte. Er lag da und blickte in eine Welt, die ihn weich machte und still. Dann drehte er seinen Kopf zu mir und sah mich an. Er konnte nicht mehr reden, aber ich erkannte, daß er mich in seinen Augen erkennen lassen wollte, was er gesehen hatte. Zum ersten Mal, seit ich ihn kannte, ließ er es zu, daß ich in ihn hineinschauen konnte. Es war unendlich still und tief dort hinten in seinen Augen. Still und tief, und gleichzeitig war ein ferner Klang zu hören, der ihn aufforderte, sich zu verabschieden. Er hatte seine Hand in meiner Hand liegen, und mit einem Mal verwandelte sich seine starke Hand, die mir so oft eine Stütze gewesen war, in die Hand eines kleinen Jungen. Eines kleinen Jungen, der sich verabschiedet. Dann war es so, als wäre es die Hand einer alten Frau, alles, alles, alles war diese Hand auf einmal. Und dann war es wieder seine ganz eigene Hand, die ich festhielt, als er starb. Er schloß die Augen mit einem Lächeln. Er lächelte, weil er gesehen hatte, daß ich ihn gesehen hatte. Er hatte mir zugelächelt, weil alles gesehen war, was es zu sehen gab, und dann war ich allein.«

Der Korbstuhl, in dem der junge Mann saß, knirschte leise, als er sich bewegte. Er sah vor sich auf den Boden, und nach einer Weile sagte er zu mir: »Kann ich noch ein wenig zu trinken haben, bitte ...«

Ich holte die Flasche mit dem Rum und schenkte ihm einen Finger hoch ein.

»Danke.«

»Gerne ... der ist sehr mild – nicht?!«

»Ja ... ganz ausgezeichnet.« Er lehnte sich wieder zurück und trank vorsichtig einen kleinen Schluck. Verenice begann weiterzureden, als hätte sie uns gar nicht bemerkt.

»Meine Mutter lebte am anderen Ende des Landes – aber schon am selben Tag, an dem er gestorben war, flog sie zu mir. Sie half mir, die alltäglichen Dinge zu erledigen. Alle Wege zu Ämtern und Behörden – die Stempel und Papiere. Zahlungen für das Begräbnis, den Sarg, die Blumen – sie hatte ein unglaubliches Talent dafür, jemanden unter die Erde zu bringen.«

Wir lachten erleichtert, und jeder von uns trank einen

Schluck von seinem Rum. »Sie sehen – ich habe dieses Erlebnis schon recht gut verarbeitet.«

Der junge Mann entspannte sich wieder in seinem Stuhl. Ich sah, daß er befürchtet hatte, durch seine Neugier Verenice in eine Erinnerung zu treiben, die dem ganzen Abend eine bittere Farbe geben konnte. Nun sah er, daß diese Gefahr nicht bestand, und nickte lachend zu mir herüber. Ich hob mein Glas und sagte: »Die Geschichte geht weiter.«

»Ja, bitte – wie ging es weiter?« er stützte seinen Kopf in die linke Hand.

»Wie ging es weiter? Nun ja«, Verenice zuckte mit den Schultern, »so wie es eben in einer ganz normalen, neurotischen Mutter-Tochter-Beziehung weitergeht ... Mein Vater war schon seit ein paar Jahren tot, also war nur sie es, mit der ich in den Tagen nach dem Begräbnis zu tun hatte. Und ich meine es so, wie ich es sage. Ich hatte mit ihr zu tun. Es war nicht so, daß eine gemeinsame Trauer gelebt wurde. Nein, nein, ganz im Gegenteil – sie stellte mir eine Art Training für mein verletztes Herz zusammen – nur um mich von jeder Art stiller Trauer abzuhalten. Sie ließ mich zwar zwei Tage lang in meinem Zimmer liegen und schlafen und weinen – aber ab dem dritten Tag befand sie, daß ich zurück zu den Lebenden gehörte. Sie telefonierte in der Folge mit allen Menschen in der Stadt, die sie kannte und von denen sie vermutete, daß sie meine Freunde oder Bekannten waren. Sie rief auch Menschen an, deren Namen sie in meinem Adreßbuch entdeckt hatte und deren Gesicht mir selbst schon wieder unbekannt war, als ich sie plötzlich in der Wohnung sitzen hatte. Meine Mutter kochte plötzlich Millionen Liter starken Kaffee, und nach ein paar Tagen kam es mir vor, als hätten wir ein Restaurant eröffnet. Ich sah diesem Treiben zu, und eines Abends wurde mir plötzlich alles klar. Ich saß auf einem Stuhl neben der Küchentüre und beobachtete, wie meine Mutter Sandwiches an die Trauergäste verteilte. Eigentlich sollte ich besser sagen ›Partygäste‹, denn nach wenigen Minuten der Betroffenheit verscheuchte meine Mutter mit ein paar Scherzen jede Sentimentalität. Die Gäste vergaßen ihre schwarzen Krawatten, lobten ihre Truthahnsandwiches und genossen den eiskalten Wodka, den sie dazu servierte. ›Seit es diesen Gorbatschow gegeben hat, muß ich meinen Wodka nicht mehr alleine in der Küche trinken‹, rief sie dann manchmal in die Runde und kippte unter zustimmendem Lachen der heiteren Freunde ein Gläschen mit einem Zug hinunter. Ich saß da und sah ihr zu und wäre gerne so fröhlich und energiegeladen gewesen wie sie. In mir war eine erstaunliche Mischung an Bewunderung und Furcht, wenn ich mit dieser überwältigenden Energie zusammenkam. Sie tat auch all das, was sie inszenierte, nicht im mindesten aus einem bösen Antrieb. Es war nicht so, daß sie meine Trauer zerstören oder behindern wollte. Sie verstand sie nur ganz einfach nicht. Ich saß da auf meinem Stuhl wie an einem Wegesrand in einer sehr heißen Wüste und sah ihr zu, wie sie einen kleinen, kalten Wodka auf den Untergang des Kommunismus in ihre Kehle warf. Sie lachte herzlich, als der Applaus der Partygäste über ihr zusammenbrandete, und füllte jedem, der es wollte, ein weiteres Glas. In diesem Moment der stillen Betrachtung meiner Mutter kam ein Freund zu mir und stellte sich neben meinen Stuhl. Er war ausnahmsweise ein wirklicher Freund, der sich auf die Einladung verirrt hatte, und er stand ein paar Minuten schweigend neben mir und betrachtete mit mir dieses Spektakel. Von Zeit zu Zeit sah er mich prüfend an, und dann nickte er und beobachtete wieder meine Mutter. Und nach einer Weile legte er plötzlich seine Hand auf meine Schulter.

›Was ist‹, fragte ich und blickte zu ihm hoch.

›Eigentlich hättest du *sie* heiraten sollen‹, sagte er und lächelte mich ein wenig traurig und wissend an. ›Ich muß jetzt leider gehen‹, sagte er noch, ›ich lasse mich herzlich bei deiner Mutter bedanken – die Truthahnsandwiches waren hervorragend.‹ Er küßte mich auf die Wange und verließ diskret die Wohnung. Ich saß da wie vom Blitz getroffen. Wieso hatte ich so lange in Blindheit leben können? Wieso hatte dieser eine Satz genügt, um mir eine Wahrheit zu zeigen, in der ich seit Jahren gefangen gewesen war. Er hatte völlig recht. Ich hatte mit meinem Mann einen Ersatz für meine Mutter geheiratet. Es war dieselbe unbändige Energie, die sie und er in sich trugen. Die Verantwortung für mein Leben wurde mir aus der Hand genommen, als ich noch ein kleines Mädchen war – und diese Verantwortung wurde von meinem Mann übernommen von dem Moment an, als er mich zum ersten Mal zum Tanzen aufgefordert hatte. Ich war es nicht anders gewohnt. Ich war ein kleines Mädchen gewesen, das gehalten, geführt, geschoben, geschubst, gebremst, getrieben wurde, und nahtlos hatte mein Mann diese Rolle eingenommen, die meine Mutter ausgefüllt hatte. Und obwohl er ihre ureigenste Energie verkörperte – obwohl sie also eigentlich die besten Freunde sein mußten, weil sie einander so ähnlich waren, herrschte zwischen meiner Mutter und ihm vom ersten Augenblick an Kampf. Sie spürte, daß da jemand kam und ihre Tochter entführte, der eigentlich ein Wesen aus ihrem Energiekreis war. Das ließ ihre Eifersucht mehr erglühen, als wenn ich einen Versager geheiratet hätte. Ich saß da und sah zu ihr hinüber. Ich sah, wie sie im Mittelpunkt all der Menschen stand und scherzte. Ich sah sie da stehen und sah mich mit einem Mal wieder als das kleine Mädchen, das seine Mutter bewundert, weil sie so ein strahlender Stern sein konnte.

Als mein Vater noch lebte, gingen wir oft zusammen aus, und dann saß ich an unserem Tisch in dem Restaurant, in dem wir immer mittwochs zum Essen gingen. Wir aßen fast immer dasselbe. Am Anfang gab es einen ›Ceasar's Salad‹ Dann bestellte mein Vater immer drei Steaks mit Pommes frites für uns. Ich bekam dann zum Abschluß ein Eis. Ich liebte das Eis in diesem Restaurant. Der Besitzer war aus Turin ausgewandert, und die Eisspezialitäten waren sein ganzer Stolz. Er erzählte jedem, der es hören wollte, welch grandiosen Eisladen er in Turin gehabt hatte und daß er in der ganzen Stadt für sein Pistazieneis berühmt gewesen sei. Er hatte aus Italien sein Eisbesteck mitgebracht, und so lagen jeden Mittwoch fünf verschiedenfarbige Eiskugeln vor mir, denen ich langsam beim Schmelzen zusah, während meine Eltern tanzten.

In der Mitte des Restaurants befand sich eine kleine, ovale Tanzfläche, und dort tanzten meine Eltern Foxtrott, Rock 'n' Roll und Samba. Es war eine Augenweide, ihnen zuzusehen. Meine Mutter war eine hinreißend schöne Frau, die ein wenig an Rita Hayworth erinnerte, und mein Vater hatte ein Lächeln wie Errol Flynn. Beide sahen sie umwerfend gut aus – meine Mutter aber schien immer das ganze Licht des Saales auf sich zu ziehen. Oft kam es vor, daß im Lauf der halben Stunde, in der sie tanzten, die übrigen Paare innehielten und an den Rand traten, um meinen Eltern zuzusehen. Sie blieben dann alleine in der Mitte der Tanzfläche und wirbelten selbstvergessen zum Rhythmus der fünfköpfigen Band umher. Alle Männer im Saal wollten nur eines – mit meiner Mutter Bekanntschaft machen. Alle Frauen waren froh, daß mein Vater genügend Temperament hatte, um das zu verhindern. Sie waren ein sehr leidenschaftliches Paar, und auch wenn er genauso laut brüllen konnte wie sie, wenn sie sich stritten, hatte sie doch in allem den längeren Atem. Bis über den Tod hinaus. Es war sehr seltsam. Bei ihrem Temperament hätte man meinen können, mit seinem Tod würde sie sich nach einer Weile den Offerten der Männer öffnen, die sie immer noch umlagerten. Auf eine seltsame, stolze und gleichzeitig extrovertierte Art verweigerte sie aber jede Art von Annäherung. Es gefiel ihr, umworben zu werden, und sie wäre mit Sicherheit verkümmert, wenn es nicht so gewesen wäre. Noch mehr Vergnügen aber bereitete es ihr, jeder Werbung einen Korb zu geben. Sie hatte somit viel Zeit für sich und natürlich für mich.

Bis zu meiner Heirat hatte sie alles für mich übernommen. Meine Ausbildung, meinen Sport, meine Garderobe – mit einem Wort – alles. Und es war nicht so, daß es mir wirklich unangenehm war. Nein – sie tat alles, was sie in meinem Leben tat, wie ein genialer Dirigent. Ein Dirigent, der genau wußte, was er wollte, und der sein Orchester mit Charme und Unwiderstehlichkeit dazu brachte, ihm aus der Hand zu fressen. Es kann etwas sehr Angenehmes sein, mit Charme und Brillanz vergewaltigt zu werden. Es kann einen so bezaubern, daß man völlig übersieht, daß man vergewaltigt wird und die eigene Existenz nur mehr dazu dient, die Vorstellung eines anderen Geistes zu erfüllen. Mit einem Mal saß ich da und erkannte, daß sowohl diese Energie meiner Mutter als auch die meines Mannes verhindert hatten, daß ich zu jemandem geworden war, der wußte, wer er ist. Ich saß da und hörte ihr Lachen und sah, wie sie kurz zu mir herüberzwinkerte, und zum ersten Mal blinzelte ich nicht zurück. Das war ein Ritual, das an meinem ersten Schultag begonnen hatte. Sie hatte mir meine schönste aller Schultüten in die Hand gedrückt und mir ins Ohr geflüstert: ›Vergiß nicht – alle anderen sind nicht so klug wie du –, aber nur wir zwei wissen das!‹

Dann hatte sie mir zugeblinzelt, und ich hatte auch geblinzelt – immer mit dem linken Auge, und von da an war das unser Geheimzeichen gegen den Rest der Welt.

Damit war es vorbei. An diesem Abend und während dieser lärmenden Party zum Gedenken an meinen verstorbenen Mann blinzelte ich zum ersten Mal nicht zurück. Es war wie der Tag, an dem die Siedler in Boston den Tee von den Schiffen der Engländer warfen. Es war nur ein kleines, äußeres Zeichen, aber der Stein, der alles dermaßen ins Rollen brachte, daß am Ende ein Staat geboren wurde, in dessen Verfassung das Recht jedes einzelnen Menschen auf Glück niedergeschrieben war. Das wurde mir in dieser Nacht bewußt. Ich hatte ein Recht auf mein Leben, meine Liebe, meine Gesundheit, meine Stille, meine Menschen, mit denen ich zusammensein wollte – mein Glück.

Heute abend ahne ich sehr genau, was Glück ist. Dazu brauche ich nur mich anzusehen – das, was aus mir geworden ist –, ich muß nur zu diesem Mann hinübersehen, der mich mit soviel Liebe betrachtet, und ich muß nur schweigen, um in der Stille das Meer zu hören. Heute weiß ich, was mein Glück ist. Damals war es wie ein kurzes Déjà-vu, daß kurz in meinem Herzen aufblitzte. Ganz kurz sah ich mich selbst in einer Vision von mir selbst. Ich sah eine heitere, starke, intelligente Frau, die Liebe geben konnte und Liebe annehmen. Und dann war es auch schon wieder vorbei, weil meine Mutter plötzlich, erhitzt von ihrer guten Laune, vor mir stand. ›Na, Kleines – alles in Ordnung?!‹ Sie sah mich lächelnd an.

›Ja, alles in Ordnung‹, sagte ich, ›ich möchte dich nur bitten, daß du wieder gehst.‹

Sie stand da, als hätte sie sich verhört. ›Ich verstehe, mein Liebling – es ist wirklich viel los heute –, aber die Leute sind in einer Stunde wieder weg – dann haben wir etwas Ruhe ...‹

›Nein, Mama‹, sagte ich, ›ich meine nicht die Leute. Ich meine dich. Ich danke dir für alles, was du für mich getan hast – aber ich bitte dich –, mich mein eigenes Leben leben zu lassen, und ich bitte dich darum, morgen nach Kalifornien zurückzufliegen. Ich komme sehr gut klar, denke ich, und wenn ich dich wirklich einmal brauchen sollte, werde ich mich melden. Ist das okay?!‹ Ich saß auf meinem Stuhl und mußte zu ihr hochblicken. Sie stand da und war mit einem Mal sehr alt. Es war befremdlich, das zu sehen, was mit ihr geschah. Auf eine eigenartige Weise hatte sie mich verstanden. Die Zeit, in der ihre kleine Tochter ihre kleine Tochter gewesen war, war nun zu Ende. Ich rechne es ihr bis zum heutigen Tag so hoch an, wie ich noch niemandem etwas hoch angerechnet habe, daß es daraufhin keinen Streit gegeben hat. Sie akzeptierte meine Entpuppung, weil sie fühlte, daß sie vollzogen war. Es gibt Dinge im Leben, die sind unumstößlich. Sie sind unumstößlich, und es wäre ein Zeichen größter Dummheit, dagegen zu revoltieren. Meine Mutter aber ist eine sehr kluge Frau. Sehr, sehr stark und für diejenigen, die nicht wissen, wer sie sind, ein sehr charmanter Dirigent.

Zu meiner großen Erleichterung ließ sie mich los.

Sie ließ mich los, obwohl es eine der größten und schwersten Lernaufgaben ihres Lebens wurde. Nachdem alle Gäste gegangen waren, räumten wir gemeinsam die Wohnung auf und sagten dabei kein einziges Wort. Ich sah, wie ernst sie dabei war, als sie die Kissen auf dem Sofa zurechtrückte, und dabei so konzentriert und bemüht aussah wie ein kleines Mädchen, das es allen recht machen will. Wir gingen dann schlafen, und am nächsten Morgen, kurz bevor sie in ihr Flugzeug stieg, schenkte sie mir ein Bild, das sie aus ihrem Portemonnaie zog. Es zeigte sie und meinen Vater mit einem Baby auf dem Arm. ›Das bist du kurz nach deiner Geburt‹, sagte sie, ›ich habe es seit damals immer bei mir getragen – ich möchte es dir gerne schenken, damit du uns nicht vergißt …‹ Sie strich mir sanft über den Kopf und ging davon. Ich stand mit dem Bild in der Hand da und sah ihr nach, wie sie um eine Ecke bog und sich in die Schlange der Wartenden einreihte. Der Bus brachte sie zu ihrem Flugzeug, und kurz bevor sie einstieg, suchte sie mich noch einmal mit ihrem Blick und winkte zu mir herüber.

Ich stand da und war allein. Rund um mich herum trafen sich Familien, verabschiedeten sich Liebespaare, sprangen Hunde an ihren Liebsten in die Höhe – und ich stand da und war allein. Es ist seltsam, aber – es ist ein Gesetz des Universums. Jede Veränderung findet als Sprung statt. Ist Ihnen das schon einmal aufgefallen?« Verenice nahm einen Schluck und sah unseren jungen Gast fragend an.

»O ja – ich denke, ich weiß, was Sie meinen«, sagte er mit einem Hauch von Selbstironie. Mehr und mehr legte er die grauen Schleier seiner jüngsten, traurigen Erlebnisse ab und begann, der zu sein, der er sein konnte. Ich stand kurz auf und ging in die Küche, um nach der Suppe zu sehen. Es duftete warm und würzig in der Küche, und ich freute mich schon auf den ersten Teller, den ich sehr bald servieren konnte. Ich rührte einmal langsam mit dem großen, hölzernen Löffel um und ging dann wieder zurück.

»Was habe ich versäumt?« fragte ich und nahm mir eine Flasche Mineralwasser mit zu meinem Platz.

»Ach, wir waren eben bei der Merkwürdigkeit der kosmischen Gesetze angekommen«, sagte der junge Mann, und Verenice nickte ihm verständnisvoll zu.

Sie streckte sich in ihrem Stuhl einmal durch wie eine Katze vor dem Ofen und sagte: »Das eigenartige an der Wahrheit der kosmischen Gesetze ist doch nur, daß sie uns darauf aufmerksam machen, wie unsere tiefsten Sehnsüchte aussehen – nicht?«

»Das müssen Sie mir erklären.«

»Nun, ich meine zum Beispiel die Art der Veränderung, über die wir eben gesprochen haben. Ist es nicht so, daß Sie eine große Sehnsucht haben nach dem Frieden der Natur?«

»Ja.«

»Und wenn Sie sich zurücklehnen und an das Bild denken, das Sie von der Natur haben – sehen Sie dann nicht weiche, runde, fließende Formen? Kurven, Kreise, Biegungen, Ellipsen, Wellen?«

»Ja, das tue ich.«

»Sehen Sie, das meine ich – Ihr Wunschbild von der Natur, das Sie in sich tragen, sagt Ihnen – die vom Menschen geschaffene Welt ist kantig und rauh – sie ist nur scheinbar geordnet, in Wirklichkeit aber ist sie chaotisch und unvorhersehbar. Die Ereignisse sind unlogisch, obwohl hinter ihnen Menschen stehen, die ein

Leben lang darauf hingearbeitet haben, so geordnet und logisch wie möglich zu wirken.«

»Ich gebe Ihnen völlig recht.«

»Das freut mich – und in die Natur – in das Bild von der Natur projizieren wir all unsere Sehnsucht nach einer göttlichen Ordnung?«

»Vermutlich tun wir das.«

»Und diese göttliche Ordnung ist unserer Meinung nach harmonischer und gerechter als das Menschenwerk unseres chaotischen Lebens.«

»So habe ich es in allen Märchen gehört ...« Der junge Mann folgte lachend der Fährte, die Verenice für ihn auslegte, und beugte sich aufmerksam vor. »Und diese göttliche Ordnung sieht in unseren Wunschträumen so aus, daß Entwicklungen langsam und stetig vor sich gehen – nicht?!«

»Ja.«

»Also – kurz gesagt – wir glauben oder wünschen, daß Gott in seiner Natur weiche Kurven fährt, um ans Ziel zu kommen. Er soll wie ein sanft ansteigender Hügel die Veränderungen betreiben, die er plant, und als Höhepunkt ist man dann bei einer Veränderung, die langsam und stetig begonnen hat, gewissermaßen von Anfang an dabei.«

»Ist es nicht so?!« Der junge Mann blickte Verenice fragend an.

»Nein – es ist nicht so –, Gott fährt keine weichen Kurven – Gott tanzt. Und er tanzt einen wilden Tanz. Zuckend und unvorhersehbar, von einem Fuß auf den anderen springend, bewegt er sich durch die Unendlichkeit aller Zeiten. Und manchmal wird ihm auch das zu vorhersehbar, und er springt kopfüber nach vorne und bewegt sich im Handstand fort. So ist das, genau so. Unsere Sehnsucht nach langsamen Bewegungen und Entwicklungen kommt nur daher, weil wir Gott in seiner Lebendigkeit und Überraschungskunst nicht begreifen können. Wir wollen ganz einfach, daß das Leben für uns überschaubar wird. Das geht aber nicht, weil, etwas vorhersagen zu können widerspricht der Natur der Natur. Abgesehen davon, daß auf den Sommer der Herbst folgt – natürlich.«

»Wahrscheinlich haben Sie recht.«

»Es könnte sein, daß ich recht habe – aber auch das ist schon morgen nicht mehr so sicher. Aber wissen Sie, es gibt eine neue Erkenntnis, die mir sagt, daß ich wahrscheinlich zumindest heute nicht so ganz falschliege mit meinen Vermutungen.«

»Und die lautet?«

»Wir haben doch alle gelernt, daß Strom fließt – nicht wahr?«

»Ja. Gott sei Dank – da ist Gott ziemlich konventionell geblieben.« Er lachte und stand auf, um sich sein Glas zu füllen.

»Ich darf Ihnen mitteilen, daß Sie sich irren und einer ungenauen Betrachtungsweise zum Opfer gefallen sind.«

»Bitte?« Er stand mit der Flasche in der Hand da, und ich nutzte den Moment, um ihm mein Glas hinzuhalten, damit er nachschenken konnte.

»Strom fließt nicht – er springt.«

»Aha …«

»Ja, das dachte ich auch, als ich das zum ersten Mal gehört habe. Erst seit unsere Meßgeräte fein genug geworden sind, konnte man feststellen, daß sich diese Bewegung, die wir für ein Fließen gehalten haben, aus unendlich kleinen und kurzen Sprüngen zusammensetzt. Nur unser ungenauer Blick hat uns eine Gleichmäßigkeit vorgetäuscht, die einfach nicht da ist.«

»Jetzt verstehe ich, worauf Sie hinauswollen –«, er setzte sich mit seinem neugefüllten Glas und sah zwischen Verenice und mir hin und her. »Es ist nur von der Genauigkeit unserer Beobachtung abhängig, wie wir die Welt sehen. Wir leben manchmal ein Leben lang in dem Glauben, daß die Erde eine Scheibe sei. Und ich denke, daß Sie mir all das nur erzählen, um mich darauf aufmerksam zu machen, daß das Leben der Seele denselben Gesetzen unterliegt.«

»Ja!!«

»Es liegt also nur in unserer Betrachtungsweise, wie wir unsere eigenen Sprünge interpretieren. Entweder sehen wir sie als Schreckgespenst an oder aber als göttlichen Tanz. Und das, was wir heute als entsetzlich erleben, macht vielleicht schon morgen einen Sprung und zeigt sich lediglich als weitere Entwicklungsstufe.«

»Weiter so ...«

»Der einzige Fehler, den man machen könnte, wäre also, sich diesem Tanzen und Springen entgegenzustellen. Die edelste Übung besteht darin, sich dem Rhythmus des Unbegreifbaren hinzugeben und mitzutanzen ...«

Verenice sah ihn lange und liebevoll an. »So hätte ich es gerne auch formuliert. Darf ich noch etwas ergänzen?!«

»Bitte.«

»Wir wollen doch alle eine innere Entwicklung erleben – unterstellte ich uns das richtig so?!«

»Völlig richtig.«

»Gut – dann darf ich den Satz sagen, für den unser Kopf lange braucht, um ihn lieben zu lernen: »Die Seele lernt nur an dem, was der Verstand nicht begreift.«

Der junge Mann sah sie an, und nach einer langen Pause nickte er.

»Ich weiß, was Sie jetzt empfinden«, sagte Verenice, »es ist eines der schwersten Dinge, die unser Verstand zu akzeptieren hat. Er muß demütig und bescheiden werden, obwohl er doch so gerne alle Rätsel für uns lösen möchte. Warum Sie zum Beispiel diese bittere Trennung erleben mußten. Verzeihen Sie, wenn ich dieses Thema jetzt ins Spiel bringe – aber es ist ja nun mal Ihr Thema zur Zeit.«

»Gerne ...«

»Auch dabei hätte Ihr Verstand so gerne eine Erklärung, die Ihnen hilft zu begreifen und zu verstehen. Die Wahrheit ist, daß Sie erst dort zu lernen beginnen, wo das für Sie Unerklärliche beginnt. Wenn Sie sich einmal für diese Weite des Unvorhersehbaren geöffnet haben, werden Sie eine Süße empfinden, die Ihren Schmerz zu heilen beginnt, ohne daß Sie wissen, wie Ihnen geschieht – glauben Sie mir.«

Verenice stand auf und öffnete ein zweites Fenster. »Sie werden sehen, jetzt kommt bald der Abendwind, und wenn er unserem Haus begegnet, freut er sich, wenn er durch dieses Fenster hier hereingelassen wird und durch dieses da mühelos wieder hinausgelangen kann.« Mitten in ihrem Satz wehten ihre Haare ein wenig zur Seite, und der Abendwind drehte eine sanfte Pirouette durch den Raum und verabschiedete sich daraufhin durch das große Hauptfenster, an dem wir den Tisch gedeckt hatten.

»Ich war selten so allein gewesen wie an jenem Abend, als ich in meine Wohnung zurückkehrte, in der ich mit meinem Mann gelebt hatte. Das war einer der sehr schnellen und großen Tanzschritte der Existenz, die mein Schutzengel mir an diesem Tag zugemutet hatte. War der Abschied von meiner Mutter, von meiner Herkunft nicht doch zu radikal? Ich lag eine schlaflose Nacht lang in meinem Bett und versuchte, einen Sinn zu finden. Was hatte ich Böses getan, fragte ich mich immer wieder. Wo sollte es mit mir hingehen? Was sollte ich am nächsten Morgen tun? Was?! Ich lag da und starrte in die Dunkelheit und legte die Hand auf die rechte Bettseite. Ich legte sie dorthin, wo mein Mann immer gelegen hatte. Ich fühlte eine stille, ruhige Trauer, aber seltsamerweise keine Verzweiflung. Ich fragte mich, ob ich herzlos war und warum die Welt nicht einstürzte. Mit einem Mal hörte ich die Stimme meines Schutzengels, der zu mir sagte: ›Kümmere dich um dich selbst ... ‹

Ich lauschte in die Dunkelheit hinein und sagte daraufhin laut in das leere Zimmer: ›Habe ich richtig verstanden? Ab jetzt geht es um mich – zum ersten Mal in meinem Leben soll ich für jeden Schritt, den ich tue, die Verantwortung übernehmen? Ich soll mein Leben zu leben beginnen. Meines – nur meines?!‹«

## Der Schutzengel

»Mein Schutzengel lachte mir zu und sagte: ›Genau das ist es, was du heute nacht lernen sollst. Geh deinen Weg. Sorge dich nicht darum, was die anderen über dich denken. Tu das, was dein Herz dir vorschlägt – höre ihm genau zu. Unterscheide die eingebildeten Wünsche von den wahrhaftigen. Und wenn du die Sicherheit in dir fühlst, dann tue alles, um diesen Wunsch Realität werden zu lassen.‹

Ich hörte den Klang seiner Worte tief in meinem Wesen und fühlte überdeutlich, daß er recht hatte. In dieser Nacht setzte mir mein Schutzengel ein klares Zeichen, wohin der Weg meines Lebens führen soll.« Verenice schwieg und sah dem jungen Mann ruhig in die Augen. Er blickte zurück und forschte in ihrem Gesicht.
Nach einer Weile fragte er: »Haben Sie einen Schutzengel?«

»Ja, das habe ich, genauso wie Sie.«

»Meinen Sie eine innere Stimme oder das, was man tatsächlich als Schutzengel bezeichnet?«

»Ich meine das, was man tatsächlich als Schutzengel bezeichnet.« Verenice lächelte ihn an und wartete auf seine nächste Frage.

»Sie sind sich sicher, zwischen der inneren Stimme und dem, was Sie einen Schutzengel nennen, unterscheiden zu können?«

»Das bin ich – obwohl ich zugebe, daß es einer gewissen Übung bedarf. Die innere Stimme hat fast immer einen kleinen, fordernden Unterton. Was immer sie einem rät, ist zwar meistens richtig, weil sie aber doch aus den tiefsten Schichten unserer Persönlichkeit kommt, ist sie ein Teil unseres Ego. Und das Ego will doch recht behalten. Der Schutzengel hingegen klingt ganz anders. Er formuliert sich in den Teilen des Gehirns, wo sich die inneren Worte bilden – aber er stellt seine Vorschläge immer mit großer Gelassenheit dar. Wenn etwas rot ist, und wir nehmen es als normale Menschen nicht völlig konsequent als rot zur Kenntnis, kann der Schutzengel versuchen, uns die Augen zu öffnen. Er wird dann sagen: ›Sieh hin – es ist rot. Nichts anderes als rot. Vertraue deiner Wahrnehmung. Du hast völlig recht, auch wenn der Rest der Welt deiner Einsicht widersprechen sollte. Entscheide, was du mit dieser Erkenntnis machen willst.‹ Dann würde er sich ruhig verhalten und uns unseren Willen lassen. Bei der inneren Stimme würde ein sanfter Druck mitschwingen, wenn sie sagte: ›Erkenne doch bitte endlich, daß das hier die Farbe Rot ist, und handle endlich danach!‹«

»Ich verstehe.« Der junge Mann sah zu mir herüber, um zu prüfen, was ich zu sagen hatte.

»Ich kann das nur völlig bestätigen, was Verenice Ihnen erzählt«, sagte ich und nickte ihm zu. »Das heißt, Sie haben auch schon Bekanntschaft mit Ihrem Begleiter gemacht?!«

»Oft.«

»Das Wort Begleiter gefällt ihnen sehr«, sagte Verenice.

»Wem?!«

»Den Schutzengeln.«

»Demnach habe ich auch so einen Begleiter?«

»Selbstverständlich.«

»Und wie erkenne ich ihn?!«

»Indem er so heiter ist und unser Gespräch auf ihn gebracht hat.« Verenice lachte hell auf und sah den jungen Mann aufmunternd an. Er mußte an diesem Abend wirklich immerzu zwei Treppen auf einmal nehmen, aber er meisterte diese Übung mit Bravour.

»Würden Sie sagen, daß diese ›Begleiter‹ die Seelen verstorbener Menschen sind?«

»Ja, auch das ist möglich. Es ist wie mit dem Licht und den Tönen, wissen Sie. Es gibt so viele Töne und Strahlungen, die wir nicht wahrnehmen, weil uns die Organe dafür fehlen. Sie sind aber trotzdem vorhanden. Eine unserer Aufgaben als Menschen besteht darin, uns diese Tatsache bewußtzumachen. Und genauso wie mit dem Licht und den Tönen ist es mit den Welten der Geistesenergien. Unsere Begleiter sind nur in einem Bereich zu Hause, der uns nicht immerzu bewußt sein kann. Da sind sie aber immerzu da, und wenn wir sie aufsuchen, können wir sie erkennen.«

»Wie machen Sie das, wenn ich fragen darf?«

»Ich fange ganz einfach an, mit ihm zu reden – probieren Sie es doch einfach heute nacht, wenn Sie im Bett liegen. Sie werden an dieses Gespräch denken, an all unsere Freunde, die Sie noch kennenlernen werden. Und dann können Sie doch einmal in aller Ruhe das Gespräch mit ihm suchen.«

»So wie Sie damals in jener Nacht?«

»Genau so ...«

»Und was ist dann mit Ihnen geschehen?«

Verenice atmete tief ein und aus. »Ich habe am nächsten Morgen begonnen zu üben – und ich habe bis heute nicht damit aufgehört.«

»Was haben Sie geübt?!«

»Das Richtige vom Falschen zu unterscheiden.«

»Wie haben Sie das gemacht?!«

»Es war nicht leicht, das können Sie mir glauben. Ich hatte in dieser doch nicht einsamen Nacht den Ruf verspürt, meiner Wahrheit auf den Grund zu gehen.«

»Ja, aber wie?!«

»Ich habe zugelassen, daß mein Leben sich dorthin veränderte, wo es sich hinentwickeln wollte. Ich habe erst einmal zuhören gelernt. Ich habe am Morgen, als ich aufgewacht war, meinen Körper gefragt, was er gerne als Frühstück hätte. Und Sie werden lachen – er hat nicht sofort gesagt: Ich möchte nur einen geriebenen Apfel mit Honig, Nüssen und etwas Joghurt – und dazu eine Tasse grünen Tees! Ganz im Gegenteil, ich bin zu einem Coffeeshop an der Ecke gegangen und habe Pancakes gegessen. Pancakes mit Ahornsirup und Bananenscheiben und Butter und ein wenig Zimt obendrauf. Dazu habe ich rabenschwarzen Kaffee getrunken und die Zeitung gelesen. Eigentlich sollte man sich ja nur auf das eine oder das andere konzentrieren. Ich hatte aber an diesem Morgen unendliche Lust, endlich einmal alles zu tun, was man nicht tun soll. Und ich sage Ihnen: Es hat Spaß gemacht. Es hat solchen Spaß gemacht, daß mir daraufhin zwei Stunden lang ein klein wenig schlecht war. Aber was soll's – am Abend bin ich dann nach dem Kino zu McDonalds gegangen und habe einen Fischmac und einen Viertelpfünder gegessen. Mit einer großen Cola mit Eis und hinterher noch einen Vanilleshake. Und auf dem Nachhauseweg habe ich zu der Zimtapfeltasche, die ich mir mitgenommen habe, auch noch eine Zigarette geraucht. Es war herrlich. Als ich dann im Bett gelegen und alle Glieder von mir gestreckt habe, hat mein Begleiter mir zugeflüstert: ›Ich wünsche dir eine gute Nacht.‹ Dann habe ich mein Kissen umarmt und bin zum ersten Mal seit vielen Tagen ohne zu weinen eingeschlafen.«

»Ich verstehe«, sagte der junge Mann, »ich mische manchmal den Vanilleshake mit dem Erdbeershake ...«

»Wunderbar – und schütten Sie die beiden Shakes in ein drittes Gefäß und rühren um – oder trinken Sie abwechselnd von dem einen und dann von dem anderen?« Verenice saß mit großem Ernst auf ihrem Fensterbrett, während sie diese Frage stellte, und er gab ihr genauso gesammelt die gewünschte Antwort.

»Ich fülle jeweils zirka ein Drittel von beiden Geschmacksrichtungen in ein drittes Gefäß und rühre dann mit dem Strohhalm um. Und dann wandere ich mit dem Mund zwischen den drei Strohhalmen hin und her.«

»Rauchen Sie dazu?«

Er lachte kurz auf. »Ja – von Zeit zu Zeit rauche ich dazu eine Chesterfield. Ich gebe zu, es ist eine absolut perverse Geschmackskombination, aber ...«

»Aber sie macht Sie froh?!« unterbrach Verenice.

»Ja ... ja sie macht mich von Zeit zu Zeit wirklich froh ... absolut froh. Das ist sehr eigenartig.«

»Das heißt also, Sie haben einen Punkt in Ihrem Leben, zu dem sie in Ihrer Phantasie immer zurückkehren können, um sich in der Erinnerung daran zu erfreuen?«

»Theoretisch ja ...«

»Wieso theoretisch?«

»Es ist bei mir eher so, daß meine Freude eine Vorfreude ist, weil ich manchmal nach einem schweren Tag durch die Stadt gehe, und wenn ich an dem Laden mit dem großen gelben ›M‹ vorbeikomme, fällt mir meine Spezialität ein, und dann habe ich ein paar Minuten eine Vorfreude.«

»Ich verstehe ... aber wissen Sie, was eines der schönsten Geheimnisse des Geistes ist?!«

»Nein.«

»Die Imagination. Es ist doch so, daß in Ihrem Bewußtsein das Erlebnis gespeichert ist, wie es sich anfühlt, diese drei Shakes zu trinken?«

»Ja.«

»Ihr Geist hat dieses Gefühl und dieses herrliche, kindliche Glück gewissermaßen auswendig gelernt.«

»Ja.«

»Sie tragen also immerzu, wo immer Sie gehen und stehen, dieses Gefühl in sich.«

»Ja.«

»Und es drängt sich nur in Ihr Bewußtsein, wenn Sie unmittelbar vor dem Geschäft stehen, in dem Sie in ein paar Minuten wieder die Realität kaufen können, die die Basis Ihres Gefühles darstellt?«

»Ja.«

»Drehen Sie diese Zusammenhänge doch einfach um.«

»Wie meinen Sie das?«

»Wenn dieses Gefühl in Ihnen ist, wenn Sie es riechen und schmecken und fühlen können, was Sie glücklich macht, wenn Sie kurz davor sind, sich neue Shakes zu kaufen – dann drehen Sie den Spieß doch einfach um. Warten Sie nicht darauf, daß das große gelbe ›M‹ Sie daran erinnert und daraufhin alle Ihre chemischen Botenstoffe im Hirn beginnen, Glückshormone auszuschütten. Imaginieren Sie sich dieses kleine private Glücksreservat, wo und wann immer Sie wollen. Mitten in einem ernsten Gespräch. Mitten in diesem Gespräch denken Sie bewußt an den Geschmack Ihres Dreiklangs und wie herrlich verboten es ist, eine Chesterfield dazu zu rauchen. Erinnern Sie sich, wie Sie glücklich mit den Füßen unter dem Tisch gescharrt haben wie ein siebenjähriger Junge, und fühlen Sie das Lächeln, das dann in Ihnen hochsteigt. Sie werden erleben, wie im selben Augenblick Ihr Zustand ein anderer wird. Vielleicht atmen Sie tief durch, vielleicht lächeln Sie wirklich völlig absichtslos und entspannen damit sich und den stressigen Gesprächspartner. Und wenn nicht – dann haben zumindest Sie einen Augenblick erlebt, um den es geht – glücklich zu sein.«

»Ich verstehe.«

»Wissen Sie, was dann ein nächster Schritt sein könnte?«

»Nein.«

»Diese Momente des Glückes an wirkliche Gesundheit zu knüpfen.«

»Das klingt ein wenig seriös.« Er lachte und blickte in sein leeres Glas.

Verenice nickte mir zu. »Bevor wir völlig auf dem Trockenen sitzen – ist noch ein Hauch von diesem Rum da?«

»Das ist gut möglich – aber darf ich uns empfehlen, ein paar Salzmandeln dazu zu essen. Er ist zwar sehr mild und leicht – wenn wir aber so weiterplaudern und den Sonnenuntergang zelebrieren, sind wir stockbetrunken, wenn unsere Freunde kommen.«

»Ich liebe es, wenn er so praktisch denkt!« Verenice lachte und hob den Flaschenhals von ihrem Glas zurück, als ich ihr mehr als nur einen halben Finger hoch einschenken wollte. »Danke, danke – das reicht«, sagte sie, »das Dumme ist ja, daß er wirklich recht hat – wo also bitte sind die Salzmandeln?«

»Ich hol sie schon.« Der junge Mann stand auf und ging beschwingt zur Bar. Er nahm zwei der bereitstehenden Schälchen mit Salzmandeln und gab eines davon Verenice. »Danke.«

»Sehr gerne.«

»Mein Gott, diese Salzmandeln sind gut«, sagte sie und warf sich drei oder vier Stück gleichzeitig in den Mund.

»Tja –«, sagte ich nur und nahm mir auch ein Schälchen und setzte mich wieder hin.

»Die macht er nämlich selber.«

Ich genoß den staunenden und bewundernden Blick unseres jungen Freundes

»Doch, doch«, sagte ich und biß in eine geröstete Salzmandel.

»Was ist das Geheimnis«, fragte unser junger Freund.

»Das Tempo. Die meisten Salzmandeln, die Sie in Ihrem Leben gegessen haben, waren außen ziemlich hart, manche fast ein wenig bitter angebrannt, und innen waren sie dagegen fast roh und wie Hartgummi! Und darum röste ich sie mit großer Geduld. Man muß sie eine Zeitlang bei niedriger Temperatur im Backrohr liegenlassen, bis sie komplett entfeuchtet sind, dann besprüht man sie mit einem Hauch salziger Butter und gibt dann große Hitze. Das Resultat ist eine trockene, knackende, durch und durch geröstete Mandel.«

»Das werde ich mir merken ... gibt uns das nicht die Gelegenheit, über die Gesundheit zu reden – irre ich mich, oder wollten Sie mir vorhin nicht einen guten Rat fürs Leben geben?«

»Ich liebe es, wenn Sie mit dieser feinen Ironie sprechen –«, sagte Verenice kauend, »aber ich werde das jetzt tatsächlich tun, obwohl Sie schon beim Wort ›Gesundheit‹ zusammenzucken, wie ich sehe.«

»So gute Augen haben Sie – ich sitze hier völlig ruhig und zucke nicht im mindesten.«

»Sie wollen ruhig erscheinen und zähmen Ihre äußere Muskulatur, mein lieber Freund – Ihre Aurafelder aber sind in ganz schöne Turbulenzen geraten und zucken ängstlich zusammen, weil Sie glauben, daß ich Ihnen von Ihrer Zigarette beim Erdbeershake abraten könnte. – Stimmt's?!«

»Ich sehe, daß ich nichts vor Ihnen verbergen kann – also bitte, ich höre.«

»Also gut – ich möchte das jetzt nicht verallgemeinern, sondern Ihnen einfach von mir berichten – wenn Sie mögen?«

»Bitte ...«

»Ich habe mich damals gehenlassen. Mein ganzes Leben hatte nur einen Sinn gehabt. Ich hatte mich von der Frau, die ich sein könnte, entfernt, um anderen zu gefallen. Das klingt seltsam, aber es war bei mir nicht anders als in fast allen Beziehungen, die ich kenne. Kaum jemand öffnet seine Augen und schaut genau hin, wem er da in seinem Leben begegnet und warum er glaubt, denjenigen zu lieben. Das Problem entsteht dann, wenn der Kopf anfängt zu glauben, jetzt müßte eine Gemeinschaft entstehen. Auch das wäre ja nicht unbedingt falsch, wenn sich die Beteiligten darüber klar wären, was sie da tun. Sie wissen es aber leider nicht. Sie respektieren nämlich nicht das Wesen des anderen, sondern wollen den anderen so sehr verändern, bis er ihrem Wunschbild entspricht. Da wir alle eine Sehnsucht nach Gemeinsamkeit haben, machen wir mit, auch wenn wir bemerken, daß es darum geht, einen anderen Menschen aus uns zu machen. Im Gegenteil – ein großer Teil unserer Lebensenergie wird dafür aufgebracht, uns zu verstellen, um so zu werden, wie wir glauben, daß wir den anderen gefallen. Immerzu wurden wir dahin erzogen, den anderen zu gefallen. Schon gar nicht mutig das eigene Wesen so zu zeigen, daß wir für jedermann klar erkennbar wären. Die Belohnung für den Mut, der zu sein, der man ist, besteht darin, von denjenigen um so erfreuter erkannt zu werden, die auf der Suche nach deiner wahren Persönlichkeit sind. Das alles ist nur die Frage einer kleinen Weichenstellung in der Kindheit. Man kann es ganz einfach zusammenfassen. Wenn Kinder belohnt werden, dann erhalten sie Dinge, die in Wirklichkeit nicht gut für sie sind. Kuchen, Eis, Bonbons und Torten. Alles, was weich ist und süß und warm. Haben Sie jemals davon gehört, daß ein Kind als Belohnung einen leichten Waldlauf geschenkt bekommen hat – oder gedünstete Zucchini mit Naturreis –, und wenn es schon etwas Süßes sein muß, dann ein Kefir mit Birnenmelasse?!«

Der junge Mann verschluckte sich beim Lachen an einer meiner Salzmandeln und erholte sich erst wieder, als ich ihm ein paarmal fest zwischen die Schulterblätter geschlagen und ihm ein Glas Wasser gereicht hatte. »Danke – danke sehr«, sagte er und räusperte sich noch einmal mit Tränen in den Augen. »Verzeihen Sie, aber ich habe Sie unterbrochen.«

»Ja, natürlich haben Sie mich unterbrechen müssen, weil es für unsere Welt tatsächlich der größte Scherz ist, sich Gedanken über die Wurzeln unserer Empfindungen zu machen. Die ersten Eindrücke sind nun mal die, nach denen wir uns ein Leben lang ausrichten. Der erste Geschmack, der erste Kuß, das erste Gespräch über Schutzengel – diese Markierungen werden für lange Zeit der Maßstab sein. Wir bekommen diesen einen *Maßstab* in die Hand gedrückt, der alle unsere Entscheidungen beeinflussen wird. Die Art, wie wir empfinden, die Kleidung, die wir mögen, die Musik, die wir als stimulierend empfinden, die Religion, an deren Gottesbild wir glauben – all das hat irgendwann einmal einen Hammerschlag erlebt, der den Nagel unserer Bewertung in das Holz des Wegweisers getrieben hat, der uns auf unseren Lebensweg schickt. All unsere ersten Prägungen sind uns zur Heimat geworden, in die wir uns zurücksehnen, wenn uns im Leben der Erwachsenen der kalte Wind der Realität ins Gesicht bläst. Aber es gibt eine Lösung.«

»Gott sei Dank sagen Sie das jetzt.« Unser junger Freund entspannte sich wieder in seinem Stuhl. Bei den letzten Sätzen, die Verenice in den Raum gestellt hatte, war ein Ausdruck der Sorge auf seine Stirn getreten, der sich nun wieder verflüchtigte. »Ich habe Ihnen zugehört und hatte plötzlich den Eindruck, Sie wollten mir sagen, daß wir ein Leben lang nichts anderes sein können als die Marionetten an den Fäden unserer ersten Zuckerwatte.«

Verenice sah ihn voll Bewunderung an. »Darf ich diesen Vergleich in Zukunft zitieren?«

»Es würde mich froh machen.«

»Danke sehr ... wissen Sie, wie die Lösung aussieht?!«

»Ich höre.«

»Nachgeben!«

»Nachgeben?!«

»Nachgeben heißt die Befreiungsformel. Eine Sache ist uns nämlich allen ebenfalls mitgegeben worden. Wir wollen nicht unterrichtet werden. Wir wollen nicht belehrt, verbessert, aufmerksam gemacht werden darauf, daß wir falsch leben. Wir wollen das, was wir als unsere Persönlichkeit erleben, verteidigen. Selbst wenn wir ahnen, daß es nicht gut ist, ein Leben lang nach der Arbeit faul auf dem Sofa zu liegen und Chips zu essen – es ist Teil unserer Persönlichkeit. Es ist Teil unseres Widerstandes gegen die Besserwisser. Je mehr nun gedrängt wird – der Faulpelz möge sich doch erheben und zu turnen beginnen – um so größer wird der Widerstand. Das einzige, was helfen kann, ist – nachzugeben. Es ist wie in der Physik. Druck erzeugt Gegendruck. Ich habe damals begonnen, meinen Kindheitswünschen nachzugeben. Jahrelang habe ich mich von der Welt ermahnen lassen, Fassung zu bewahren. Mit einem Mal war es mir zu dumm. Ich wollte die Fassung verlieren. Ich wollte endlich wieder das Mädchen sein, das Kuchen ißt und Schokolade dazu trinkt und öffentlich Zigaretten dazu raucht. Ich suchte mir einen Job, der mich nicht allzusehr beanspruchte, und lebte eine Zeitlang hemmungslos all meine Bedürfnisse aus. Sie werden lachen, es hat sich nicht nur auf Vanilleshakes beschränkt.«

»Nein?«

»Nein – erwarten Sie jetzt Enthüllungen?«

»Ich weiß nicht, wie weit Sie gehen wollen?«

»Immer weiter – und das mein Leben lang. Glauben Sie mir, ich habe Ihren kurzen Seitenblick zu meinem geliebten Mann und Koch sehr wohl bemerkt. Sie glauben jetzt, vermuten zu müssen, es könnte ihm peinlich sein, daß ich anfange, über mein Leben zu reden. Sie werden nicht erstaunt sein zu hören, daß ich meinem Liebsten nicht peinlich bin. Und wissen Sie, warum? Weil wir einander lieben. Wir lieben uns, und wir lieben einander. Damit meine ich alles das, was sich an und im anderen erkennen läßt. All das, was die Geschichte unseres Lebens ausmacht und was für jede wunderbare Falte in unseren Gesichtern verantwortlich ist – verstehen Sie?!«

»Ich denke, ja.«

»Und weil Sie hier bei uns gelandet sind, weil Ihr geliebter Schutzengel möchte, daß Sie ein neues Leben beginnen, erzähle ich Ihnen all das, damit ich Sie inspirieren kann, mutig zu sein. Folgen Sie mir bitte, wenn ich Ihnen erzähle, daß ich auch in sexueller Hinsicht meine Fassung verloren habe.«

»Ich kann mir so was durchaus vorstellen.«

»Ich danke Ihnen für das Kompliment.«

»Gerne.«

Verenice verstand es, ihn immer wieder zu überraschen, und er war heiter und wachsam genug, die Bälle, die sie ihm zuspielte, elegant zurückzugeben.

»Also, wenn Sie sich vorstellen können, was sich damals in meinem Jungfrauenleben abspielte – dann kann ich sagen: Ihr Heutigen tut mir leid – denn damals gab es noch kein Aids. Was das bedeutet, werden Sie vielleicht ahnen?«

»In etwa.«

»Verdoppeln Sie dieses höfliche ›In etwa‹, dann kommen Sie der Realität etwas näher. Es war eine bunte Zeit, in der wir versuchten, uns durch unsere Sexualität kennenzulernen. Es war für mich das Zeichen, endlich eine befreite Frau zu sein, wenn ich in einer Cafeteria auf der Fifth Avenue einen von diesen smarten Businessmen angeflirtet hatte, um ihn dann bei mir in meiner Wohnung heiß zu duschen, nachdem wir uns in der Küche gegenseitig mit Schokoladensauce überschüttet hatten. Ich nahm dazu immer Hershey's Schokoladensauce, weil sie so einen Nachgeschmack nach Karamel hat.«

»Ich kenne Hershey's Schokoladensauce.«

»Na, dann wissen Sie ja, wovon ich rede. Auf jeden Fall war es eine sehr lustvolle Erfahrung auf dem Küchentisch zu liegen und zuzusehen, wie ein Manager die Schokosauce zwischen meinen Schenkeln abschleckte. Man konnte diese Sauce nämlich mit ein wenig Cognac erwärmen und sie ganz langsam hineinfließen lassen. Manche ließen sich eine Stunde damit Zeit, sie wieder herauszuschlecken. Wenn sie fast fertig waren, liefen sie immer zum Herd, wärmten neue Sauce auf und schütteten sie mir langsam über den Bauch und tiefer, bis ich ganz in der Sauce versank. Umgekehrt war es immer ein wenig mühsamer, weil auf einem noch so ansehnlichen männlichen Teil niemals soviel Hershey's Platz findet wie zwischen den Beinen einer Frau! Angenehm war es natürlich, das gleiche Schokospiel mit Freundinnen zu spielen. Nun, der langen Rede kurzer Sinn: Ich tat alles, wovor mich meine Mutter immer gewarnt hatte. Sie hatte mich zu Recht gewarnt – ich konnte und wollte nämlich nicht mehr aufhören, die Fassung zu verlieren. Eines Tages dann war es zu spät.«

»Um Gottes willen – wieso?«

»Ich wurde dick!«

»Hershey's Schokosauce ...!«

»Sie haben es erfaßt. Es hatte soviel Spaß gemacht, und ich hatte es endlich geschafft, meiner Lust wirklich nachzugeben, ohne den geringsten Muckser meines sogenannten Gewissens zu vernehmen, und dann wachte ich eines Morgens auf und war – dick!«

»Was tun?!«

»Genau – was tun – habe ich mich gefragt und geduscht und dem jungen Mann, der bei mir übernachtet hatte, die Schokolade mitgegeben, und dann habe ich tief durchgeatmet und mir Turnschuhe angezogen und bin in den Central Park zum Laufen gegangen. Die ersten Tage waren die Hölle. Das heißt, jeweils nur die ersten zehn Minuten – danach wurde es besser und besser, und nach einem Monat lief ich mir selbst davon und war wieder schlank und rauchte fast nichts mehr. Ich machte Bekanntschaft mit ein paar sehr attraktiv wirkenden jungen Menschen, die so wie ich in der Früh durch den Park liefen. Wir liefen dann ein paar Strecken miteinander, und sie erzählten mir, wieviel Spaß es machen kann, mal was anderes zu essen als Apfeltaschen mit Zimt, und so begann ich, Obst zu kaufen und Gemüse und Fisch und grünen Tee. Und wissen Sie, was das schöne daran war?!«

»Was?«

»Es ist von selbst passiert. Niemand hat mich dazu gezwungen. Ich habe nichts anderes getan, als der einen Lust so lange nachzugeben, bis sie befriedigt war. Als ich wirklich satt war, haben mich mein Körper und mein Herz wie von selbst darauf aufmerksam gemacht, daß es noch anderes gibt.

Es war gut, mich gehenzulassen, gut, die Fassung zu verlieren. Besser war es, sich nicht gehenzulassen, nicht die letzten Energiereserven des Körpers und des Herzens im Feuer der leichtsinnigen Leidenschaften verglühen zu lassen. Besser war es, gesund zu sein – ausgeschlafen, klar und leicht im Geist. Ich mußte lachen, als ich entdeckte, wie angenehm es sein kann, mit acht Stunden Schlaf in den Gliedern und ohne mürrische Stimmung aus dem Bett zu steigen. Die Leber ist nun mal das Organ, das durch Drogen, wie zum Beispiel Bier und Rotwein, so sehr belastet wird, daß die Körperchemie ins Wanken kommt und Depressionen ihr Haupt erheben!«

»Ich verstehe – darum nippen Sie auch nur dauernd an Ihrem halben Zentimeter Rum!«

»Richtig beobachtet – ich sehe, Ihre Aufmerksamkeit schärft sich mit jeder Viertelstunde.«

»Das tut sie vor allem, weil ich wissen will, was dann mit Ihnen passiert ist.«

»Es war vor zirka fünfzehn Jahren, daß die kritische Masse erreicht war. Die kritische Masse bestand aus dem Widerspruch zwischen dem, was ich ›mein gesundes Leben‹ nannte und der Umgebung, in der ich mich befand. Es bereitete sich wieder ein Sprung in meinem

Leben vor, und ich begann seine Annäherung zu fühlen. Und mit dieser zunehmenden Wachheit meines Körpers hatte ich begonnen, mich dem spirituellen Weg zu öffnen. Ich begann zu fühlen, daß große Gebiete darauf warteten, entdeckt zu werden. Ich wollte die weißen Stellen auf meiner ureigenen Landkarte mit Farbe erfüllen. Ich fing damit an, Yoga zu machen. Ich lernte, meinen Atem zu beobachten und meine Aufmerksamkeit in meine Chakren zu lenken, und übte die innere Stille. Es war eine Wohltat, sich dem Exerzitium des Nichts-Tuns hinzugeben. Nach einem Jahr bemerkte ich, daß mein Körper und seine Lebendigkeit doch noch stärker ausgeprägt waren, als die biologischen Kräfte unseres 70jährigen indischen Lehrers. Ich traf mich mit Freundinnen und Freunden, die mir von einer Sache berichteten, die man die ›Dynamische Meditation‹ nennt. Unsere Energien können nicht so schnell zur Ruhe kommen, und darum ist es besser, erst einmal alles, was sich an Spannungen in uns festgesetzt hat, herauszuschütteln, zu tanzen, zu schreien und zu springen. Die elektrochemischen Spannungen in den Muskeln waren nach einer halben Stunde des exzessiven Herumtobens entspannt, und dann hatte der Geist seine Ruhe und Muße, die Stille der inneren Flamme zu betrachten. Ich war völlig begeistert von diesen spirituellen Möglichkeiten und ging dazu über, jeden Tag mit einem leichten Lauf im Park und einer anschließenden dynamischen Meditation, gefolgt von einer Stunde der Kontemplation, zu beginnen.«

»Und was war das Ergebnis?«

»Es ging mir herrlich und beschissen gleichzeitig.«

»Aha ...«

»Herrlich ging es mir, wenn ich nach der morgendlichen Phase meiner Bewußtseinsarbeit mit meinem erleichterten, entspannten, befreiten Bewußtsein in die U-Bahn stieg, um zur Arbeit zu fahren. Es spannte. Es spannte und verspannte sich so sehr zwischen mir und meinem Zustand und dem aller anderen Menschen in dieser Stadt. Ich hatte begonnen, einen klaren Blick zu entwickeln. Ich sah einfach in den Menschen rings um mich herum, in welcher Trauer sie sich befanden. Ich erkannte an ihren müden und traurigen Schultern, wieviel Verspannungen in ihnen lasteten. Ich sah, wie viele unglückliche Beziehungen sie mit sich herumschleppten, ohne auch nur den Schlüssel zu ahnen, der ihnen das Tor zur Freiheit aufsperren konnte. Es ging so weit, daß sich meine Empfindsamkeit bis in den Bereich der Telepathie entfaltete. An einem Tag sah ich einen jungen Schwarzen mit einem bildschönen blonden Mädchen neben mir in der U-Bahn sitzen, und ich konnte schmekken, was sich in der letzten Nacht zwischen den beiden abgespielt hatte. Es muß ein Wahnsinn gewesen sein. Ich sah also förmlich die Blitze ihrer sexuellen Entladung und sah auch den Neid der anderen Passagiere. Sie konnten sich nicht erfreuen an diesem Bild der jungen, tierischen Wildheit, das da saß, sondern feuerten schräge, grüngezackte Blicke ab. Kurz bevor ich ausstieg, beugte ich mich zu den beiden und sagte: ›Viel Glück und paßt bitte auf euch auf – die Welt ist noch nicht soweit, euer Glück zu lieben – macht's gut.‹ Sie sahen mich an wie ein Besatzungsmitglied eines Ufos, und das Mädchen rief mir noch hinterher: ›Danke! Du auch!‹, was mir zeigte, daß sie irgendwie meine Zuneigung gefühlt hatte, aber doch nicht so genau zuhören konnte. Egal, ich stand auf dem Bahnsteig und blickte dem davonfahrenden Zug nach. Er machte eine Rechtskurve, und ich konnte die wunderschönen Spraybilder sehen, die sich über die gesamte Länge aller Waggons dahinzogen. Auf dem vorletzten Waggon war ein schwebendes Auge aufgesprayt. Es schwebte losgelöst über einem Palmenstrand, und Tausende von hellgelben und orangefarbenen Strahlen gingen von dem Auge weg. Es war eines dieser ägyptischen Augen mit der wunderschönen dunklen Augenkontur. Man hat das Gefühl, dieses Auge blickt einem mitten ins Herz. Das Auge sah mich an, und ich konnte eben noch die Schrift lesen, die darüber stand: ›Du lebst nur einmal‹. Und ich dachte: Es stimmt. Ich stand noch lange auf dem Bahnsteig und hörte zu, wie sich in meinem Kopf dieser Satz immer und immer wieder wiederholte. »Ich lebe nur ein einziges Mal«, dachte ich. Gut – das hatte ich begriffen. Was aber war die Konsequenz?! Ich begann, langsam die U-Bahn-Station zu verlassen. Die Autos rasten an mir vorbei. Die Luft roch nach Hektik und altem Öl. Ich sah über die Straße und bemerkte eine Frittenbude und an der Ecke einen Bettler, der seinem alten Dackel ein blaues Dreieckstuch mit weißem Edelweißblumenmuster um den Hals band. Ich sah in der Ferne das Empire State Building und das Chrysler Building. Ich sah eine vermoderte Orangenschale auf der Straße. Ich hatte plötzlich das Gefühl, von einer durchsichtigen Hülle umgeben zu sein, die mich alles, was rund um mich geschah, doppelt klar erkennen ließ und gleichzeitig Lichtjahre davon entfernte. Es ging so weit, daß ich mir einbildete, all die Gespräche gleichzeitig zu hören, die an diesem Morgen im April in New York geführt wurden. Jeder Streit, jede Liebeserklärung, jeder Anschiß, den ein Chef gerade erteilte, jede Ausrede eines kleinen Mädchens, weil es die Barbiepuppe doch in der Schultasche hatte ... alles, alles, alles dröhnte und summte und wisperte um mich herum. Jeden Duft, jeden Klang erlebte ich tausendmal intensiver und spürte jeden Gedanken, der in dieser Stadt gedacht wurde, auf meiner Haut. ›O mein Gott‹, dachte ich, ›jetzt ist es passiert. Du bist wahnsinnig geworden. Ist das das Ergebnis vom Stillsitzen und von kontrollierter Atmung‹, dachte ich. ›Was soll ich tun? Ich kann so nicht zur Arbeit gehen. O mein Gott – hätte ich doch weiter Hershey's Schokosauce verschüttet und wäre dick geblieben. Ich habe irgendwas falsch gemacht. O heiliger Schutzengel, was soll ich tun – ich werde wahnsinnig!!‹ – ›Aber nein, meine Liebe – du wirst nicht wahnsinnig – du bist lediglich verrückt!‹ Ich stand da und war wie vom Blitz getroffen. Er hatte geantwortet! Mein Schutzengel hatte endlich wieder einmal geantwortet. Das erste Mal war das geschehen, als ich fünf oder sechs Jahre alt war. Meine Großmutter war gestorben, und ich habe ihn gebeten, auf sie aufzupassen. ›Bitte paß auf meine Großmutter auf‹, hatte ich damals zu ihm gesagt, als ich in meinem Bett lag. ›Das will ich gerne tun‹, hatte er geantwortet,

›aber weißt du – sie hat ihren eigenen Schutzengel – so wie ich dein Schutzengel bin –, und der paßt schon auf sie auf. Ich soll dir übrigens von ihr bestellen, daß es ihr sehr gutgeht und daß sie dich sehr liebhat.‹ Das war das erste Gespräch, das ich mit ihm geführt habe. ›Wo warst du so lange‹, rief ich, weil er zu Hershey's Zeit verstummt war und sah, daß der Besitzer der Frittenbude zu mir herüberblickte. ›Ich war immer da‹, sagte er, und mit einem Mal fühlte ich einen warmen Windhauch, der mein Gesicht streichelte. ›Immer war ich da und habe dir zugesehen. Du hast deinen Gedanken nie vorgeschlagen, sich in meine Richtung zu öffnen. Das war alles. Nun hast du mich wieder gerufen und ich sage: »Da bin ich.« ‹

›Ich freue mich so‹, rief ich, und er antwortete: ›Ich freue mich auch – und ich sage dir: Fürchte dich nicht.‹

›Wie meinst du das?!‹

›Fürchte dich nicht davor, verrückt geworden zu sein – schließlich ist das genau der Zustand, auf den du so lange hingearbeitet hast.‹

›Aber ich glaube, ich kann nicht mehr hier weiterleben so wie bisher! Bin ich nicht wahnsinnig geworden?‹

Mit großer Heiterkeit umarmte mein Schutzengel mein Herz und sagte: ›Ich sage es dir noch einmal: Wenn du wahnsinnig wärest, könntest du keinen einzigen klaren Gedanken mehr fassen. Du könntest dich vor allem nicht einmal fragen, ob du wahnsinnig geworden bist. Dein Denken wäre wie eine alte, zerfetzte Zeitung, die vom Wind der Ereignisse in einen Hinterhof geweht wurde. Nichts würde mehr zusammenpassen. Nichts Neues und Erfrischendes wäre in dir zu finden, sondern nur die Sensationen von gestern, die schon lange verblichen sind. Ich verstehe, daß du voller Sorge bist, weil du eben erst verrückt geworden bist. Aber ich sage dir: Entspanne dich und genieße diesen neuen Zustand. Freunde dich mit ihm an, und du wirst erleben, daß etwas auf dich wartet.‹

›Meinst du.‹

›Meine ich.‹ Ich stand da und lauschte seinen Worten, der Verkehr zog vorüber, und der Bettler wanderte mit seinem Hund Richtung Bronx. Ich sah mich um und versuchte, seinen Worten einen Sinn zu geben. ›Du meinst aber, diese Irritation, die ich fühle, sollte ich nicht bis hin zur Furcht hochpflegen?‹

›Genau das meine ich‹, sagte mein Engel, ›Und um dir dabei etwas zu helfen, rate ich dir, das Wort einmal ganz langsam und nur seinem Sinn entsprechend aus deinem Mund fliegen zu lassen.‹

›Verrückt?!‹

›Langsamer ...‹

›Verrückt ...‹

›Noch langsamer.‹

›Ver-rückt ...‹

›Jetzt hast du es ... hast du dir genau zugehört?‹

›Ich denke, ja ...‹

›Na siehst du!‹ Plötzlich wurde mir klar, was er mir sagen wollte. Ich selbst hatte mich auf eine andere Ebene der Wahrnehmung gebracht. Ich war nach wie vor diejenige, die ich bin – nur war meine Priorität in meinem

Erleben eine andere geworden. Ich hatte mit der Verwandlung meines Körpers die Verenice in mir erweckt, die immer schon darauf gewartet hatte, das Licht der Welt zu erblicken. Es war nicht mehr länger so, daß ich nur in meinen Träumen oder im nächsten Schritt in meinen Tagträumen die Frau sein konnte, die ich immer sein wollte. Ich war es auf einmal tatsächlich geworden. Von diesem Augenblick an war es mir unmöglich, weiter zu funktionieren. Woher sollte ich die Energie nehmen, um mein Geld in meinem Job zu verdienen, nur um weiter in einer Stadt zu leben, die meiner Natur nicht helfend gegenüberstand. Ich erlebte die riesigen Häuserschluchten und die Unzahl von stinkenden Autos und die Myriaden von getriebenen Menschen wie einen fremden Planeten, auf dem ich abgesetzt worden war. Ich hatte mit einem Mal keine Energie mehr in mir, um den Zustand, in dem die Menschen lebten, zu entschuldigen und zu beschönigen.

Natürlich war es nicht schön für die Menschen, sich jeden Tag freiwillig in die Knochenmühle dieser Riesenstadt zu werfen. Irgendwer mußte aber doch das Geld beschaffen für die Miete und das Essen und die neuen Schuhe für die Kinder. Es war und ist eine einzige bedrängende und frustrierende Last, als Mitglied der statistischen Kleinfamilie Tag ein, Tag aus in dieselbe 2 $^1/_2$-Zimmer-Wohnung zurückzukehren und denselben Partner neben sich im Bett liegen zu haben. Gott sei Dank gibt es Arbeitskollegen und Sekretärinnen. Gott sei Dank haben die meisten seit neuestem zusätzlich zum Gummi auch noch ein Gleitgel dabei, das nach Vanille duftet, damit der Gummi nicht so kratzt und reibt. Kleine Ventile hat sich diese Welt geschaffen, mit denen man von Zeit zu Zeit ein wenig von dem Dampf ablassen kann, den sich diese Welt täglich selbst erzeugt. Sie erzeugt sich einen täglichen Druck, der dazu dient, den Motor unserer Welt anzutreiben. Manchmal baut sich ein Überdruck auf, aber dem kann ziemlich schnell Abhilfe geschaffen werden. Entweder Alkohol, Haschisch, schneller Sex oder ein Stückchen Ekstasy, und die Fesseln bekommen eine sanfte rosa Farbe. Sie sieht zwar ein wenig synthetisch aus – aber was soll's. Besser, als reglos angekettet zu sein im Leasing-Mercedes, ist es allemal.

Ich stand da und ließ dieses Kaleidoskop der Realität an mir vorbeiziehen. Dann entdeckte ich, daß diese Formulierung falsch war. Es war nicht die Realität. Es war erschreckend real, aber nur ein Teil der Realität. Daneben existierten ganz andere Realitäten. Das monströse Geheimnis der Realität, über die ich soeben nachgedacht hatte, bestand darin, uns alle glauben zu machen, es gäbe keine andere Realität neben ihr. ›Du sollst keine andere Realität haben neben mir‹, schallte es den Menschen entgegen, und sie waren so betäubt von der Lautstärke dieses Schreies, daß sie nicht hinhören konnten, wenn die anderen Welten ihre Klänge verstreuten. Es gab noch andere Sphären als die Kampfzone, in der es um Geld und Macht und Sex ging. Man mußte nur um die Ecke der Wirklichkeit schauen. Da war sie: die andere Ebene der Realität. Die Spielfläche eines anderen Lebensentwurfes. Die anderen Klänge, die anderen Blicke. Andere Körper, andere Geschwindigkeiten waren auf diesem Spielfeld zu Hause. Man mußte nur seinen Standpunkt ein wenig ver-rücken, dann konnte man diese anderen Realitäten sehen. ›Ich habe keine Verpflichtungen!‹ rief ich plötzlich, so laut ich konnte, und mein Schutzengel sagte: ›Genauso ist es.‹

Ich hatte keine Verpflichtungen. Ich hatte keinen Mann, ich hatte auch keine Kinder. Nichts hatte ich. Absolut nichts. Ich war eine allein lebende Frau mit einer netten Wohnung und anonymen Hausbewohnern.

›Ich bin frei‹, jubelte ich an diesem Morgen im April.

›Ja, du bist frei‹, mein Schutzengel lächelte, und der Besitzer der Frittenbude winkte mir zu und schrie über die Straße: ›Gratuliere – wer ist das schon?!‹ – ›Ich bin es‹, rief ich, ›ich ... ich bin frei ... frei!!‹

›Na wunderbar, Mädchen, dann solltest du das Beste draus machen!!‹ Er hatte recht. Ich mußte etwas daraus machen. Ich hatte das größte Geschenk des Universums erhalten – meine Freiheit –, und jetzt war es an mir, das Beste daraus zu machen.

Ich stand da und sah mich um. ›Wie macht man das?‹ fragte ich meinen Schutzengel und hörte ihn leise lachen. ›Das wirst du selber erforschen müssen‹, sagte er und verbarg sich wieder in seinen Sphären. Das ist eine seiner Besonderheiten – wissen Sie –, er verbirgt sich sehr gerne, wenn er das Gefühl hat, es sei an der Zeit, daß man die Verantwortung für sich selbst tragen kann.«

»Aha«, sagte der junge Mann und strich sich mit beiden Händen das Haar aus der Stirne. Er hatte sich in den letzten Minuten vorgebeugt und Verenice aufmerksam in die Augen geblickt. Dabei war ihm sein schönes, volles Haar in das Gesicht gefallen. Mit einer eleganten, fließenden Bewegung strich er es jetzt wieder zurück. »Das heißt also – Ihr Schutzengel hilft nur dann, wenn er Lust dazu hat?«

Verenice sah ihn voll Heiterkeit an. »Ja, so kann man es sagen. Oder auch: Er hilft nur dann, wenn er erkennt, daß seine Hilfe keine Entmündigung ist.«

»Ich möchte mich bei Ihrem Schutzengel entschuldigen – sagen Sie ihm das bitte?«

»Er hat Sie schon längst gehört – noch bevor Sie den Satz ausgesprochen haben ...«

»Ich verstehe.«

»Wissen Sie«, sagte Verenice, »seine Hilfe hat zwei ganz, ganz wichtige Farben. Sie bestehen aus dem Impuls, Verantwortung zu geben, und aus dem Impuls, einen Vorschlag zu machen. Manchmal steht das eine stärker im Vordergrund – manchmal das andere. An diesem Tag hatte er sich entschlossen, sich wieder zu verbergen, um mir die Verantwortung für meine Freiheit bewußtzumachen.«

»Und wie entscheidet Ihr Schutzengel, wann welcher Impuls angebracht ist?«

»Indem er liebt.«

Der junge Mann nickte und blickte an Verenice vorbei aus dem Fenster in die warme Nacht.

»Der schönste Moment in der Liebe ist es, wenn die

Seele nur mehr will, daß der andere seine Freiheit erlebt – wissen Sie ...«

»Ich würde das gerne glauben ...«

»Hören Sie nur diesem Satz zu, und beobachten Sie, was er in Ihrem Herzen bewegt. Erst wenn Sie voller Freude erleben, daß es Sie glücklich macht, wenn ein anderes Herz zu fliegen beginnt – erst dann können Sie sagen – ich liebe.«

»Ja ... vielleicht ist das so.«

»Ja ... vielleicht.« Verenice sah mich mit einem zarten Lächeln an. Wir spürten, wie sehr es in der Brust unseres neuen Freundes zu kämpfen begann. Die Gedanken die ihm Verenice anbot, hatten einen süßen und einen erschreckenden Geschmack für ihn. Ich konnte sehen, wie sein Wesen sich nach den Sätzen sehnte, die Verenice gesagt hatte. Gleichzeitig konnte ich sehen, wie seine Person, die er in den letzten Jahren seines Lebens erschaffen hatte, sich dagegen wehrte.

»Sie wollen so gerne daran festhalten – nicht wahr«, sagte Verenice in die Stille hinein.

»Festhalten – woran?!«

»Sie wollen so gerne weiter glauben, daß nur eine starke Umarmung das Gefühl der Liebe widerspiegeln kann – nicht wahr?!«

»Bei aller Zuneigung, die ich für Sie und Ihre Geschichte habe – ich muß sagen, daß das für mich so ist. Ja, eine starke Umarmung ist es, wonach ich mich sehne. Wenn ich liebe, will ich umarmt werden und umarmen. Ich habe kein wirkliches Verständnis für diese Beliebigkeit, die sich zwischen den Menschen unserer Tage einstellt. Ich kann es nicht nachvollziehen, wenn man sich schon in der ersten Begegnung absichert. Ich mag es nicht, wenn diese Absicherung bedeutet, daß man nur ja keine Nähe erleben will. Ich glaube, daß dieses Fortgehen schon in dem ersten Aufeinanderzugehen nur eine Feigheit ist. Wir öffnen uns nicht. Wir vertrauen einander nicht. Wir lieben einander nicht mehr mit der ganzen Kraft unseres Herzens. Das stärkste Gefühl, das wir kennen, ist die Furcht, daß uns die Konzentration auf einen Menschen die Möglichkeit raubt, auch noch andere zu erleben. Das wird alles beliebig, das wird alles nur mehr ein Kommen und Gehen. Das gibt uns doch kein Zuhause mehr. Keine Wärme. Keine Geborgenheit. Ich finde es interessant, zuzuhören, wie schön es ist, ein leichtes Lebewohl zu sagen und wegzufliegen. In Wahrheit glaube ich, daß dahinter nur Angst vor Nähe steckt. Nur wenn ich Angst habe, daß meine Umarmung nicht erwidert wird, beginne ich erst gar nicht damit. Und um mich vor mir selbst zu rechtfertigen, nenne ich das dann die große Freiheit. Lieber erlebe ich den Schmerz einer Enttäuschung, als daß ich mich mein Leben lang kühl und unverwundbar gebe. Ja, ich bekenne mich dazu – ich will umarmen – stark und fest und heiß umarmen, auch wenn es Schmerzen mit sich bringt. Lieber Schmerzen empfinden als nichts mehr empfinden. – Verzeihen Sie.« Er hatte sich in eine Erregung hineingeredet und war aufgestanden. Er stand in der Mitte des Raumes und leuchtete hellrot in seiner wahrhaftig empfundenen Empörung. Sein Atem ging tief, und sein

Rücken war kerzengerade. Es war wunderbar zu sehen, wie sein Wesen seine Verletzung, die er erlitten hatte, in Empörung verwandelte. Der letzte große Liebesschmerz meldete sich zurück und ließ ihn zum Kämpfer für seinen Glauben werden. Er glaubte an all das, was er soeben in den Raum geschleudert hatte, und es war gut, daß es in ihm einen Widerstand gab. Er war kein Mensch, der seinen Kopf beugt. Er behauptete sich und kämpfte und griff alles an, was ihm so nahe kam, daß es ihn von seinem Glauben abbringen konnte. Herausfordernd sah er Verenice an und wartete, was sie sagen würde.

»Wenn Sie wüßten, wie gut ich Sie verstehe«, sagte sie und stand auf und ging zu ihm. Sie blickte ihm in die Augen und legte kurz ihre Hand auf seine Wange. Er ließ es erstaunt geschehen. Sie umarmte ihn voller Wärme und Zuneigung. So blieb sie einen Moment lang mit ihm mitten im Raum stehen und hielt ihn fest. Ich sah, wie es in ihm kämpfte. Er war irritiert und verlegen und gleichzeitig fühlte er ihre Nähe und ihr Mitgefühl. Nach einem Augenblick des Widerstandes ergab er sich und schloß auch sie in seine Arme. Er legte seinen Kopf auf ihren Kopf und schloß die Augen. Verenice strich langsam und ruhig mit ihrer Hand über seinen Rücken. Er atmete tief und lange ein und aus.

»Auch dieser Schmerz wird vergehen«, sagte sie. Er seufzte auf, und ich sah, wie sich seine Augen mit Tränen füllten. Verenice löste sich zärtlich aus ihrer Umarmung und führte ihn sanft zu seinem Stuhl zurück. Er lachte verlegen.

»Entschuldigen Sie bitte«, sagte er. Er wischte sich die Tränen von seinen Wangen und lachte dabei wie ein kleiner Junge. Verenice strich ihm noch einmal über den Kopf und setzte sich dann in den Stuhl neben ihm.

Sie nahm seine linke Hand in ihre Hände und sagte: »Selbstverständlich entschuldige ich, daß Sie ein Mensch sind. Selbstverständlich verzeihe ich Ihnen, daß Sie mir Ihre Gefühle gezeigt haben – so wie ich versuche, Ihnen etwas aus der Welt meines Herzens zu zeigen. Seien Sie ohne Sorge – Ihre Tränen wurden nicht umsonst vergossen.« Sie legte ihm eine Hand auf die Schulter und sah ihm todernst in die Augen. Er stutzte einen Moment und konnte dann auflachen. Er wendete sich mir zu und sagte: »Sie sind zu beneiden, daß Sie hier mit dieser Frau an diesem Strand in dieser Bar umherfliegen können!«

»Ja!!« Verenice lachte und küßte ihn auf die Wange. »Er spricht unsere Sprache!! Hast du gehört – er kann sprechen!« Sie lachten und umarmten sich noch einmal. Ich hatte große Freude an diesem Bild. Gleichzeitig war ein tiefes Bedürfnis in mir, genau in diesem Moment der Heiterkeit, der sein Herz weit öffnete, etwas zu seinem Schicksal zu sagen.

»Ich weiß, daß Sie jetzt lachen, weil Sie diese Sätze gesagt haben, um die Macht der Heiterkeit eintreten zu lassen. Aber ich weiß, daß Sie ein suchender Mensch sind. Man könnte auch sagen – Sie sind ein ernsthaft suchender Mensch. Dieser Ausdruck wird nur oft mit dem Gefühl der Schwere verwechselt, und darum verwende ich ihn nur mit großem Vorbehalt. Was ich

Ihnen aber jetzt sagen will, ist von großer Bedeutung für Sie. Genau dieses Gefühl der Gerechtigkeit – genau dieses Schwerelose in der Ironie Ihrer Worte ist es, was Verenice Ihnen sagen wollte. Das ist das Gefühl, das Sie erleben wollen und das Sie mit ihrem Bestreben nach Dauer immer wieder zerstört haben. Sie tragen den Keim zur Leichtigkeit des Herzens in sich. Und Lieben heißt, in Leichtigkeit und Geborgenheit miteinander zu fliegen. Sich verbunden zu fühlen, wenn man alleine fliegend unterwegs ist, und in der Stille allein sein zu können, wenn man wieder nebeneinander sitzt. Ohne Einsamkeit zu empfinden. Nichts spricht gegen Ihre Kraft und Fähigkeit zu umarmen. Aber nur, wenn Sie verstehen, daß der Mensch, den Sie umarmen, fliegen will und kann, wann immer er es braucht – nur dann, wenn Sie die Wärme der liebenden Freiheit in Ihre Umarmung legen –, nur dann werden Sie erleben, daß der geliebte Mensch immer wieder aufs neue Ihre Umarmung sucht. Wenn diese Übung nicht gelingt – wenn Ihre Umarmung zu einem Festhalten wird –, muß es so sein, daß Sie verlassen werden. Denn jede starke Seele will Grenzenlosigkeit im Flug durch alle Möglichkeiten der Existenz erfahren. Wenn sie spürt, daß Ihre Umarmung sie daran hindern soll, wird sie niemals wiederkehren. Dann erleben Sie immer wieder aufs neue, was Ihnen offenbar erst vor kurzem widerfahren ist. Wenn Sie aber Freiheit schenken – werden Sie Liebe bekommen. Das ist das größte Rätsel für unser Herz, das sich so sehr nach Ewigkeit sehnt. Nur wenn wir die Türe öffnen, damit man uns verlassen kann – nur dann ist unser Herz so offen, daß man uns begegnen kann und bei uns bleiben will.«

Die beiden sahen mich an und blieben stumm.

»Gut ...«, begann der junge Mann nach einer Weile, »gut ... ich nehme es an, daß mein Schutzengel mich hierher zu Ihnen geführt hat. Offenbar wollte er, daß ich mich diesen Sätzen öffnen soll. Offenbar hat er erkannt, daß eine kleinere Weltreise notwendig ist, damit ich die einfachsten Dinge der Welt wie zum ersten Mal höre. Das eigenartige an unserem ersten Abend ist für mich nur, daß ich das Gefühl habe, auch dorthin zu gehören, wo Sie offensichtlich schon angekommen sind. Ich höre Ihnen beiden zu, und ein Teil in mir denkt: ›Ja, so würde ich die Welt auch gerne sehen.‹ Und ein anderer, störrischer Teil in mir schreit dauernd dazwischen: ›Hör ihnen nicht zu, denn sonst gerät dein Bild von der Welt ins Wanken.‹ Ich habe lange genug gelebt, um meine Einstellung zur Welt zu bilden, und ich spüre, daß es geschehen könnte, daß ein Polsprung in mir stattfindet. Die Frage ist nur: Will ich das? Will ich andere Götter zu den meinen machen als bisher. Es fühlt sich verführerisch an, aber ich weiß nicht, ob meine Welt nach so einer Veränderung plötzlich zu einer Scheibe würde – oder gar zu einem Würfel.«

Er war sehr, sehr weit gekommen. Er erkannte, daß seine Ansicht der Existenz unter Umständen nicht die alleinseligmachende sein könnte. Er wurde sich Herzschlag für Herzschlag bewußt, daß seine wahre Heimat der

Seele die Grenzenlosigkeit sein konnte. Er war sprachlos angesichts der Tatsache, daß der Weg ins Freie durch die Türe führen konnte, die sich direkt vor ihm befand.

»Bevor man eine Weltanschauung hat, sollte man sich die Welt anschauen«, sagte Verenice in meine Überlegungen hinein.

»Wie meinen Sie?!«

»Ich meine – Sie empfinden zu Recht, daß Ihr Schutzengel Sie geführt hat, indem er Sie an unserem Strand hat Rast machen lassen. Genausogut hätte es ein Zisterzienserkloster sein können oder ein Ausbildungscamp für das US-Marinecorps. Überall wo ein deutlicher Kommentar des menschlichen Geistes zu unserer Welt formuliert wird, bilden sich Menschengruppen, die sich um diesen Gedanken scharen. So wie die Atome eines Kristalls, die alle nach demselben Energiemuster ausgerichtet sind, sich formieren und den Gedanken, der hinter dem Kristall steht, sichtbar machen. Genauso finden einander die Menschenseelen, die eine ähnliche Schwingung haben. Unsere Aufgabe besteht darin, sich all die Möglichkeiten, die uns gegeben werden, anzusehen und zu überprüfen, bei welcher Melodie wir freudig mitschwingen. So einfach ist das.«

»So einfach?«

»So einfach ...«

»Dann singen Sie doch bitte noch eine Strophe für mich, damit ich lerne, deutlicher zu hören.«

»Also gut – an diesem Frühlingsmorgen in New York stand ich da. Allein mit mir und meiner Verantwortung.

Schau dir die Welt an, soviel du kannst – dachte ich –, und dann beginne zu überlegen, wo und wie du leben willst. Ich ging über die Straße zu der Imbißbude und bestellte mir einen Kaffee.

›Wissen Sie, vielleicht ist das mein letzter Kaffee, den ich in New York trinke‹, sagte ich zu dem Besitzer.

Er lachte mich breit an und schenkte sich auch einen Schluck Kaffee in einen Pappbecher. ›Weißt du was, Mädchen‹, sagte er, ›wenn du schon weißt, daß das, was du gerade tust, das Ende von etwas sein kann, dann weißt du auch, daß du damit nur den Anfang von etwas anderem erlebst!‹ Er lachte und trank seinen sehr guten Kaffee zügig aus. Es war erstaunlich, daß er in seiner kleinen, abgelebten Bude so einen guten Kaffee hatte. Aber vielleicht war es genau das. Vielleicht hatte ihn das Leben so lange hin und her geworfen, bis er zu einer seiner Bestimmungen gefunden hatte. Vielleicht war es die Bestimmung dieses Mannes, den besten Kaffee in der Gegend zu brauen. Es schien so zu sein, denn während ich dort stand und mit jedem Blick von der Skyline Manhattans Abschied nahm, kamen ununterbrochen Menschen und bestellten Kaffee. Manche aßen ein Zimt-Donut dazu. Sein guter Kaffee und die Zimt-Donuts – das war sein kleines, großes Leben, mit dem er in der Welt der äußeren Dinge bestehen konnte. Das war nichts Weltbewegendes, aber es schien ihn zufrieden zu machen. Ich fühlte, daß er der Mensch war, der mir beim Abschiednehmen von meiner alten Welt einen letzten schönen Gruß mit auf die Reise geben konnte.

Ich lächelte ihn an, zahlte, gab ihm einen Dollar mehr und sagte: ›Guter Kaffee, Mister!‹

›Thank you – Ma'am.‹ Er nahm den einen Dollar und legte ihn mit großer Freude in eine kleine Blechschatulle, die neben seiner offiziellen Kasse stand. Ich ging los und drehte mich noch einmal um und nickte ihm zu, als er mir nachrief: ›Gute Reise – und Augen auf!‹

Ja, das ist ziemlich lange her, und jetzt sitze ich hier und warte, daß dieser Mann hier bald seine Fischsuppe serviert.«

# Die Freunde

Ich wollte etwas erwidern, als die Türe aufging und Daniela hereinkam. Sie breitete die Arme aus. Verenice stand auf, und dann umarmten sich die beiden Freundinnen lange und fest. Der junge Mann stand auf und betrachtete lächelnd die Szene, als sich hinter Daniela erneut die Türe öffnete. Nacheinander kamen Regis, Bryan, Maria und Vincente herein. Nun war ein Lachen und Umarmen und Herzen und Küssen in der Bar, daß es wie der Schlußakkord einer Messe von Mozart wirkte. Der junge Mann blickte staunend in die neuen Gesichter und wurde ohne großen Umweg über Höflichkeitsvorsichten von unseren Freunden begrüßt und umarmt.

»Na, wie ist es – ein neues Gesicht –, wie geht's?!«

Unser neuer Freund war überrascht von soviel plötzlich über unsere Stille hereinbrechende Lebendigkeit.

»Ich bin Maria«, sagte Maria, und nachdem sie unseren Gast herzlich auf die linke und rechte Wange geküßt hatte, schob sie ihn zu Bryan, der nur sagte: »Bryan – Engländer ...«

»O Gott, ja – wie umsichtig –, ich heiße Regis – und bin aus Paris –, Maria kommt aus Spanien!«

»Ich heiße Vincente – ich bin der Jüngste ...« Er lachte den jungen Mann herzlich an und ging dann zu Verenice.

»Hallo Mama«, sagte er, und dann küßten sie sich heiter und liebevoll auf die Wangen.

»Ihr Sohn – Sie – Sie haben einen Sohn!« Der Kommentar unseres jungen Freundes ließ die anderen verstummen, bis Regis als erster zu lachen begann. Die anderen fielen mit ein, und plötzlich schien es dem jungen Mann peinlich zu sein, dieses Erstaunen gezeigt zu haben.

»Ich bitte um Verzeihung«, sagte er, als er die staunenden Blicke von Vincente auf sich spürte. Mein Sohn blickte von mir zu ihm und dann auf seine Mutter. Ihm war nicht klar, was an seiner Existenz so Erstaunliches sein mochte.

»Ich bitte um Verständnis für unseren neuen Gast – aber wir haben ein längeres Gespräch hinter uns«, rief ich in die Runde. Die Freunde hatten begonnen, am langen Tisch Platz zu nehmen.

Regis blickte zu dem jungen Mann. »Verstehe – und wahrscheinlich war Verenice gerade an dem Punkt angekommen, an dem sie und Daniela in der Pyramide ihren Körper verlassen haben, und da konnten Sie sich nicht vorstellen, daß so ein ätherisches Luftwesen Mutter eines Knaben sein soll!« Sie lachten, und ich dachte mir, daß es an der Zeit sei, sich um die Suppe zu kümmern.

»Jetzt geht er sich um die Suppe kümmern«, rief Maria und füllte sich ihr Glas mit Rotwein. »Deine Kunst, in die Zukunft zu blicken, wird immer ausgeprägter«, antwortete ich und ging in die Küche. Ich hörte, wie Verenice draußen die kleinen Schälchen mit Oliven und Aioli auf dem Tisch verteilte. Ich hörte, wie die Freunde lachten und scherzten. Ich hörte, wie mein Sohn zur Küche kam, um das Brot zu holen.

Die Tür neben mir öffnete sich, und Vincente trat zu mir neben den Herd. »Hallo«, sagte er und stieß mich von der Seite an.

»Ja?«

»Warum stehst du denn da wie ein Schlafwandler und blickst in deinen Suppentopf?«

»Ich habe mich nur eben so sehr darüber gefreut, daß wir alle heute abend hier beisammen sind, verstehst du – das war nicht immer so. Das war nicht immer so, und es ist keine Selbstverständlichkeit, daß wir uns alle gefunden haben. Deswegen stehe ich hier und starre in meinen Suppentopf.«

»Alles klar – und wo ist bitte das Brot?!« Er holte mich wieder auf den Boden des Alltags zurück. Aber wer nicht versteht, daß das vorgewärmte, saftige Weißbrot zur Fischsuppe genauso wichtig ist wie die Meditation über das auf ewig expandierende Universum – der hat nichts verstanden.

»Hier ist das Brot«, sagte ich und hob eine große, halbrund geformte Tonschüssel zur Seite. Sie lag umgestürzt auf einem Holzlöffel in der Nähe vom Herd, so daß ein warmer Luftstrom in ihr zirkulieren konnte. Ich hatte drei große Laib Weißbrot und einen dicken Laib Schwarzbrot aufeinandergetürmt, und jedes einzelne der vier Brote war in der letzten Stunde sanft erwärmt worden. Diese Art der Vorbereitung hatte ich im Laufe der Jahre entwickelt. Ich hatte festgestellt, daß das Brot in der Backröhre nicht so wunderbar gleichmäßig durchgewärmt wurde wie unter der umgestürzten Tonschüssel. Vincente nahm die vier Brote und schichtete sie auf seinen linken Arm.

Er drehte sich um und gab der Küchentüre einen Stoß. »Kommst du bald? Sie vermissen dich und deine Suppe. Und – ich weiß nicht genau, was ihnen wichtiger ist.« Er grinste, und dann schwang die Türe wieder hinter ihm zu. Ich hörte, wie er am Tisch freudig als Vorbote des Abendessens empfangen wurde.

Regis rief laut zu mir in die Küche: »Gnade, Meister – wir wissen, daß jeder große Künstler seinen Auftritt hinauszögert – aber bitte – erscheine mit dem Zaubertopf!«

Ich hörte, wie Vincente die Brote verteilte und sagte: »Er steht da und blickt verliebt lächelnd auf die Suppe – es wird immer schlimmer mit ihm.« Sie teilten das Brot, und dann nahm ich zwei Küchentücher und hob den Kessel an den Griffen vom Feuer. Ich öffnete mit dem Ellbogen die Türe und trug die Suppe hinaus. Verenice kam mir entgegen und küßte mich im Vorbeigehen kurz auf die Schulter. »Riecht wunderbar, Liebling«, sagte sie und ging an mir vorbei in die Küche.

»Was suchst du?!«

»Vincente möchte gerne ein Stück Käse zur Suppe.«

»Drehst du die Flamme am Herd bitte ab?!«

»Mach ich!«

Ich weiß nicht, wie ich mir das erklären soll. Es wäre so einfach, zuerst den Herd stillzulegen und dann das Essen abzunehmen. Irgend etwas in mir will und kann diese Reihenfolge nicht lernen. Immer und immer lasse ich eine Flamme brennen. Immer und immer muß ich dann zurückgehen und abschalten. Vielleicht ist das ein Küchenkobold, der mich zu diesem Hinundhergehen treibt. Küchenkobolde sind ganz reizende Wesen, wenn man ihnen rechtzeitig ein wenig Zucker auf einen Teller ... oder auf die Fensterbank legt. »Verenice – legst du bitte ein Stück Kandiszucker auf das Fensterbrett neben die kleine blaue Vase?!«

»Mach ich, mein Schatz!«

Ich saß an der Schmalseite des Tisches und begann, die Suppe mit einem großen tiefen Schöpflöffel auszuteilen. Links von mir saßen Regis, Daniela und Bryan an der einen langen Tischseite. Mir gegenüber saß Maria, die ungeduldig darauf wartete, daß von den im Kreis weitergereichten Tellern endlich einer vor ihr stehenbleiben würde. Unser junger Freund saß gleich ums Eck neben ihr und stellte endlich einen vollen Teller auf ihren Platz. Links von ihm saß Vincente, und rechts von mir nahm Verenice mit einem großen Stück Käse Platz.

»Da ist dein Käse«, sagte sie und schob Vincente einen dicken Brocken Parmesan vor seinen Teller. Ich seufzte tief auf und beobachtete, wie er mit seinem Messer einige große Stücke abtrennte und auf seiner Suppe verteilte. Der junge Mann bemerkte meinen Blick und fragte: »Es ist nicht von Ihnen beabsichtigt, aus dieser Fischsuppe eine Käsesuppe zu machen?!«

Regis kicherte. Ich nahm meinen Löffel und begann zu essen. Die anderen senkten ebenfalls ihre Löffel in die heiße Suppe, und unser Abendmahl begann.

»Mein Vater hat ein Problem«, sagte Vincente und blies auf seinen Löffel, um die Suppe abzukühlen.

»Aha.« Der junge Mann sah neugierig zwischen Vincente und mir hin und her. »Was ist das für ein Problem?«

»Seit ich alt genug bin, um zu verstehen, was er mir so von der Welt erzählt und beibringen möchte, erklärt er mir immer wieder den Begriff der Toleranz.«

Ich atmete tief ein und sah, wie mir Verenice zuzwinkerte.

»Er spricht dann immer von den Weltreligionen und den 1000 Philosophen und den sechs Milliarden Welten, die in den sechs Milliarden verschiedenen Menschenseelen leben, und dann redet er davon, daß jeder Mensch unvergleichlich ist und jeder das Recht darauf hat, sein Leben und sein Glück zu erfinden.«

»Ja, aber das ist doch ein wunderschöner Gedanke – oder nicht?«

»Finde ich auch – aber Sie hätten ihn hören sollen, als ich zum ersten Mal Käsestücke in seine heilige Fischsuppe geworfen habe. Da war es vorbei mit der Toleranz.«

»Kann es sein, daß es dein Vater nur gerne erleben wollte, daß du seiner Fischsuppe eine Chance gibt?«

»Was für eine Chance?«

»Sie so zu essen, wie er sie gekocht hat – er hat sich ja

etwas dabei gedacht, als er sie so und nicht anders zusammengekocht hat.«

»Zusammengekocht ...« Regis kicherte wieder.

»Ich verstehe schon, was Sie mir sagen wollen«, fuhr Vincente fort, »und ich habe sie auch sehr lange so gegessen, wie er sie zusammengekocht hat, aber mir schmeckt sie mit Käse eben besser. Und damit hat er ein Problem.«

Daniela hob ihr Glas. »Womit wieder mal bewiesen ist, daß die edelste Geisteshaltung an einem Stück Käse auf ihre Wahrhaftigkeit überprüft werden kann – Salute!«

Wir hoben unsere Gläser und sahen uns in die Augen. »Salute!« Der Raum vibrierte von unserem achtstimmigen Chor, und dann war er einen Moment lang still, weil jeder von uns sich seinem Wein hingab. Danach hörte man, wie acht Gläser wieder auf den langen dunklen Holztisch gestellt wurden und die Löffel wieder klapperten.

Verenice ergriff das Wort: »Ich muß zu seiner Ehrenrettung sagen, daß er so tapfer ist und nur tief seufzt. Mehr tut er nicht.«

»Und einen Kommentar muß man abgeben dürfen«, ergänzte ich, »weil es eine falsch verstandene Toleranz wäre, die eigene Meinung zu unterdrücken. Ich denke eben, daß es eine Vergewaltigung des Geschmackes ist, wenn man mit Käse die feinen Nuancen in dieser Suppe überdeckt. Darum seufze ich – nicht mehr und nicht weniger.«

»Und ich würdige die Nuancen in deiner Fischsuppe eben dadurch, daß ich ihnen meinen Geschmacksvorschlag hinzufüge«, antwortete Vincente.

»Darf ich mal einwerfen, daß diese Suppe – wie auch immer – ein Kunstwerk ist! Well done, Manuel!« Bryan nickte voll Anerkennung.

»Absolut«, murmelte Maria.

»Ja – stimmt, wie immer«, fügte Daniela hinzu.

»Prima Suppe, Vater«, Vincente nickte, und unser Gast meinte: »Was soll ich noch hinzufügen, was nicht schon gesagt wurde? Ich hab's: Diese Suppe wäre ein Grund, mein Leben in Zukunft hier bei Ihnen zu verbringen!«

»Da wären Sie nicht der erste – willkommen im Club!« Regis hob sein Glas, und dann tranken wir alle einen Schluck. Es war ein dunkelroter, glänzender Wein, den wir schon seit vielen Jahren tranken. »Marguez de Rizgual« war sein Name, und er duftete warm und tief.

»Herrlicher Wein«, sagte Maria und füllte das Glas unseres neuen Freundes wieder nach.

»Wie lange sind Sie alle schon auf dieser Insel – oder machen Sie nur Urlaub hier – erzählen Sie mir doch bitte, wie Sie hier zusammengefunden haben?«

»Diese Frage trifft sich aufs angenehmste mit der Pause, die wir soeben einlegen wollten«, sagte Verenice. Ich sah, daß alle mit ihrem ersten Teller zu Ende gekommen waren und sich wohlig zurücklehnten. Die Wärme des Essens verteilte sich langsam im Körper, und ein entspannendes Gefühl begann durch die Arme in die Hände und durch die Beine bis in die Zehenspitzen zu sickern.

»Du hast völlig recht«, sagte Regis und streckte sich in seinem Stuhl aus. »Und damit unser neuer Freund eine Art Überblick erhält über das, was bisher geschah, sollten eigentlich du und Verenice den Anfang machen.«

»Ich war schon fast soweit, von unserer Begegnung zu erzählen«, sagte Verenice zu Daniela.

»Wo bist du durch unsere Ankunft unterbrochen worden?« gab sie zurück.

»Ich war beim letzten Kaffee in New York.«

»Ah, wunderbar, dann trennen uns ja nur mehr ein paar Monate von der Grabkammer.« Sie nahm sich ein paar Oliven in ihren leeren Teller.

»Grabkammer?!« Der junge Mann blickte fragend zu Verenice.

»O ja – aber bitte der Reihe nach – ich hab' die Geschichte schon lange nicht mehr gehört«, rief Bryan und stützte seinen Kopf in die rechte Hand.

# Indien

»Also gut«, begann Verenice. »Nach dem letzten Kaffee in New York beschloß ich, mir die Welt anzusehen. Ich suchte und fand innerhalb weniger Tage einen Mieter für meine Wohnung. Ich schickte meiner Mutter eine Postkarte, auf der zu lesen stand: *Bin unterwegs – melde mich – Alles Liebe – Verenice*, und dann flog ich nach Indien.«

»Indien?!« fragte der junge Mann.

»Ja, sie hat gedacht, sie müßte Hippie spielen«, sagte Vincente und blickte nachdenklich auf seinen Käse.

»Ja – so kann man es auch sagen«, fuhr Verenice fort. Ich war von den Märchen und den Bildern, die ich von Indien kannte, verzaubert. Ich wollte süßen Rauch in bunten Tempeln atmen. Ich wollte Elefanten sehen und alles, was ich glaubte zu kennen, vergessen. Ich wollte vor allem die wilde, dampfende, schwüle Natur zu Gesicht bekommen. Ich wollte Palmen und Orchideen und Papageien erleben. Also setzte ich mich ins Flugzeug.«

»Und dann – warum lächeln Sie so?« Der junge Mann blieb ihrer Erzählung auf den Fersen wie ein Schmetterlingssammler, der einen seltenen Admiralsfalter entdeckt hat und erhaschen möchte.

»Ich lächle, weil ich daran denken muß, welchen Kulturschock ich erlebt habe. Ich kam in Bombay an, und das Gegenteil von Idylle schwappte über mir zusammen. Soviel Menschen, Enge, Lärm, Schmutz und scheinbares Chaos hatte ich überhaupt noch nie erlebt. Plötzlich erschien mir die Fifth Avenue vor Weihnachten wie eine Idylle. Es roch nach soviel fremden, scharfen, triefenden Dämpfen. Die Autos fuhren Stoßstange an Stoßstange, die Menschen liefen so unglaublich dicht gedrängt, daß ich lange Zeit damit verbrachte, an eine Hauswand gelehnt dazustehen und Atem zu holen. Ich hatte geglaubt, ich würde in eine Gesellschaft kommen, in der ich eine andere Gelassenheit erfahren konnte. Ich sah vor meinem inneren Auge eine blutorangefarbene Sonne, die über einem verwunschenen Tempel unterging, auf dessen Säulen zahme Affen turnten – und was ich vorfand, waren Streit, Menschenmassen und Armut.«

»Sie hat ganz einfach geglaubt, sie fliegt nur schnell ein paar Stunden Richtung Osten und kommt dann im ›Dschungelbuch‹ an«, sagte Maria und lächelte Verenice mitfühlend an.

»Genau das ist es. Das Dschungelbuch war es, daß mich solange in meiner Phantasie begleitet hat, bis ich einen Teil der tatsächlichen Realität erleben durfte.«

»Einen Teil?« fragte der junge Mann.

»Ja sicher – als erstes erlebte ich in Indien den Teil, den ich den Wahnsinn der Zivilisation nenne – aber es gibt natürlich auch das wunderbare Gegenteil. Es gibt die Welt des Dschungelbuchs – man muß sie nur suchen.

Dann aber ist es wieder so extrem, daß einem auch das zuviel werden kann.«

»Wie darf ich das verstehen?«

»Ganz einfach – ich begann, mich nach meinem fassungslosen Staunen so lange weiterzuschieben, bis ich plötzlich vor einem Reisebüro stand.

Ich sehe plötzlich hinter einer Scheibe ein Flugzeug, das an Nylonfäden hängt, und einen Pappkartontunnel, aus dem eine Dampflok herausschaut. Daneben liegen bunte Fahrscheine verstreut. Ich sehe das und trete ein und buche eine Reise nach Goa.«

»Wieso gerade Goa?«

»Die Frau im Reisebüro hat, ohne daß ich etwas erklären mußte, erkannt, was ich suchte, und mir Goa empfohlen. Dort haben die Portugiesen lange Zeit geherrscht. Das hat natürlich zur Folge, daß überall Paläste und Kirchen herumstehen und man das Gefühl hat, irgendwo auf der Iberischen Halbinsel zu sein. Ich buche also ein Hotel in Goa und bin 24 Stunden später an einem der schönsten Strände der Welt. Glauben Sie, ich war glücklich?!«

»Ihre Fragemelodie läßt mich erahnen, daß Sie es nicht waren.«

»Nein, ich war nicht glücklich. Das Meer war ein paradiesisches Aquarium, die Palmen beugten sich tief über den weißen Strand. Die uralten, portugiesischen Kirchen zerbröckelten, so dekorativ es nur sein konnte. Ich streifte durch all diese Herrlichkeiten und fühlte mich verloren.«

»Warum?!«

»Ich hatte das Gefühl, einem Traum nachgegeben zu haben und plötzlich erwacht zu sein. Ich war verloren in dieser schönen und für mich so unwirklichen Welt. Es lag nicht daran, daß überall zugekiffte Westler herumhingen. Es lag auch nicht an den Massentouristen, die aus ihren klimatisierten Bussen an den einfachen Hütten der Einheimischen vorbeigeschleust wurden und das schaurige Gefühl am Abend abduschten, eine magere Kuh auf der Kreuzung gefilmt zu haben.«

»Was war es dann?!«

»Es war eine spirituelle Einsamkeit – wissen Sie, was ich meine?«

»Ich glaube, es zu ahnen.«

»Es war so, daß ich mit einem Mal bemerkte, daß ich nicht wirklich in dieses Land hineinkonnte. Es war wie verhext. Wie in einem Spiegelkabinett, in dem man nicht weiß, wo man wirklich steht. Ich hatte die Vision von einer allumfassenden Trance, die mich erfassen sollte. Ich spürte in meiner Hoffnung ein diffuses, tiefes, unbenennbares Sehnen nach einer geistigen, seelischen Geborgenheit, die ich in Indien und nur dort zu finden hoffte. Natürlich hatte ich Bücher gelesen über Fakire und die Erleuchtung. Die dunklen, schönen Frauen und die weißbärtigen, dünnen Männer und die rosa Elefanten und die Armut, die zur Demut führt – all das war eine Sehnsuchtsvision geworden. Noch auf dem Flughafen in New York hatte ich das Gefühl, nur hinfliegen zu müssen, um erlöst zu werden – dann war ich endlich dort und weiter weg von mir als je zuvor. An meiner kleinen, schäbigen Imbißbude war ich der Erleuchtung näher gewesen.«

»Warum?!«

»Bitte?!«

»Wovon wollten Sie denn erlöst werden?«

Bryan nickte. Er blickte von Vincente zu Verenice, die ruhig und ernst weitersprach.

»Von meinem Nichtwissen und von meinem Suchen nach der Wahrheit.«

»Und was ist die Wahrheit?«

»Die Wahrheit«, Verenice lachte, »die Wahrheit ist der Frieden des Herzens. Ein Frieden, der sich jeden Moment im eigenen Wesen erneuert. Das ist zumindest meine Wahrheit. Damals war ich auf der Suche nach diesem Zustand und wußte nicht, daß man sich um so weiter von ihm entfernt, je mehr man ihn zu ergreifen sucht.«

»Also eine unglückliche Liebe!«

Sie sah ihn mitfühlend an. »Ja, mein Lieber – ich war von einer unglücklichen, unerwiderten Liebe zu meinem Selbst erfüllt. Das war der Grund für meine Verzweiflung.«

»Sind Sie daraufhin nicht sofort zurückgefahren?!«

»Warum sollte ich?!«

»Ich denke, daß man sich in der Fremde doch doppelt einsam fühlen muß.«

Verenice sah sich in unserer Runde um. Daniela beugte sich vor und betrachtete aufmerksam unseren Gast. Dann sah sie zu Verenice und sagte: »Vielleicht muß er nicht erst um den halben Erdball reisen, um nach Hause zu finden.«

»Wie meinen Sie das?« fragte der junge Mann und nahm einen Schluck aus seinem Glas.

Verenice sprach weiter. »Sie meint, daß Sie ein so starkes Suchen in sich haben, daß Sie davon sehr schnell an Ihr Ziel getragen werden.«

»Was suche ich denn Ihrer Meinung nach ...«

»Das, was uns am Leben erhält.«

»Und das ist?«

»Liebe.«

Er setzte das Glas wieder auf den Tisch und sah sich in unserer Runde um. Regis und Bryan blickten ihn freundlich lächelnd an. Maria legte ihm die Hand auf den Unterarm und sagt: »Es gibt nur einen einzigen Weg durch dieses Leben, und es gibt auf diesem Weg nur eine einzige Richtung – nach vorne. Je eher man sich selbst sicher ist, wonach man auf der Suche ist, um so leichter und gestärkter geht man diesen Weg. Das Ziel aber ist zu wissen, wonach sich unser Herz und unsere Seele sehnt. Daniela meinte vorhin, daß Sie nur mehr eine Engelshaarbreite davon entfernt sind, die Wahrheit in sich zuzulassen – und diese Wahrheit heißt – zu lieben.«

Der junge Mann atmete tief durch und sagte dann: »Ich schätze die Art, wie Sie mich mit großer Vorsicht und gleichzeitiger Deutlichkeit auf diesen Weg schikken wollen – aber diejenigen von Ihnen, die erst vorhin zu uns gestoßen sind, können ja nicht wissen, was Verenice und Manuel schon von mir erfahren haben. Ich sitze nicht hier und tappe im dunkeln meiner unbewußten Wünsche. Ich weiß vielmehr sehr genau, daß ich mir Liebe wünsche. Es ist nur so, daß ich gescheitert bin. Es ist also nicht eine Frage des Nichtwissens, sondern des Nichtkönnens!«

Maria und Daniela wechselten einen kurzen Blick. »Sie werden sehr bald erfahren, daß Sie einem unermeßlichen Irrtum unterliegen – der von außen betrachtet relativ klein wirkt. Das genau ist sein Rätsel. Der Irrtum von Universumsgröße im menschlichen Denken zeigt sich in Gestalt eines besprechbaren Problems zwischen Menschen. Es ist aber eine Sache von Sein oder Nichtsein.«

»Was ist dieser Irrtum?«

Daniela sagte: »Liebe kann nicht scheitern.«

Regis lächelte und beobachtete die Reaktion unseres neuen Freundes. Der lachte kurz auf und schüttelte den Kopf. »Vielleicht haben Sie mich nicht ganz verstanden. Vielleicht müßte ich Ihnen die Geschichte erzählen, die sich zwischen der Frau und mir abgespielt hat, die meine ... meine letzte große Liebe war. Ich möchte allerdings nicht ... nicht zu sehr ins Detail gehen. Erstens ist das heute abend eine Runde voller Heiterkeit, ›und zweitens sind die Wunden noch nicht verheilt. Was mich erstaunt, ist, daß ich überhaupt schon in der Lage bin, diese letzten Sätze gesagt zu haben, ohne in Tränen auszubrechen.‹ Er lächelte kurz voll entzükkender Selbstironie und wartete dann, was die anderen zu seiner Eröffnung sagen würden.

Daniela sprach daraufhin weiter: »Ich verstehe vollkommen, worauf Sie uns hinweisen wollen – und ich respektiere Ihre Gefühle. Ich weiß auch, daß Sie unter dem

Wort ›Liebe‹ etwas anderes verstehen als ich oder Verenice oder die anderen hier, in deren Namen ich spreche. Darum werde ich versuchen, mich verständlich zu machen. Ich möchte Sie zuerst etwas fragen!«

»Bitte – ich höre.«

»Glauben Sie an die Existenz der menschlichen Seele?«

Der junge Mann sah Daniela einen Moment lang an, blickte dann erstaunt in die Runde. »Selbstverständlich.«

»Sie wissen, daß dieses Ja nicht für alle Menschen selbstverständlich ist?«

»Das weiß ich.«

»Gut – wenn Sie also an das glauben, was wir hier an diesem Tisch die Seele nennen, frage ich weiter – was geschieht mit Ihrer Seele, wenn Ihr Körper stirbt?«

»Die Antwort liegt in Ihrer Frage verborgen – sie existiert weiter.«

»Und was ist mit Ihrer Seele geschehen, bevor Ihr Körper durch den Zeugungsakt Ihrer Eltern zu existieren begonnen hat?«

»Sie war schon vor meinem körperlichen Dasein vorhanden.«

»Wo?«

»Das kann ich nicht beim Namen nennen. Als kleiner Junge hätte ich gesagt: ›im Himmel‹.«

»Gut.« Daniela strich sich ihre braunen, weichen Locken aus dem Gesicht.

Sie sprach nach einer kurzen Pause, in der sie ihren Gedanken die Form gab, die sie erreichen wollte, weiter.

»Mögen Sie türkischen Honig und Coca-Cola?«

»Bitte?!« Er lachte und sah zu Vincente. Mein Sohn nickte ihm zu und hob zustimmend den Daumen seiner rechten Hand.

»Ich frage Sie, ob Sie Coca-Cola und türkischen Honig mögen – gleichzeitig –, wohlgemerkt.«

»Nicht mehr.«

»Was heißt das?«

»Ich habe es geliebt, als ich so alt war wie Vincente.« Mein Sohn nickte in die Runde – endlich hatte er jemanden gefunden, der seine speziellen Neigungen teilte. »Aber mein Geschmack hat sich verändert. Andere Genüsse sagen mir jetzt mehr zu.«

»Aber Sie waren doch felsenfest davon überzeugt, niemals von Coca-Cola und türkischem Honig Abschied nehmen zu wollen – als sie auf dem Rummelplatz Autoscooter gefahren sind.«

»Ja – aber der Mensch entwickelt sich.«

»Sie meinen – Ihre Geschmacksnerven entwickeln sich?«

»Wenn Sie so wollen – ja.«

»Das, was geboren wird, älter wird und eines Tages stirbt – entwickelt sich, verändert seine Vorlieben und damit seine Ansichten und Haltungen zur Welt?!«

»Ja.«

»Und auch die Art zu lieben ändert sich?«

»Allerdings.«

»Wissen Sie, was Liebe ist?«

»Ja.«

»Was?!«

»Ein warmes, starkes, alles überflutendes Gefühl der Zuneigung.«

»Hat das mit Ewigkeit zu tun?«

»O ja.«

»So wie Sie auf ewig Cola und türkischen Honig geliebt haben.«

»Das ist etwas anderes!«

»Ist es nicht – das, was Sie als Liebe bezeichnen, ist ein Gefühl. Dieses Gefühl ist abhängig von vielen Details«, sagte Daniela, »Sie meinen mit dem Wort ›Liebe‹ einen Zustand, der sein Ende findet, wenn die Nervenreize sich verwandeln. Heute ist Ihnen Fischsuppe lieber als türkischer Honig, und Ihre nächste Freundin wird vermutlich einen größeren oder kleineren Busen haben als die letzte – wie auch immer, es wird dazu beitragen, daß Sie ›entbrennen‹ – verbrennen – und eines Tages wieder erloschen sein werden. So wie Ihr vergänglicher Leib sterben muß, muß alles sterben, was in diesem Leben in Ihrem Leib an Gefühlen geboren wird. Auch das, was Sie die Liebe nennen. Ich hingegen verwende das Wort Liebe für diese Form der Existenz, die unsterblich ist – so wie Ihre Seele. Wenn wir einander jetzt zuprosten könnten, wäre ich sehr erfreut.«

Sie hob ihr Glas und stieß mit dem jungen Mann an. »Aber lassen wir doch Verenice weitererzählen – immerhin war sie damals an einem schwärzeren Punkt im Tunnel ihrer Suche angekommen, als Sie sich vorstellen können, wenn Sie sie heute hier sitzen sehen.«

Verenice lächelte und sprach weiter: »Das Wort Tunnel ist sehr treffend für meinen damaligen Zustand. Mir wurde in all der exotischen Schönheit plötzlich bewußt, daß ich mich zwischen alle Stühle gesetzt hatte. Ich hatte mit einem Mal das Gefühl, als wäre ich voll Übermut auf eine Expedition gezogen, ohne mich um Proviant zu kümmern. Mir war klar, daß es kein Zurück gab.«

Verenice hielt einen Augenblick lang inne. Ich fühlte, daß sie schwieg, um in sich hineinzulauschen. Hatte sie dem jungen Mann alles gesagt, was es in ihr zu sagen gab? Mochte er sie verstehen? Nach einem Augenblick der Konzentration sah ich in ihren Augen, wie ihr noch eine Wendung des Themas bewußt wurde. Sie fuhr fort. »Wahrscheinlich liegt es an der Einfachheit dieses Abenteuers, daß wir ihm mißtrauen.«

»Wie meinen Sie das?« Er beugte sich zur Seite und suchte ihren Blick.

»Ich meine, daß es ein Teil unseres Denkens nicht verstehen will, wie nahe wir uns sind. Wir sind darauf eingestellt, alles, was wir im Leben erreichen wollen, nur durch Mühe zu erreichen. Mühe und ein Sich-Strekken nach oben und ein Sich-Hinüberbeugen nach einem Ziel, das weit, weit weg von uns liegt. Das, haben wir gelernt, ist der Weg zum Erfolg. Still zu werden, ruhig zu sein und zu lauschen und zu schauen ist für uns kein Weg zum Erfolg. Wenn wir nun plötzlich damit beginnen, uns selbst zum Ziel zu machen, mißtrauen wir den einfachen Mitteln. Wir glauben, daß der Friede in unserem Herzen auf demselben Weg erobert werden muß wie der höchste Berg. Wir ziehen aus, um uns zu erobern. Wir haben nie gelernt, daß das Gegenteil von Eroberung unsere Tore zu unserem Herzen öffnet. Hingabe, Stille und Bereitschaft sind es, die wir an jedem Ort der Welt erleben können. Wenn diese drei Dinge nur in einem Bergkloster in Samarkand funktionieren sollten, dann ist es klar, daß irgend etwas nicht stimmt. Das Ergebnis wirklicher Begegnung mit der eigenen Wahrheit ist, daß man mitten in der Metro von Paris um 17 Uhr ein Lächeln in sich trägt, das unerreichbar ist. Unerreichbar von den Turbulenzen der anderen. Unerreichbar von Eile, Lärm und Hektik – c'est tout.«

»Gelingt Ihnen das?« Es war keine Ironie in seiner Frage, nur eine aufrichtige Offenheit.

Verenice antwortete: »Wenn es ›gelingen‹ kann, heißt das, daß ich den Zustand verlieren könnte. Es heißt, ich müßte darum ringen. Das wäre falsch und ein Zeichen für einen inneren Kampf. Kampf ist das Gegenteil von Frieden. Ich möchte daher sagen: Es ist – oder es ist nicht. Wenn es nicht ist, heißt es, gelassen bleiben, und wenn es sich einstellt, sollte man sich ohne Hitze daran erfreuen – vielleicht will das Lächeln dann öfter bleiben oder sogar verweilen.«

»Und als Sie sich in Goa so verlassen fühlten, war Ihnen sicherlich nicht zum Lachen zumute.«

»Nein, und das war so offenkundig, daß mich ein rotgekleidetes Mädchen eines Tages auf einem meiner allabendlichen melancholischen Strandspaziergänge darauf ansprach.

›Ich beobachte dich schon ein paar Tage lang‹, sagte sie, ›dir geht hier alles ziemlich auf die Nerven – was?!‹

Ich blieb stehen und sah sie an. Sie hatte lange leuchtendblonde Haare. Sie hatte bronzefarbene Haut, und auf ihrer Nase und ihren Wangen sammelten sich unzählige Sommersprossen. Ihre Augen waren wie zwei Bergseen vor einem Gewitter. Diese Begegnung liegt fast fünfzehn Jahre zurück.«

»Und was haben Sie ihr geantwortet«, wollte er wissen und lehnte sich wieder in seinen Stuhl.

»Zunächst einmal habe ich mir nur staunend dieses Gesicht mit dem glücklichen Lächeln angesehen. Sie war wie aus dem Nichts vor mir aufgetaucht, hatte mit einer Frage meinen Zustand auf den Punkt gebracht und strahlte mich an.

›Wie heißt du‹, fragte ich, und sie sagte: ›Ich heiße Anna und komme aus Holland, und von Zeit zu Zeit rette ich verlorene Mädchen wie dich – komm, wir gehen ein Stück.‹

Sie ging weiter am Strand entlang, und ich zog neben ihr mit. ›Ich kenne das Gefühl, das du im Moment erlebst. Man kommt in dieses Land und erhofft sich die Lösung all seiner Probleme und Wünsche und Hoffnungen – das geht aber nicht so, wie wir es gewohnt sind, im Supermarkt ein Paket Kartoffelpüree zu finden. Weißt du, was das Geheimnis von Indien ist – für uns Ausländer?!‹

›Nein – sag es mir.‹

›Es stellt sich auf den Kopf!‹ Ich mußte lachen.

›Was heißt das?!‹

›Wenn du weit weg von hier lebst, dann erkennst du irgendwann, daß die westliche Zivilisation sein Grab schaufelt, in das sie mitsamt ihrem ganzen Materialismus hineinstürzen wird. Also fliegst du nach Indien, und dort wird alles besser – richtig?‹

›Richtig.‹

›Du hast gehofft, deine Probleme würden sich hier einfach dadurch auflösen, weil du deine alte Welt verlassen hast. Falsch!‹ Sie drehte sich wie ein kleines Mädchen im Kreis. ›Falsch, falsch, falsch – wenn du hier angekommen bist, wird dir nämlich zum ersten Mal dein wirkliches Problem bewußt. Es steht riesengroß und mit offenem, roten Maul vor dir und zeigt dir seine spitzen Säbelzähne – haha!‹ Sie lachte und umarmte mich im Gehen. Sie war nicht betrunken oder stoned – sie war ganz einfach von einer Leichtigkeit und einem Humor, den ich so noch nie erlebt hatte.

›Warum grölt mir dieses Monster meine Probleme hier so ins Gesicht?‹ Ich lief ein paar Schritte, um mit ihr mitzukommen. Dann blieb Anna stehen.

›Weil es ab hier nicht mehr weitergeht. Verstehst du?‹

›Nein, noch nicht.‹

›Es geht für deine Hoffnung nicht mehr weiter. Paß auf. Stell dir diese wunderschöne Erde vor – wie sie einsam und herrlich im Weltall treibt.‹

›Ja.‹

›Gott hat in seinem unergründlichen Tanz mit seinem Zauberstab auf jeden Punkt dieser herrlichen blauen Kugel hingetippt und hat ihm ein besonderes Karma gegeben. Es gibt für jeden Platz auf diesem Planeten eine Haupttonart. Wie in der Musik: Eine Symphonie hat zwar unzählige Einzeltöne, aber sie hat einen einzigen unveränderbaren Grundton. Er gibt den Rahmen vor, aus dem man kurzzeitig sogar in Dissonanzen ausbrechen kann, aber du mußt immer wieder in ihn zurück. So hat es Gott mit der Welt inszeniert. Er hat mit seinem langen Atem jedem Flecken auf diesem blauen Ball eine andere Melodie hingehaucht. Diese Melodie wird dort seit ewigen Zeiten gespielt. Und diese Melodien sind in Wirklichkeit nicht austauschbar und verschiebbar. Man findet in Korea keine Lebenshaltung wie in Frankreich und in der Schweiz keinen Aktionismus wie in Kalifornien. Es läßt sich nicht austauschen!

So, und nun bist du in Indien und erwartest zu Recht, daß sich hier in deiner Seele etwas Entscheidendes tut. Weil es nicht weitergeht. Es gibt kein anderes Land auf diesem Planeten, in dem die Choräle der wirklichen und der gespielten Spiritualität so erklingen wie hier. Wenn mit deiner suchenden, westlichen Seele etwas Entscheidendes passieren kann, dann hier – glaubst du –, nicht?‹

›Habe ich geglaubt!‹

›Gute Antwort – und es passiert auch – es passiert ja schon längst. Es passiert in deiner Verlorenheit, die du hier völlig ausweglos spürst. In New York hattest du noch die Energie, dorthin zu fahren, wo du deinen Frieden erhofft hast. Jetzt bist du da, und der Frieden ist weiter weg denn je. Weil du angekommen bist. Aber du bist nicht am Ende der Geisterbahn – du bist am Anfang. Denn jetzt stehen die Geister deiner unerfüllten Sehnsucht vor dir. Das ist die Magie des Bodens dieses Landes. Die Luft vibriert davon und die knatternden Mopeds im Stau von Bombay. Du kannst nicht mehr weiterrennen, weil es kein *Weiter* mehr gibt. Jetzt mußt du stillstehen und sagen: *Hier bin ich. Wer bin ich. Was will ich ... warum ... woher ... wieso ... warum ... warum ... warum ...*‹ Sie ließ einen Moment verstreichen. Nur das Rauschen der Wellen war zu hören.

Ich hörte mich atmen, ich spürte den Boden, auf dem ich saß, ich fühlte ihre Nähe und wußte, daß sie recht hatte. Ich mußte dorthin, wo meine wahren Wünsche ihr Zuhause hatten. Ich konnte nicht mehr davonlaufen oder auf etwas zulaufen. Eine eigenartige, fragende Stille umgab mich.

›Bist du noch da ... ‹, hörte ich die leise Stimme von Anna.

›Ja ... ich bin da.‹

›Schön hier – nicht?‹ fragte Anna und lächelte mich an.

›Ja, sehr schön. Ich frage mich nur, was ich jetzt machen soll. Bin ich dieses große Abenteuer meiner Reise nur eingegangen, um hier im warmen Sand zu erkennen, daß die Melodie, die hier gespielt wird ... ‹ An dieser Stelle hat mich Anna damals unterbrochen, und ich unterbreche mich jetzt auch, weil ich mir denke, daß Ihr sicher noch Suppe wollt?!«

Sie hatte meine Gedanken gelesen. Verenice nickte mir zu und sagte: »Hab ich deine Gedanken gelesen?«

»Hast du«, antwortete ich, »denn ich glaube, die Suppe hat genau jetzt die angenehme Temperatur, bei der man nicht mehr auf jeden Löffel blasen muß, sondern man kann zügig essen, ohne sich zu verbrennen.«

Regis griff zum Schöpflöffel und gab jedem von uns reichlich in die dargebotenen Teller.

Maria zerteilte eine Brotscheibe und ließ sie in ihren Teller fallen. Ich sah Vincente an, der seinen Parmesan zu kleinen Bröckchen zerkrümelte und die Oberfläche seiner Suppe, aus der die fein angebratenen Fischstükke ragten, damit bedeckte.

»Vincente«, sagte ich, »kann ich bitte ein wenig von deinem Parmesan haben?« Es sah mich fassungslos an. Auch die anderen unterbrachen kurz ihr Essen und waren sich nicht sicher, ob sie sich verhört hatten. »Ich möchte prüfen, ob ich vielleicht schon sein Jahren mutwillig an einer Erweiterung in meinem Leben vorbeigehe – laß es mich versuchen, bitte!«

Er gab mir ein Stück von seinem Parmigiano, und ich ließ einige Stücke in meinen Teller fallen.

»Wenn das Ihrem Besuch zu verdanken ist, ist es schade, daß Sie nicht schon früher bei uns Station gemacht haben«, sagte mein Sohn zu dem jungen Mann an seiner Seite.

»Ich glaube nicht, daß es mein Erscheinen ist«, entgegnete dieser, »ich glaube vielmehr zu spüren, daß dieser ganze Tag und vor allem dieser heutige Abend und unser Beisammensein etwas sehr Besonderes sind. Bekomme ich bitte auch etwas Käse?!«

Vincente sah ihn mit stiller Verzweiflung an, da das Parmesanstück schon erschreckend geschrumpft war.

»Bleib sitzen«, sagte Verenice und ging in die Küche, »ich hol' uns noch welchen.«

»Bringst du bitte ein größeres Stück«, rief daraufhin Regis, und Bryan murmelte: »Gute Idee – wirklich.«

»Uns auch – was Maria?!« sagte Daniela, und dann

stellte uns Verenice lachend den halben Parmesanlaib in die Mitte des Tisches. »So – greift zu – die Revolution ist da!« Sie sah mich an und griff mir mit der Hand in den Nacken.

»Ich verstehe euch«, sagte ich. »Und ich möchte mich bei meinem Sohn in aller Form bedanken für diese Innovation. Ich weiß wirklich nicht, warum ich so lange ein Brett vor dem Kopf hatte.«

»Wahrscheinlich weil die Idee nicht von dir gekommen ist«, sagte Vincente lachend.

»Das muß ich mir sagen lassen?«

»Ja, das mußt du dir sagen lassen«, meinte Verenice und fuhr mir und meinem Sohn liebevoll durch die Haare.

»Soll ich weitererzählen?«

»Wenn wir weiteressen dürfen«, sagte Regis und nahm sich zu meiner großen Freude einen vollen Löffel aus dem Topf.

»Also gut«, sagte Verenice, »Anna nahm eine Muschel, die zwischen uns am Strand lag, und warf sie weit hinaus ins Meer.

›Du mußt dir keine Sorgen machen‹, sagte sie zu mir, ›wenn du es möchtest, kann ich versuchen, dich von einer großen Last zu befreien.‹

›Bitte mach das‹, sagte ich, ›ich bin gespannt zu hören, was du meinst.‹

›Ich meine die unausgesprochene Verpflichtung, die du dir auferlegt hast, jetzt und hier in diesem Land dein Glück zu finden. Ich weiß eine Abkürzung.‹

›Ich bin gespannt.‹

›Also gut – ich sage dir jetzt einen kurzen Zaubersatz, und du sprichst mir nach. Okay?‹

›Okay.‹

›Sag: Ich kann tun und lassen, was ich will!‹

Ich lachte und schlug mit beiden Händen flach neben mir auf den Boden. ›Du sollst nicht lachen – du sollst den Zaubersatz sagen!‹

›Also gut: Ich kann tun und lassen, was ich will ...‹ Ich mußte wieder lachen, und Anna lachte mit.

›Für den Anfang schon ganz gut – und jetzt möchte ich fühlen, daß du an den Satz glaubst.‹

Ich sah sie an und blickte hinaus aufs Meer. Der Wind streichelte mein Gesicht, und am Himmel erschienen rote Farbstreifen, die die wenigen Wolken von unten erhellten. Ein Jagdvogel, der schon seit Minuten an einer Stelle über den Wellen gestanden hatte, legte seine Flügel an den Körper und stieß senkrecht in einen Fischschwarm. Nach wenigen Augenblicken tauchte er mit seiner Beute auf und flog mit breitem Flügelschlag in die Wälder, die in unserem Rücken lagen. Es waren nur mehr wenige Menschen am Strand unterwegs. Von einem der kleinen, aus Bambusholz zusammengenagelten Restaurants wehte Calypso-Musik herüber. Hoch über uns stand ein strahlender erster Stern.

›Ich kann tun und lassen, was ich will ... ‹, sagte ich leise und spürte, wie sie meine Hand in ihre Hand nahm.

›So ist es‹, sagte sie und drückte meine Hand ganz fest. ›Wer hat dir diesen Satz gesagt‹, fragte ich sie.

›Mein eigenes Herz‹, sagte sie und fuhr fort. ›Es gibt Zeiten im Leben, da kann und darf man nicht alles tun, was man will. Wenn man Verantwortung hat für ein anderes Leben. Oder wenn ein wichtiges Ziel wirklich erreicht werden muß. Es gibt Zeiten im Leben, in denen man Dinge tun muß, die uns auferlegt werden, um zu prüfen, ob wir voller Demut auch einer anderen Wichtigkeit dienen können als dem eigenen Willen. Es ist nur so unendlich wichtig, wachsam zu sein und festzustellen, wann uns das Leben die Möglichkeit eröffnet, in dem wir niemand anderem verpflichtet sind als uns selbst. Nur wenn wir uns in uns selbst verlieben und uns umwerben und uns in diesen Zeiten jeden Wunsch von den Lippen unseres Herzens ablesen, nur dann haben wir wirklich Kraft für die anderen Zeiten des Lebens. Diese Kraft finden wir aber nur, wenn wir uns in der ersten Sekunde unserer Freiheit hochschweben lassen wie eine schillernde Seifenblase. Wir sollen das Bild der Welt auf der runden durchsichtigen Oberfläche unseres Wesens spiegeln und uns wie Kinder in einem Spielwarenladen all unsere Wünsche erfüllen. Die meisten Menschen verpassen den Moment, an dem eine dieser Freiheiten in ihrem Alltag aufblitzt. Wahrscheinlich befürchten sie, daß sie nach einem freien Flug nicht mehr zurückwollen in ihr alltägliches Leben. Das ist ein bedauerlicher Irrtum. Es geht aber nicht darum, auf ewig unverpflichtet und träumend herumzuschweben. Es geht darum, das Leben wie ein Pendel zu erleben, das sich auf der einen Seite die Kraft holt, um zur anderen zu schwingen. Wenn das gelingt, ist man selbst in der schwersten Pflicht ein freier Mensch und gleichzeitig dadurch seiner Freiheit verpflichtet ...‹ Sie streichelte mir sanft über das Haar, und ich entspannte mich in dem wärmenden Gefühl, eine Freundin auf diesem Planeten gefunden zu haben.

›Ich kann tun und lassen, was ich will?‹

›Ja, zur Zeit kannst du tun und lassen, was du willst.‹

›Ich muß jetzt nicht kreuz und quer durch dieses große Land fahren und mir einen Meister suchen, der mir die Hand hält auf dem Pfade der Erleuchtung?‹

›Nein!‹

›Okay – ich bleibe noch zwei Wochen, und dann fahre ich weiter!‹ Ich sprang auf und lief wie eine wildgewordene junge Löwin im Kreis.

›Ja! Ja!‹ rief Anna, und dann rannten wir beide um die Wette den Strand entlang. Nach ein paar Minuten standen wir lachend und keuchend voreinander. ›Ich danke dir‹, sagte ich, ›ich danke dir wirklich sehr.‹

›Ich danke dir‹, sagte Anna. ›Ich bin nämlich ein Mensch, der andere Menschen braucht, und auch um das zu erkennen, bin ich hierhergekommen – genauso wie du.‹

›Wie meinst du das?‹

›Fällt dir nicht auf, daß du heute allein warst am Strand und auch in deinen letzten Zeiten. Du warst allein. Ich war auch allein. Ich war so allein, wie es offenbar alle Menschen sind, die sich auf den Weg der Erkenntnis machen. Aber soll ich dir sagen, was ich auf diesem Wege erkannt habe?‹

›Ja – was?‹

›Ich möchte nicht alleine sein.‹

›Nein?!‹

›Aber eine Zeitlang ist es recht angenehm – manchmal – oder ...‹, sagte ich zu Anna.

›Ja‹, antwortete sie, ›eine Zeitlang – aber man muß verdammt aufpassen, daß man den Moment nicht übersieht, an dem diese Zeit zu Ende gehen soll. Ich will dir sagen, was ich für mich erkannt habe. Warum das heute abend alles passiert, weiß ich nicht. Warum ausgerechnet du mir hier traurig über den Weg läufst und warum ich dir in ein paar Minuten alles zeige, wofür ich die letzten drei Jahre gebraucht habe – vielleicht ist wirklich dein Schutzengel am Werk.‹ Sie lächelte und blickte hinter meine Schultern, als ob da jemand zu sehen wäre.

›Sie hat völlig recht‹, sagte mein unsichtbarer Begleiter. Lange hatte er geschwiegen und mich machen lassen.

›Bist du okay?‹ fragte Anna und legte ihre Hand auf meine Schulter.

›O ja – bin ich –, ich soll dir nur von ihm bestellen, daß du völlig recht hast und daß du sehr bald die Früchte deiner drei Jahre Einsamkeit ernten wirst – und er möchte dich gerne weitersprechen hören – er mag deine Stimme so sehr.‹

Anna seufzte tief auf und nickte mit dem Kopf. ›Okay – sag ihm, ich freue mich, von ihm zu hören.‹ Mein Engel ließ eine Welle der Heiterkeit durch mich hindurchlaufen, die sich so anfühlte, als würde er lachen. ›Sag ihr, daß sie in dein Leben gekommen ist, um dir eine Abkürzung zu zeigen, und daß du im Gegenzug dafür die Botschaft der Aufmerksamkeit für sie bereithältst. Sie wird oft von ihrem Begleiter angesprochen, aber sie kann es nicht glauben, daß die Stimme in ihrem Inneren diesem Freund gehört. Sag ihr, sie soll sich das Bild eines liebenden Begleiters eingestehen. Es wird sie glücklich machen.‹ Ich gab diese Gedanken an Anna weiter, die mich daraufhin lange ansah.

›Drei Jahre habe ich mich durch dieses Land geschlagen. Drei Jahre. Ich habe gefastet. Ich habe geschrien. Ich habe geschwiegen. Ich habe fünf Tage lang den Schlaf verweigert und auf einen Punkt gestarrt. Ich habe mein Weinen kennengelernt und meine absolute Stille. Und dann kommst du und bringst mir so ein Geschenk. Da soll einer die Welt verstehen.‹ Sie lachte und warf eine Handvoll Sand in die Luft.

›Sag ihr, daß da in Wirklichkeit nichts zu verstehen ist und daß die Seele nur an dem lernt, das der Verstand nicht begreift.‹ Ich mußte lächeln, als ich ihn so freundlich reden hörte, und gab seine Worte weiter.

›Ich möchte mich bei ihm bedanken‹, sagte Anna, ›und ich glaube, ich weiß, was er meint. Ich höre nämlich plötzlich seinen Bruder, der zu mir spricht.‹

›Was sagt er?‹

›Er sagt, daß ich soweit bin, nicht mehr allein sein zu müssen – weil ich endlich allein sein kann.‹

Sie stand mit weit ausgebreiteten Armen da und blickte hinauf in den Himmel. Das Licht um uns hatte begonnen, seine Farben zu verändern. Ein blauer, violetter und purpurner Glanz lag über dem Strand und schimmerte wie das Innere einer riesigen, weit offenen Muschel. Das Meer rauschte heran, und sein Gesang lag um uns wie eine ewige Melodie der Geduld. Die Erde war still und freundlich. Dieses Gefühl berührte mich in meinem Herzen und auf meiner Haut. Ich stand auf und umarmte sie. Wir hielten uns lange fest. Ich hatte das Gefühl, an einen Punkt im Leben gekommen zu sein, nach dem es in mir gesucht hatte. Anna hatte all das in ihren Ruf nach Leben gelegt, was auch in meinem Herzen wartete, beim Namen genannt zu werden.

Ich hielt sie fest, und nach einer Weile sagte ich: ›Jetzt beginnt das Leben von vorne!‹

Anna sah mir in die Augen und küßte mich sanft auf den Mund. ›Ich bin so dankbar, daß wir einander begegnet sind‹, sagte sie. ›Wir werden ab jetzt immer wissen, daß es uns gibt.‹

›Ja, das wissen wir von jetzt ab und von Ewigkeit zu Ewigkeit – Amen!‹ Wir lösten uns wieder voneinander und lachten und gingen in eines der Restaurants, die klein und hingeschmiegt aus Bambusholz zusammengenagelt unter den Palmen warteten.

›Hast du auch so einen Riesendurst wie ich?‹, fragte Anna, und dann bestellten wir einen großen Kelch Kokosnußmilch mit Rum. Wir saßen an einem kleinen, wackeligen Tisch und sahen auf das dunkle Meer und saugten dieses liebliche Getränk aus hellblauen Strohhalmen. Auf unserem Tisch brannte ein Windlicht. Nachtfalter umschwirrten uns, und als ein kleiner Junge vorbeikam, der selbstgemachten Schmuck verkaufte, nahmen wir ihm acht Amulette ab. Sie zeigten den sitzenden, lachenden Elefantengott, und dann legten wir sie einander um den Hals.«

Verenice lächelte vor sich hin, und ich bemerkte, wie unser junger Freund fasziniert an ihren Lippen hing.

»Zeigen!« sagte Regis und griff nach dem Wein, um sein leeres Glas aufzufüllen. Verenice blickte zu ihm und nestelte an ihrem Hals. Sie zog das Amulett aus ihrer Bluse, und alle beugten sich vor, um es zu bestaunen.

»Ich glaube, der Elefantengott hat sehr viel von gutem Essen gehalten«, sagte Maria.

»Und wann haben Sie Anna das letzte Mal gesehen?«

»Sie hat mich vor drei Jahren besucht. Sie ist ganz verliebt in Vincente und schreibt uns mindestens zweimal im Jahr aus Holland Briefe oder Postkarten.«

»Und wie lebt sie jetzt?«

»Sie leitet einen Kindergarten und lebt mit einem Mann, der Bühnenbilder entwirft.«

»Ich würde sie gerne einmal kennenlernen«, sagte unser Freund, und Verenice antwortete: »Wenn es euer Schicksal ist – wird es so sein.«

»Glauben Sie an das Schicksal?!«

Verenice lachte, und unsere Freunde stimmten mit ein.

»Entschuldigen Sie, habe ich etwas Falsches gesagt?« fragte unser Gast und wurde nach einigen wenigen Sekunden von der Heiterkeit mitgerissen, die rings um ihn aufblühte.

»Wissen Sie, wie man Gott zum Lachen bringen kann?« fragte ihn Bryan.

»Sagen Sie es mir?!«

»Wenn du Gott zum Lachen bringen willst – dann mach einen Plan!!« Wieder erfüllte lautes Lachen den Raum.

»Ich kann es Ihnen nicht erklären«, sagte Vincente zu unserem Freund, »immer, wenn es auf dieses Thema kommt, rasten Sie völlig aus. Ich hoffe, ich werde es eines Tages verstehen.«

»Ja, das wird dir nicht erspart bleiben«, Daniela stand auf, um sich eine Flasche mit Mineralwasser zu holen.

»Wissen Sie«, sagte ich, nachdem sich die Wellen der Erheiterung langsam wieder gelegt hatten, »es gibt nur zwei Möglichkeiten, mit diesem Labyrinth umzugehen, in das Gott uns geschickt hat. Man setzt sich eines Tages hin und verzweifelt – oder man läßt dem Leben seinen Lauf und erheitert sich am größten Irrtum aller Zeiten.«

»Warum sollte man verzweifeln – und welchen Irrtum meinen Sie?!«

»Wer sagt es?« fragte ich in die Runde, und Maria übernahm die Stafette des Gespräches.

»Haben Sie nicht gedacht, daß man sein Leben in den Griff bekommen kann, wenn man nur klar genug sein Ziel fixiert und sich dabei nicht beirren läßt?!«

»Ja – so scheint es zu sein –, das nennt man erwachsen werden, denke ich.«

»Warum sitzen Sie dann hier und hatten noch vor einer Stunde so ein todtrauriges Gesicht?!«

»Es ist also Ihrer Meinung nach sinnlos, ein Gebäude der guten Absichten zu errichten, da es ja ohnehin immer wieder eingerissen wird? Das heißt also, jede Anstrengung, jede Disziplin, jedes Wollen, jede gute Absicht des Menschen sind sinnlos.«

»Das ist ein verständliches Mißverständnis«, sagte Daniela, nachdem sie ein großes Glas Wasser getrunken hatte.

»Wieso Mißverständnis – Sie haben doch eben erklärt, daß es sinnlos sei, einen Plan zu verfolgen. Noch dazu einen Plan, der die Entwicklung des eigenen Lebens zum Ziel hat.«

»Ja, dieser sinkende Mut ist es, den ich gemeint habe, als ich davon sprach, im Labyrinth des Lebens zu verzweifeln«, sagte ich. »Die Wahrheit ist, daß wir absichtslos leben müssen. Wir können angesichts der unvorhersehbaren Wendungen des Schicksals nur eine einzige Sache betreiben. Nur eine einzige Sache ist es, die übrigbleibt, nachdem wir erkennen durften, daß jedes Wollen in sein Gegenteil verwandelt werden kann. Ganz so, wie es dem scheinbaren Zufall gefällt.«

»Was ist diese einzige Sache?!«

»Bewegliche Gelassenheit. Stellen Sie sich vor, daß Sie auf einem großen Floß aus rohen Baumstämmen einen wilden Fluß hinunterfahren.«

»Ja.«

»Gut – die Wahrheit ist – Sie haben keine Chance. Es sieht nur so aus, als könnten Sie den reißenden Fluß meistern. Und wenn Sie auch noch so sehr das Gefühl haben, die Richtung zu bestimmen – die Richtung stand schon fest, noch bevor Sie das Floß betreten haben. Jetzt sind Sie auf diesem Fluß, und zur Erheiterung der ewigen Mächte befindet sich sogar ein Ruder auf diesem Floß, und Sie setzen Ihr ganzes Wollen ein, um das Floß in seiner Fahrt zu beeinflussen.«

»Ich verstehe – das heißt, ich soll nur zusehen, wie ich abtreibe.«

»Abtreiben ist ein sehr resignierendes Wort. Da Sie nun schon mal auf dem Fluß sind, gibt es kein anderes Ziel für Sie als seine Mündung. Um aber auf dem Weg dorthin nicht zerstört zu werden, müssen Sie seine Gesetze akzeptieren. Sie müssen mitfedern, ausbalancieren, wachsam sein. Wenn Sie resignieren und ihn machen lassen – wirft Sie der Strom, noch ehe Sie ›Pap‹ sagen können, von Ihrem Floß. Dann sollten Sie vorbereitet sein und schwimmen gelernt haben. Denn so oder so – der Fluß zieht Sie zur Mündung. Die einzige Wahl, die Sie haben, ist, zu bestimmen, *wie* Sie dort ankommen. Und da empfiehlt es sich, die immerwährende Wachsamkeit zu üben, die ich als gelassene Beweglichkeit bezeichnet habe.«

»Ich kann Ihnen folgen.«

»Wollen Sie damit sagen, daß seine Worte für Sie wie ein reißender Strom sind«, lachte Regis und klopfte mir auf den Rücken.

»So etwas wollte ich artikulieren.«

»Übrigens wollte ich euch nur sagen, daß ich dann irgendwann einmal wieder in die Stadt fahren werde heute nacht«, sagte Vincente.

»Du glaubst, das erschüttert uns jetzt?!« fragte Verenice und legte ihren Arm um unseren Sohn.

»Ich weiß, daß ihr in eurer gelassenen Beweglichkeit

durch nichts mehr zu erschüttern seid. Ich wollte nur rechtzeitig herausfinden, ob es noch ein Dessert gibt – nach dieser prima Käsesuppe?!« Ich bewunderte seinen wachen, klaren Blick. Ich liebte seinen Humor und seine Fähigkeit, voller Charme die Bedürfnisse seines jungen Lebens mitzuteilen. In den wichtigen Weichenstellungen seines jungen Lebens war es Verenice und mir immer gelungen, heiter und gelassen zu bleiben. Oft hatten wir uns innerlich ermahnt, wenn wir die Tragweite eines seiner Lebensrätsel nicht als Problem empfanden. Oft hatten wir uns besonnen und uns darin geübt, die Welt mit seinen Augen wahrzunehmen, um ihn zu verstehen. Dieses Verständnis führte zu Geduld, und diese Geduld führte zu einem Haltgeben in Heiterkeit. Oft brauchte er diesen Halt nur zu ahnen, um unbeschwert seinen eigenen Weg gehen zu können. Das immerwährende, atmende Üben, auf den Moment zu reagieren, hatte uns zu einer heiteren Familie werden lassen. Ich achtete und ehrte ihn, damit er mich lieben konnte in meinem Alter. Da saß mein Sohn und forschte nach dem wirklich Wesentlichen dieses Augenblicks. Gab es ein Dessert – ja oder nein?! Und wenn ja – welches?!

Ich stand auf und sagte: »Dann werden wir mal im Kühlschrank nachschauen, wenn du uns so hetzt!«

»Wir helfen dir abräumen«, rief Bryan, und dann packte jeder seinen Teller und sein Besteck, und alle wanderten in die Küche, um den Geschirrspüler zu füllen.

Ich ging daraufhin zum Kühlschrank und öffnete die

Türe. »Vincente, nimm bitte acht Glasschüsseln und trag sie hinüber!« sagte ich und griff in das kühle obere Fach.

»Nein, du hast sie gemacht?!!« rief er, küßte mich auf eine Wange und lief mit acht Schüsseln und acht Löffeln nach nebenan.

»Was haben Sie fabriziert – wenn ich fragen darf?« Unser junger Freund stand neben mir und blickte neugierig in die große Porzellanschüssel, in der sich eine zartgelbe und nach Vanille duftende Creme befand. Kleine dunkle und orangefarbene Punkte wiesen darauf hin, daß sich in der Creme auch Rumrosinen und Aranzinistückchen befanden.

»Das«, sagte ich und ging mit der Schüssel zurück zum Tisch, »das ist eine österreichische Spezialität und heißt ›Topfencreme‹. Sie nehmen Topfen, Eier, Vanillezucker, Sahne und einen speziellen Alkohol, den ich nur in Österreich kennengelernt habe. Man nennt ihn dort ›Inländer Rum‹, was besagt, daß er nicht aus Jamaica kommt. Ohne diese Zutat können Sie aber leider die ganze Creme vergessen – sie ist dann wie ein Wesen ohne Seele.«

»Ich verstehe«, sagte er, und dann hörte man eine Weile nur mehr das leise Klicken, wenn die Löffel am Boden der Glasschüsselchen anstießen, und dann und wann ein leises Seufzen. Vincente war schon bei seiner zweiten Portion angelangt.

»Ist das auch Schicksal?« fragte unser Freund.

Verenice ergriff das Wort: »Ja – genauso wie es Schicksal war, daß Anna am nächsten Tag nach unserer Begegnung nach Holland abreiste und wir uns erst zwei Jahre danach wieder trafen. Sie saß mir an diesem Abend damals gegenüber und sah mich lange an. ›Soll ich dir noch einen Vorschlag machen? Fahr nach Ägypten.‹

Während der freundliche Kellner uns einen Krug mit Eiswasser auf den Tisch stellte, studierte ich ihren Gesichtsausdruck. Sie nahm das Wasser und füllte mein Glas voll. Sie spürte meinen fragenden Blick, hob ihre Augen, aber nicht zu mir, sondern lächelte weiter wie ein kleines Mädchen, das die verbotenen Fotos ihrer Eltern entdeckt.

›Was ist los, Anna?‹ fragte ich.

›Was soll los sein?‹ fragte sie.

›Ich versuche, drauf zu kommen. Du erklärst mir, daß es für mich unsinnig wäre, in Indien zu bleiben – jetzt schickst du mich nach Ägypten?!‹

›Erstens schicke ich dich nicht – sondern ich schlage es dir nur vor, und zweitens ist das ein logisches Ergebnis unseres Gesprächs. Und jetzt mache ich eben einen Schnittpunkt aus vielen, vielen Linien, die ich unter einem gewissen Gesichtspunkt ziehe.‹ Sie lächelte strahlend.

›Und der wäre?‹

›Dein geistiges Wachstum. Deine innere Entwicklung – deine spirituelle Entfaltung – nenne es, wie du willst!‹

›Und der Schnittpunkt der Linien, auf denen du den Globus abfährst, um Seligkeit zu finden, liegt in Ägypten?‹

›Für mich ist er dort zu finden gewesen – und weil ich dich sehr liebhabe – verrate ich ihn dir ...‹ Sie sah mich lange an. Es war plötzlich so, als könnte ich den Mittelpunkt ihres Herzens sehen.

Vom ersten Moment an, in dem ich sie am Strand erblickt hatte, war sie von einer großen Herzlichkeit gewesen. Es war so, als hätte diese junge Frau keinerlei Ballast auf ihren Schultern und nur eine einzige Stimmung, die ich als helfende Freude bezeichnen möchte. Sie sprudelte über vor Heiterkeit und Humor und hatte mich damit aus dem trüben Tal der Zweifel geholt. Sie ließ mich etwas sehen, von dem sie wollte, daß ich es auf immer in mir tragen sollte. Ich spürte, daß sie mir zum Abschied ihr wahres, tiefstes Bild zeigte, und ich griff nach ihrer Hand.

›Ich habe dich sehr lieb‹, sagte ich und fühlte die befreiende Wärme, die von ihrer Hand auf mich ausging.

›Ich dich auch‹, sagte sie, und dann lächelte sie wieder wie die freche Anna, die, im Kreis springend, am Strand des Lebens entlangtanzt, und wir tranken dazu kaltes Wasser.

›Weißt du, daß es mir ein wenig auf die Nerven geht, daß das hier unsere Abschiedsparty ist‹, sagte ich und blickte mich um. Unter der Decke des kleinen Strandrestaurants, das aus einfachem Holz zusammengenagelt war, drehte sich ein uralter Ventilator, und über dem Eingang brannte nun eine Kette aus bunten Glühbirnen. An den anderen Tischen saßen Menschen, die lachten, aßen, schwiegen, küßten oder einfach nur hinaus in die Brandung blickten. Alle aber wirkten entspannt und sicher, daß ihre Geschichte am nächsten Morgen weitergehen würde. Nur ich stellte plötzlich fest, daß mir schon wieder eine Trennung bevorstand. Mußte ich jetzt traurig werden? Sollte die Leichtigkeit dieses Abends eine Dissonanz erfahren? Ich wollte diesen Menschen nicht schon wieder verlieren, kaum daß er in mein Leben getreten war.

›Wir werden uns nicht verlieren ... ‹, sagte Anna plötzlich in mein Schweigen. Ich sah sie an.

›Kannst du Gedanken lesen?‹

›Ja – genauso wie du –, es gibt keine Trennung zwischen denjenigen, die man nicht trennen kann.‹

›Das klingt schön, aber morgen bist du weg und in Holland, und ich werde dich vermissen.‹

›Ich weiß, daß du glaubst, so denken zu müssen – aber wir können uns überhaupt nicht mehr verlieren, weil wir voll aufrichtiger Zuneigung unsere Herzen geöffnet haben. Ich habe dich gesehen, und du hast mich gesehen. Und wir haben gesehen, daß da eine wunderschöne Gemeinsamkeit ist – Zuneigung ist – Liebe ist. Wir wissen schon immer voneinander – und nur unsere Körper haben sich hier auf der Materie dieses Strandes getroffen, damit sie hier und jetzt miteinander reden können. Aber wir haben einander nichts Neues mitgeteilt. Wir haben nur bekräftigt, was unsere Seelen immer schon wußten. Du mußt nur unterscheiden zwischen diesem Körper – der nicht immer da war und der wieder zerfallen wird – und dem Geist, der immer schon alles kannte. Die Frage ist nur – worauf du dein Bewußtsein lenkst.‹

›Ich verstehe dich – aber es macht mich trotzdem traurig, dich schon morgen nicht mehr zu sehen‹, sagte ich und schlug wie ein trotziges Kind auf den wackeligen Tisch.

›Das verstehe ich – und wenn ich das Leuchten in deinen schönen Augen sehe, könnte es mir genauso gehen. Ich lenke daher mein Bewußtsein auf eine andere Ebene. Ich bedanke mich bei meinem Schutzengel, daß er mir dich überhaupt gezeigt hat. Noch vor ein paar Stunden hattest du das völlig überwältigende Gefühl, mutterseelenallein zu sein. Und jetzt?! Mit einem kleinen Wink hat mein Schutzengel ermöglicht, daß wir einander begegnen. Dafür bin ich dankbar. Uns hat der Weltgeist mit Hilfe seiner Angestellten – die ich gerne Schutzengel nenne – zusammenkommen lassen!‹

Ich ahnte, worauf sie hinauswollte. ›Unsere Begegnung beweist, daß wir nicht allein sind!‹

›Bravo.‹

›Sie beweist, daß Einsamkeit ein Trugbild unseres Denkens ist, das sich nicht umsieht.‹

›Bravo.‹

›Wir sehen uns nicht um, weil wir immer nur auf uns selber starren. Wir starren auf unseren Lebensweg und sehen nicht nach links und rechts. Wenn wir uns umsehen würden, könnten wir erkennen, daß all das nicht nur eine einzige, enge Fahrbahn ist. Die Farben der Seele sind unendlich, und es liegt an uns, den Kopf zu heben und die Realitäten neben unserer Realität zu erblicken!‹

›So kann man es sagen.‹

›Ich habe es eben so gesagt!‹

›Ich bin ziemlich stolz auf dich, Mädchen.‹

›Komisch.‹

›Was?‹

›Ich fühle mich plötzlich so unbeschwert.‹

›Ich auch.‹ Anna lachte mich an.

›Weißt du, was das bedeutet?‹

›Nein.‹

›Du lebst das Leben deiner Wahrheit – und die ist stark und schön und heiter. Es gibt einen ganz einfachen Maßstab dafür, ob du deinen Herzschlag mit dem Herzschlag Gottes synchronisiert hast.‹

›Und wie heißt dieser Maßstab?‹

›Freude.‹

Wir schwiegen eine Weile. Dann sagte sie: ›Die Prüfung, der wir uns ein Leben lang gegenübersehen, besteht darin, die falsche Freude von der wahren Freude zu unterscheiden.‹

›Wie macht man das?‹

›Indem man nach Ägypten fährt!‹ Anna lachte laut auf und beugte sich über den Tisch. Sie nahm mein Gesicht in ihre beiden Hände und küßte mich fest auf die Stirne.

›Du willst es mir nicht sagen, sondern baust darauf, daß ich es selbst herausfinde.‹

›So ist es!‹ Anna lacht und winkte dem jungen dunkelhäutigen Mann, um zu zahlen.

›Ich darf dich einladen‹, sagte sie und legte ein paar Rupienscheine auf den etwas wackeligen Tisch.

›Wie – heißt das, der Abend ist beendet?‹ fragte ich und beobachtete, wie sich der Kellner freute, das Wechselgeld behalten zu können.

›Nein, der Abend ist nicht beendet – nur dieses Hiersitzen ist zu Ende. Wir haben soviel über die Theorie geredet, meine Liebste – jetzt ist es an der Zeit, die Praxis zu üben!‹

›Das heißt, du gehst?‹

›Das heißt es, mein Engel! – Das heißt, wie wir eben erfahren haben, daß mein Körper sich entfernt und ich dir hier meine Telefonnummer in Holland überreiche. Ich wette – wir sehen uns wieder.‹ Sie gab mir eine kleine, weiße Karte, auf der nur Anna stand und eine Telefonnummer. ›Und darf ich dir noch zwei Dinge sagen?‹

›Auch drei, wenn du möchtest‹, antwortete ich.

›Versteige dich bitte nie wieder in die Phantasie, du seist allein. Es gibt keine Trennung. Nur ein Gehen auf parallelen Wegen – gemeinsam. In manchen Sekunden wird dieses Gehen zu Gottes wildem Tanz. Dann lacht unser Herz und hat die Gewißheit, nach der es so sehr dürstet.‹ Sie stand auf und hob ihren Zeigefinger zum Himmel. ›Und wenn dir das alles nicht genug ist, was ich sage, empfehle ich dir, in deinem klimatisierten Hotelzimmer ein kleines Glas eiskalten Champagner zu trinken. Vielleicht nützt es ja was!‹ Sie beugte sich zu mir und küßte mich zärtlich auf den Mund. Dann strich sie mir über den Kopf, drehte sich um und ging davon.

›Anna‹, rief ich so laut, daß die anderen Gäste sich umwandten.

›Was ist?‹

›Was war das zweite, was du mir sagen wolltest?‹ Sie seufzte tief und drehte sich noch mal zu mir um.

»Das zweite ist ein kleiner Hinweis. Im sogenannten

Altertum hat man die Pyramiden *Treppen zum Himmel* genannt – ciao!‹

›Anna – was soll das bedeuten?‹

Sie lachte und rief: ›Hab keine Zeit – bin spät – bin spät – muß gehn – muß gehn!‹ Dann winkte sie noch einmal und verschwand im Dunkel des Wunderlands. Ich saß da und blickte in die Schwärze der Nacht. Die gelben, roten, grünen und blauen Glühbirnen umrahmten den Ausgang des kleinen Restaurants. Dort, wo eben noch das letzte Lachen von Anna geleuchtet hatte, lag die warme, schwüle, indische Nacht. Ich lehnte mich in meinem Stuhl zurück und atmete aus. Aus einem kleinen Kofferradio klang Elvis' *Suspicious minds*, und ich mußte plötzlich lachen. Ich fühlte die Heiterkeit, die Anna zurückgelassen hatte, und mit einem Mal hörte ich ihre Stimme in meinem Kopf, die sagte: ›Siehst du, das habe ich gemeint ...‹ Ich nahm mein Wasserglas und trank es langsam leer. Mit einem Mal hatte ich nicht mehr das Gefühl, auf der Flucht zu sein. Ich freute mich darüber, hierhergekommen zu sein. Ich freute mich, erkannt zu haben, daß mein Weg mich von hier wieder wegführte. Und ich freute mich, erneut auf die Suche zu gehen. Ich stand auf und ging hinaus an den Strand.«

Verenice machte eine Pause und sah zu mir herüber. Ich lächelte ihr zu und führte ihren Blick auf unseren jungen Gast. Er saß da und hatte den Kopf in den Nacken gelegt. Er blickte an die Decke, als ob er dort etwas erkennen konnte, das für den Rest der Welt unsichtbar blieb. Ich hatte ihn ein paar Mal beobachtet, während Verenice erzählte. Als sie davon sprach, wie viele Seelen es in diesem Augenblick auf diesem Planeten gab, die für uns Partner sein könnten, hatte er tief geseufzt.

Regis, Bryan, Daniela und Maria saßen stumm da. Alle hatten bemerkt, in welchem Schwebeflug der junge Mann sich befand. Vincente sah ihm staunend zu und sagte dann: »Schwebt da oben Ihre große Liebe?!«

Erstaunt senkte der junge Mann seinen Blick wieder in die Runde und sah sich aufmunternden Gesichtern gegenüber.

»Verzeihen Sie – ich habe etwas geträumt ...«, sagte unser junger Freund, und Maria legte ihm beruhigend die Hand auf die Schulter. »Das geht allen so, wenn Verenice einmal loslegt – was meinen Sie, wie oft ich schon Muskelkater hatte vom ›an die Decke starren‹. Sie führt einen sicher dorthin, wo man immer schon hinwollte.«

Bryan stand auf, um einen großen Krug Wasser zu holen. »Ist es euch recht, wenn wir jetzt eine Zeitlang Wasser zu uns nehmen, um die inneren Säfte zu erleichtern?«, sagte er und ging in die Küche.

»Es ist erschütternd, dir recht geben zu müssen«, rief Daniela, als er wiederkam und damit begann, kühles Wasser in unsere Gläser zu leeren.

»Ich darf dich darauf hinweisen, daß Bryan davon gesprochen hat, lediglich eine ›Zeitlang‹ nur Wasser zu trinken. Ich bestehe auf einer exakten Auslegung seiner Worte«, sagte Regis und leerte sein Glas in einem Zug.

»Ich liebe es, ›exakt ausgelegt‹ zu werden«, sagte Bryan und streckte sich in die Höhe. Dann breitete er die Arme aus und atmete tief durch. »Was für ein wunderbarer Abend«, sagte er, und alle nickten.

Der junge Mann nahm einen Schluck und meinte dann: »Darf ich sagen, was mich etwas erstaunt?«

»Bitte«, rief Daniela und stützte ihr Gesicht erwartungsvoll in beide Hände.

»Sie alle scheinen sich auf einem sehr geistigen oder auch spirituellen Weg zu befinden.«

»Das scheint so«, lachte Bryan.

»Ja und?« fragte Maria.

»Verzeihen Sie meine Neugierde – aber ich habe das Bild von immerwährender Askese vor meinem inneren Auge, wenn ich an geistige Entwicklung denke, und bei Ihnen ...«

»Ja?« fragte Regis und beugte sich ebenfalls vor.

»Also bei Ihnen sieht das so anders aus – so lebendig – so ... so ...«

»Sie meinen, so wie es in einem mittelalterlichen Kloster jeden Tag ausgesehen hat!« rief Vincente und knuffte unseren neuen Freund in die Seite.

Er lachte und sagte: »Vielen Dank – und schon wieder habe ich etwas begriffen – ich hoffe –, Sie können mir verzeihen.«

»Wir verzeihen fast alles«, sagte Daniela. »Ich sage Ihnen nur: Askese kann genauso eine Leidenschaft sein wie ungezügelte Fleischeslust.«

»Das mag wohl sein«, er lachte mir zu und atmete tief durch.

»Wissen Sie«, sagte ich zu ihm, »alles Irdische ist nur ein Gleichnis.«

»Wie darf ich das verstehen?!«

»Er liebt es, von Zeit zu Zeit ein Zitat ins Spiel zu bringen«, sagte Verenice und strich mir durchs Haar.

»Nun, es ist ziemlich einfach«, fuhr ich fort, »wenn man sich einmal die Frage stellt, was wir auf diesem Planeten verloren haben und ob es so etwas wie einen Sinn in dem ganzen Welttheater gibt, dann kann man zur Einsicht gelangen, daß alles nur Irrsinn und Zufall ist. Sinnloses, taumelndes Zucken, das nicht einmal einen Spieler im Hintergrund kennt.«

»Enthüllen Sie sich mir soeben als Existentialist?« Der junge Mann sah mich mit gespieltem Entsetzen an. Regis klopfte mir auf die Schulter und sagte: »Wir haben ein neues Mitglied Manuel – er durchschaut dich.«

»Um so besser – dann werden Sie vielleicht nachvollziehen, was ich versuche zu erklären. Ich sage nicht, daß ich dieser Meinung bin – der Meinung, daß alles ein sinnloses Flickwerk der Existenz ist, das uns dann in die Verzweiflung treibt, wenn wir versuchen, es zu verstehen. Wenn wir versuchen, einen festen Boden zu finden, wo nur Eisschollen treiben. Aber trotzdem – wenn wir spielerisch dieser Idee nachgeben, kommen wir zu einem Punkt, an dem wir uns fragen: Was ist sicher? Wenn ich erkenne, daß ich in ein Chaos geworfen bin, begreife ich eines Tages, daß es zumindest etwas – jemanden – gibt im Unsinn des Universums, das sicher ist – und das bin ich. Ich, der ich hoffe und glaube oder weiß, daß Gott beliebt zu tanzen – ich bin sicher.

Oder aber ich, der ich sage: ›Gott ist tot‹ – ich bin sicher. Oder noch weiter gedacht, wenn ich sage: ›Gott hat nie existiert – er mußte nicht einmal sterben‹ – alles, was existiert, ist Humbug und ein Scherz der Waldgeister – ich bin doch sicher das einzige, das sicher ist. Weil ich es bin, der all das sagen kann. Wie ich die Welt interpretiere, ist für diese eine Tatsache unerheblich. Nämlich die Tatsache, daß ich – der Interpret – existiere. Also ist die nächste Frage – wie?«

»Was?« Der junge Mann beugte sich über den Tisch.

»Wieso?« gab ich zurück und erkannte aus den Augenwinkeln das Amüsement meiner Freunde. »Was heißt ›wie‹«, fragte er und blickte zu Verenice.

Sie saß nur da und zuckte mit den Achseln und ließ mir das Wort. »Ich sage die einzige Frage, die es gilt zu beantworten, ist die Frage, ›wie‹ ich existiere – wenn ich schon existiere. Da gibt es nur zwei Möglichkeiten – gut oder schlecht.«

»Sie meinen mit guter Fischsuppe oder schlechter Fischsuppe.«

»So ist es«, rief ich, »Sie bringen es auf den Punkt. Es gibt nämlich nur ein einziges Ding, zu dem ich einen relativen Zugang habe. Das ist mein Körper. Dieser wunderbare Gegenstand ist es, dem ich die Wahrnehmung der Welt verdanke. Mit oder ohne göttlichen Plan. Mein Körper ist Empfänger und Botschafter. Mein Körper ist mein Instrument. Und wie jedes Instrument, das gut klingen soll, muß ich meinen Körper lieben und pflegen. Das Gleichnis, das ich vorhin angesprochen habe, sieht also so aus, daß ich diesen Körper mit Essenzen versorgen muß. Die einzige Frage, die sich stellt, ist die Frage nach dem Wieviel. Wieviel gebe ich oder entziehe ich meinem Körper, um ihn so glücklich wie möglich zu machen. Die nächste Frage ist dann ›wofür?‹. Wofür möchte ich meinen Körper verwöhnen?! Möchte ich, daß er einen Triathlon durchhält? Möchte ich ihn so sehr beruhigen, daß er stundenlange, stille Meditation erträgt? Soll er milden Sex erfahren oder wilde Keuschheit? Und jetzt komme ich auf Ihr Erstaunen von vorhin zurück. Wir hier haben Freude daran, das heitere Spiel der Abwechslung zu spielen. Was Sie heute abend erleben, ist die Abwechslung, die auf eine Woche der relativen Mäßigung folgt. Ich darf für uns alle sprechen, wenn ich Ihnen erzähle, daß alle hier schwer arbeiten. Verenice leitet das Hotel am Hügel und arbeitet gleichzeitig dort oben als Körper- und Auratherapeutin, Regis verbringt lange Zeiten bei uns, um an seinen wissenschaftlichen Projekten zu arbeiten, Bryan sammelt Kraft für seine Kämpfe gegen die Zerstörung unserer Natur und für sein Liebesprojekt, Maria steht sich jede Woche in ihrem Laden die Beine in den Leib und hat dann noch die Kraft, alten Menschen zu helfen, Daniela reist um die ganze Welt, um unterdrückten Kindern und Frauen dabei zu helfen, eine menschenwürdige Existenz aufzubauen, und Vincente übt die Beobachtung der Vielfalt auf diesem Planeten. Und er übt, seine Entscheidungen zu treffen und mit den Konsequenzen zu leben. Und außerdem ist er so richtig verliebt. Was meinen Sie, was das für Energie braucht?«

Mein Sohn nickte wild entschlossen. »Also sehen Sie eine kleine Gruppe von Menschen vor sich, die sich bewußt ist, daß sie das Glück hat, im Frieden zu leben. Wir sind uns dieses unerhörten Privilegs bewußt und versuchen, der Welt in Dankbarkeit zu begegnen. Und wir versuchen, soviel wie möglich von dem Geschenk, das wir erhalten haben, an die Welt zurückzugeben. So nett das jetzt auch für Sie klingen mag – es ist schwere Arbeit. Wir alle haben eine große Verantwortung für unsere Projekte und die Menschen, denen wir begegnen. Wir haben uns entschlossen, ein Leben zu führen, das uns ermöglicht, Energie weiterzugeben. Liebe weiterzugeben. Freiheit zu ermöglichen. Das kann nur gelingen, wenn wir selbst so stark und vor allem so leicht und so heiter wie möglich sind. Um uns also in den Zustand der beobachtenden Leichtigkeit zu verhelfen, pflegen wir unseren Körper. Jeder von uns hat in langen Jahren der Suche entdeckt, was ihm am besten bekommt. In den Phasen der großen Belastungen und Anstrengungen ist es notwendig, die Atmung und den Kreislauf und die Muskeln zu trainieren. Das heißt, daß jeder von uns an jedem Tag der Woche eine Stunde damit verbringt, seinen Körper mit Übungen zu beleben und seinen Geist mit Meditation zu entfalten. Nach vielen, vielen Jahren der Übung wird dies zu einem Ritual, das so sehr ein Teil von einem selbst wird, wie wachen und schlafen. Falls sich das jetzt für Sie so anhört, als wäre es eine mühsame Pflicht für uns, kann ich Ihnen versichern, daß das Gegenteil der Fall ist. Es ist zwar manchmal schwer, den

Alltag zu meistern, aber niemals mühsam. Mühsam wäre es nur dann, wenn wir gegen unsere Natur handeln würden. Die Natur des Menschen ist es aber, Belastungen zu brauchen, deren Sinn er erkennt. Nur sinnloses Tragen einer dummen Pflicht wird zur Mühsal, weil der Geist keine Energien hervorbringen kann, die den Körper mit Kraft versorgen. Praktisch gesagt heißt das, daß wir viel Gemüse, Obst und Kohlehydrate essen und fast keinen Alkohol trinken, wenn wir in der Verantwortung stehen. Der Pendelausschlag, der darauf folgen muß, um ein Fest zu feiern, allerdings heißt ›Fischsuppe!!‹ – und jetzt, Bryan, habe ich genug Wasser in mir und kann wieder einen kleinen Schluck Rotwein vertragen.«

Bryan holte eine Flasche Rotwein. Ich hatte hinter der Bar einige Flaschen stehen, die ich schon vor Stunden entkorkt hatte. Mittlerweile hatte der Wein genug Zeit zum Atmen gehabt.

Er schmeckte würzig und mild, und ich hob mein Glas und prostete unserem Freund zu. »Auf Ihr Wohl«, sagte ich, und er antwortete: »Auf das Ihre.«

Dann trafen sich acht Gläser über der Mitte des Tisches und zauberten einen hellen Klang. Ich blickte zu Regis mit seinen hellgrauen Augen und seinen braunen Haaren. Er hatte einen starken Mund mit vollen Lippen, und seine Blicke waren immer voll Liebe und Ernst und Heiterkeit. Er war einer der klügsten Männer, die ich kannte, und ich schätzte seine wissenschaftlichen Arbeiten. Er war wieder einmal ein paar Wochen bei uns und lebte in dem Dachzimmer mit der großen Terrasse in unserem Hotel. Er schrieb an seinem neuen Buch über die Entstehung der Weltseele. Er trug ein blaues Hemd und eine weiße Hose an diesem Abend, und die wenigen Sommersprossen in seinem leicht gebräunten Gesicht ließen ihn sehr jungenhaft wirken. Bryan, der neben ihm saß, war ein entschlossener Krieger. Seine dunkelblonden Haare und seine klaren blauen Augen zeigten nicht auf den ersten Blick, welch ein entschlossener Kämpfer er sein konnte. Maria war eine wilde Schönheit. Die Männer, die in ihren Laden kamen, verließen ihn wie verwandelt, und Frauen versuchten zu enträtseln, worin ihr Zauber bestand. Es war ganz einfach. Sie war eine selbstbewußte junge Frau, die in sich hineinhorchte. Sie hörte ihren wahren Bedürfnissen zu und lebte danach. Das machte sie stark, schön, charmant und erotisch. Daniela hätte ihre ältere Schwester sein können. Nur auf den ersten Blick wirkte sie etwas streng. Sie war nur in einem hohen Maß konzentriert. Wenn sie sich dann aber einem Menschen zuwandte, erfüllte sie ihn mit einer so großen Zuneigung, daß jeder Ernst einer heiteren Bewegung des Herzens wich. Mein Sohn saß zwischen unseren Freunden wie ein Pionier in einer neuen Welt. Seine Seele hatte sich Verenice und mich als Eltern ausgesucht und unsere Welt und unsere Freunde als seinen ersten Übungsplatz. Er übte das Zuhören und das Mitgefühl. Er übte die Gelassenheit und das Raumgeben. Er erlebte mit, wie es ist, wenn Erwachsene mit ihren verschiedenen Welten aufeinandertreffen und in Vorsicht, Mitgefühl, Verständnis und Liebe und Freundschaft einander den Raum ließen, sich in Gemeinschaft zu entfalten. Er übte, wie man mit einem Konflikt umgehen kann. Er übte Gelassenheit im Darstellen seiner Standpunkte. Er übte Festigkeit gegenüber Andersdenkenden, und er übte, seine Grenzen zu ziehen. Manchmal kam es vor, daß ihn Menschen, die ihn nicht kannten, überrennen wollten. Es ging ihm dabei nicht anders als allen, die ihre Friedensliebe falsch ausgelegt bekommen. Noch immer vermuten die meisten Menschen, ein friedlicher Mensch sei ein schwacher Mensch. Noch glauben die allermeisten, ein Lächeln sei ein Zeichen der Unterwerfung und eine offene Hand ein Symbol der Wehrlosigkeit. Solange diese Gedankenwelten die Haupttonart auf diesem Planeten darstellen, muß sich der Friedensliebende bereithalten, seine Grenzen zu zeigen.

Jetzt saß er da und drehte sich zu mir und grinste mich breit an. »Du denkst, daß ich bald gehen werde«, sagte er, und ich antwortete: »Genau das habe ich geahnt.«

»Vielleicht kann sie ja das nächste Mal zu uns kommen und mit uns essen – was?«

»Wenn sie sich nicht langweilt – gerne ...«, sagte Verenice schelmisch.

»Ich kann mir nicht vorstellen, wie man sich bei uns langweilen kann!« rief ich empört.

»Das ist so bei Vätern – meiner war genauso«, sagte der junge Mann. »Und Ägypten?!!«

»Jaa ... Ägypten« Verenice lehnte sich in ihrem Stuhl zurück. »Was soll ich sagen – ich bin hingefahren! Ich saß an jenem Abend noch lange am Strand und blickte in die Sterne. Ich dachte darüber nach, warum sie mir ausgerechnet das Land am Nil empfohlen hatte. Ich sah die Pyramiden vor mir, wie sie einsam und schweigend in der Wüste lagen, und stellte mir vor, wie der Sternenhimmel über ihnen funkelte. Mir war plötzlich so, als wäre es mein eigener Einfall gewesen, dorthin zu reisen, und dann ging wieder einmal alles sehr schnell. Schon am nächsten Tag half mir der freundliche Direktor meines Hotels, einen Flug nach Kairo zu buchen, und drei Tage später hob mein Flugzeug seine Nase in den Himmel über Indien. Ich ließ mehr als nur den Erdboden hinter mir zurück, und als wir in eine dichte weiße Wolkendecke eintauchten, die den Blick auf das Land unter mir versperrte, bedankte ich mich. Ich bedankte mich bei Indien und seinen Geistern, die das Land bewohnen. Und ich bedankte mich, daß ich in ihrem Land mehr lernen durfte, als ich vorausgeahnt hatte. Ich war also nicht gescheitert. Ich hatte lediglich einmal mehr die Botschaft des Lebens erhalten, mich seinem Fluß anzuvertrauen. Und nach einem langen, tiefen Schlaf landete ich in Kairo.«

# Ägypten

»Eines ist sicher: In der Wüste ist es heiß. So lapidar kann man meine erste Begegnung mit Ägypten umschreiben. Ich hatte es geschafft, meinen großen braunen Lederrucksack in ein Taxi zu heben, in dem ein koptischer Taxifahrer saß und mich erstaunt betrachtete. Ich sah an mir herunter und begriff, was ihn staunen ließ. Ich hatte mich in Indien mit zwei leichten Saris versorgt und hatte einen davon jetzt an. Er war orangegold mit kräftigen dunkelroten Mustern. Ich mußte lächeln, als ich in die staunenden Augen meines Fahrers blickte, und sagte dann: ›Zu den Pyramiden, bitte.‹ Er nickte, legte den ersten Gang ein, und wir stürzten uns in das Gewühl von Kairo. Ich weiß nicht, ob man das Autoverkehr nennen kann, was sich dort abspielt. Es ist eine einzige, ununterbrochene Lärm- und Smoglawine, die sich da durch die Straßen wälzt. Das seltsame ist nur – es funktioniert!!«

»Noch!« rief Regis dazwischen und hob seinen Zeigefinger.

»Du hast völlig recht – noch funktioniert es. Ich war sprachlos über die Riesenhaftigkeit der Stadt und kurbelte mein Fenster herunter. Mir war in diesem Moment die Vergiftung meiner Lungen egal. Ich wollte die Wahrheit dieser Metropole riechen. Neben den Autoabgasen roch es schwer und süßlich. Etwas wie altes, feuchtes Leder und heißer, frisch gerösteter Kaffee lag in der Luft. Das war in der Tat nicht weiter verwunderlich, da wir in diesem Moment an einer Kaffeerösterei vorbeifuhren. Jutesäcke mit dunkelbraunen Kaffeebohnen stapelten sich bis auf die Straße, und direkt daneben am Eck lag günstigerweise ein Kaffeehaus. An jedem Tisch saßen Männer mit einem langen Kaftan bekleidet und tranken schwarzen Kaffee aus kleinen Gläsern. Sie blickten ernst und gelassen, manche von ihnen spielten ein Brettspiel. Wieder andere rauchten eine Wasserpfeife. In diesem Moment sprach mich mein Fahrer an. ›Das ist sehr klug von Ihnen, dieses Kleid zu tragen, Madam. Ich bin Kopte – mir macht es nichts aus, wenn eine Frau etwas anderes trägt, aber die meisten hier sind Moslems – Sie verstehen. Das ist etwas anderes. Aber Sie machen es ganz richtig, Madam.‹

Ich sah ihm über seinen Rückspiegel in die Augen und dachte über seine Worte nach. Mit einem Mal wurde mir bewußt, daß ich in einem völlig fremden Teil der Welt war. Ich glaube nicht, daß es daran lag, daß ich am Flughafen in Bombay genauso problemlos mit meiner Amex-Card zahlen konnte wie auf dem Flughafen in Kairo. Als Frau, der ein Bäcker in Goa genauso zulächelte wie der Pizzamann in New York. Ich dachte, es sei nichts Falsches, unterwegs zu sein, um sich die Welt anzusehen. Ich dachte nicht, etwas falsch zu machen. Plötzlich wurde mir klar, daß das ein Fehler war. Mit einem Mal wurde mir bewußt, daß die Bilder von Steinigungen untreuer Ehefrauen, die ich in einer Wochenshow gesehen hatte, keine Soap Opera waren – sondern Realität. Blauäugig war ich gewesen. Sehr blauäugig. Wenn ich schon so blauäugig in die Bekleidungsfalle getappt wäre – was gab es noch, was ich falsch machen konnte? Was tut man als Frau in einem islamischen Land. Alleine?! Tut man das überhaupt?! Gehört es sich überhaupt, als Frau ohne männlichen Schutz auf die Straße zu treten? Ich umklammerte den Türgriff des klapprigen Taxis, bis mir die Knöchel weiß durch die Haut schimmerten. Ich sah, daß mein Fahrer seinen Blick immer wieder auf mich richtete, und nur dann, wenn er sah, daß ich diesen Vorgang über seinen Rückspiegel mitbekam, lächelte er. Er was so um die fünfzig, hatte eine Stoppelglatze, und seine Haare, die durch die sonnengebräunte Haut stachen, schimmerten weißlich. Er trug eine dünne Jacke und nickte mir zu. Was jetzt? Würde er abbiegen und mich an einen Harem verkaufen? Wieso dauerte die Fahrt so lange – wo war ich?!

›Geht es Ihnen gut, Madam?‹ fragte mein Fahrer plötzlich und drehte sich um. ›Sie sind etwas weiß im Gesicht.‹

›Es geht schon‹, sagte ich und lehnte mich tief in die Ecke.

›Das ist die Hitze. Sie sind das nicht gewohnt. Aber seien Sie unbesorgt. In zehn Minuten sind wir in Ihrem Hotel, und dort wartet Ihr Mann auf Sie.‹ Wie selbstverständlich war es für ihn, daß eine Frau wie ich nicht allein reisen konnte! ›Ich bin allein hier in Ihrem schönen Land. Ich möchte mir Kairos Sehenswürdigkeiten ansehen.‹

Er sah mich lange durch den Spiegel an. ›Sind Sie sehr traurig, Madam?‹ fragte er mitfühlend. Warum sollte ich traurig sein? War es nur so, daß sich dieser Mann – obwohl Kopte – in Ägypten einfach das Leben einer alleinstehenden Frau nur traurig vorstellen konnte? Ein Teil in mir lachte laut auf und sagte: ›Nein, das ist nur, weil ich heute nacht um die halbe Welt geflogen bin.‹ Ein anderer Teil in mir sprach mit ruhiger Stimme zu mir: ›Es ist schön, so ungehindert durch die Welt zu reisen. Wäre es nicht auch schön, diese Abenteuer mit jemandem zu teilen?‹

›Ja, es wäre schön!‹ sagte ich etwas verärgert und lächelte meinem Fahrer zu.

›Wenn Sie jemanden brauchen, der Ihnen hier ein bißchen etwas zeigt, helfe ich Ihnen gerne. Es gibt manchmal Frauen, die alleine ankommen. Dann glauben sie, es ist hier wie in London, und ziehen alleine los. Aber hier ist es besser, in Begleitung zu sein.‹ Er lächelte wissend und bog auf den Parkplatz vor dem Hotel.

›Haben Sie keine Sorge. Ich stehe hier den ganzen Tag und warte auf Sie. Wenn Sie wollen, fahre ich Sie, wohin Sie möchten, und begleite Sie. Wenn Sie nicht wollen, ist es auch gut. Sie müssen keine Angst haben. Ich bin verheiratet und habe vier Kinder. Ja?!‹ Er drehte sich wieder um und strahlte mich an. Ich sah ihm in die Augen und schämte mich. Er war ein sehr warmherziger, freundlicher Mann mit einer großen Geduld in seinem Wesen.

Ich schämte mich, ihn in meine Panik mit eingeschlossen zu haben. ›Danke sehr, danke – machen wir das doch so – ja – wie heißen Sie denn bitte – ich heiße Verenice – und sagen Sie mir auch bitte immer gleich, wie ich mich in Ihrem Land benehmen muß. Ich möchte nichts falsch machen – ja?‹ Ich legte meine Hand auf seinen Unterarm und lächelte ihn erlöst an.

Der Wahnsinn des Menschen liegt einzig und allein in der Vorstellung, die er sich von der Welt macht. Das steht fest.

Vor fünf Minuten war ich der festen Überzeugung gewesen, dem Scheitan in die Hände gefallen zu sein. Jetzt belehrte mich ein klarer Blick in die humorvollen Augen dieses Mannes, daß ich mir meine eigene Hölle geschaffen hatte.

›Ich heiße Gabriel‹, sagte er und klopfte mir auf die Hand. ›Hier in meinem Taxi ist das in Ordnung – und ich weiß, daß man das in Ihrem Land tut, wenn man jemanden *okay* findet. Aber weil Sie mich gefragt haben, sage ich Ihnen, daß eine Frau einem Mann auf der Straße nicht die Hand auflegt – wissen Sie?‹ Er half mir dann aus dem Wagen. Wir gingen in die Hotelhalle, und Gabriel sprach plötzlich mit großer Autorität einen Pagen an, der mir sofort meinen Rucksack entriß, um sich damit einen Meter hinter mir aufzubauen. Daraufhin sprach er einige Worte mit dem Concierge, der mich daraufhin mit größter Herzlichkeit begrüßte. Wir verständigten uns über mein reserviertes Zimmer, und dann trug mir der Page meinen

Rucksack voran in den alten Trakt des Mena-House-Hotels.

Gabriel sagte: ›Ich warte vor der Türe‹, und winkte mir zu.

Ich trat noch einmal zu ihm und fragte: ›Was haben Sie denn da erzählt, warum sind die so extrem freundlich?‹

›Ich habe gesagt, Sie sind Journalistin und schreiben über Hotels in aller Welt. Aber Sie möchten nicht gestört werden und haben mich als Begleiter engagiert.‹

›Dürfen Kopten lügen?‹

›Nein – aber ihren Freunden gegen die Ungläubigen helfen –, was glauben Sie, wie gut man Sie behandeln wird?‹ Er lachte und ging hinaus in sein Taxi. Ich folgte dem Pagen und trat in mein Zimmer. Der Direktor des Fort-Aguada-Hotels hatte mir empfohlen, unbedingt im alten Teil des Mena-House-Hotels zu buchen. Es war zu Beginn des 20. Jahrhunderts errichtet worden und sah aus wie eine Kulisse aus Agatha Christies *Tod am Nil.* Niedrige Messingtische standen auf dicken, dunklen Teppichen. Von der Decke hingen mit buntem Glas verzierte, achteckige Lampen. Das Bett hatte vier gedrechselte Säulen, über die ein cremefarbenes Moskitonetz hing, und eine doppelte Flügeltüre führte auf den Balkon.

›Bitte sehr, Madam‹, sagte der Page und zog sich zurück, nachdem er die Doppeltüre geöffnet hatte. Ich trat auf den kleinen Balkon und blieb wie erschlagen stehen. Ich lehnte mich an die Hauswand, um dieses unfaßbare Wunder zu begreifen.

Direkt vor meinem Zimmer lagen riesenhaft und majestätisch dröhnend die Pyramiden. So oft hatte ich schon Bilder von ihnen gesehen. Ungefähr einen halben Kilometer von meinem Fenster entfernt lag die erste Pyramide im Sand von Gizeh. Ihre Basis füllte den halben Horizont aus, und ihre Höhe war so enorm, daß ich den Kopf in den Nacken legen mußte, um ihre Spitze zu sehen. Hoch über mir liefen die beiden Seitenschenkel dieses Riesendreiecks zusammen und mündeten in einen fernen Punkt. Der oberste Stein befand sich, von meinem Standpunkt aus gesehen, weit über der Mitte des sichtbaren Himmels. Der Stein, aus dem sie gebaut war, leuchtete in warmem, sandigem Gelb, und am Fuß der Pyramide sah ich winzigkleine Menschen neben winzigkleinen Kamelen und winzigkleinen ägyptischen Führern im weißen Kaftan. Die Köpfe der Menschen reichten gerade noch an diese Kante der unteren Reihe der Steingeraden, aus denen die Pyramide gebaut war. Unzählige dieser Steinreihen türmten sich über ihnen auf und zeigten zum Himmel. Ich war fassungslos, dieses Monument tatsächlich zu erblicken. Zu erblicken und zu hören.«

»Wie meinen Sie das?!« Unser Gast wendete seinen Blick erstaunt zu Verenice.

»Ich meine es so, wie ich es sage – im ersten Anblick der Pyramide hörte ich einen unendlich weiten, schwingenden, zugleich tiefen und hohen, schwebenden Ton in mir. Es war nicht so, wie man zum Beispiel eine Violine vernimmt, wenn die Fenster offenstehen – oder wie das Geräusch einer Pauke, die leise und behutsam vor einem Konzert mit sanften Schlägen eingestimmt wird. Es war so, als würde mein ganzer Körper in eine Schwingung versetzt und dadurch selbst zum Ton werden. Können Sie mit dieser Erklärung etwas anfangen?«

»Sie meinen, es war so ähnlich wie eine Schallwelle von einem startenden Flugzeug, dessen Dröhnen die Luft zum Zittern bringt?!«

»Genau.« Verenice lächelte ihm kurz zu und erzählte weiter. »Es klopfte an meiner Türe. Ich riß mich von diesem Traum los und öffnete die Türe. Der Page stand mit einem Tablett vor mir, auf dem sich ein Kännchen türkischer Kaffee, Feigen und Aprikosen befanden.

›Eine kleine Erfrischung für Sie‹, sagte er und trug das silberne Tablett in mein Zimmer. ›Wir möchten, daß Sie sich wohl fühlen bei uns.‹ Er verbeugte sich und ging. Ich stand sprachlos vor diesem zauberhaften Geschenk. Ich genoß den wunderbaren türkischen Kaffee. Es war, wie es sich gehört, etwas Kardamom beigemischt, und ich begann, mich wie Sheherazade zu fühlen.

Ich saß da und begann zu überlegen, wie es weitergehen sollte. Im Grunde gab es nur eine Möglichkeit. Hinaus und auf dem schnellsten Weg in die Pyramiden.

Ich trat vor das Hotel und suchte den Wagen von Gabriel. Als hätte er mein Kommen gespürt, trat er auf mich zu und sagte: ›Sind Sie bereit, Madam?‹

›Bereit wofür?‹

›Für das Geheimnis meines Landes?‹ Ich prüfte in

seinem Blick, ob er sich über mich lustig machen wollte – aber ich sah nur pure Gastfreundschaft.

›Ja, ich bin bereit‹, sagte ich. ›Ich möchte zur Pyramide und an einer Führung teilnehmen.‹ Er sah mich lange und ernst an und sagte dann mit ruhiger, fester Stimme: ›Das wollen Sie nicht, Madam.‹ Ich war mir nicht sicher, ob er mich richtig verstanden hatte, und sagte: ›Doch – ich will da rein –, ich muß da rein – ich bin extra deswegen hierhergekommen.‹

›Ich weiß, Madam‹, sagte Gabriel, ›aber glauben Sie mir, daß der Zeitpunkt schlecht gewählt ist für das, was Sie sich erwünschen.‹

›Okay – der Zeitpunkt ist schlecht gewählt, und was soll ich statt dessen tun?‹

›Wissen Sie, wir Kopten sind die direkten Nachkommen der alten Ägypter – in unseren Adern fließt noch das Blut der vergangenen Herrscher. Ich werde Sie so in die Pyramide bringen, wie es Ihnen gebührt. Aber ich werde Sie nicht in der Hitze zu den Menschenmengen führen, die sich alte Steine anschauen wollen. Ich werde Ihnen heute nacht etwas ermöglichen, weswegen Sie hierher in dieses Land gekommen sind.‹ Er sah mich wieder ruhig und durchdringend an. Sein Blick schien durch mich hindurchzutreten und alles Verborgene in mir zu entdecken. Wenige Sekunden nur währte dieser Blick, und er enttarnte sich völlig unvorhergesehen. ›Bis es soweit ist, bringe ich Sie in das Museum in der Stadt. Sie wollen sicher Tutenchamun sehen – so wie alle –, ja?! Und dann bringe ich Sie zu einem kleinen Restaurant – ist das okay?‹ Er ging zu seinem Taxi, und wir stiegen ein.

›Ja, ja – das ist okay‹, sagte ich, und dann fuhren wir in die Stadt.

Das Museum war – was soll ich sagen – ja – es war ein Museum. Es tut mit leid, aber ich bin nicht sonderlich zu beeindrucken von Steinstatuen und alten Stühlen. Gut – das handwerkliche Können war enorm, die Schreibkunst verblüffend und Tuts Goldmaske sehr schön. Gabriel war rührend bemüht, gegen meine Ungeduld anzuspielen, und in seinem Lokal gelang ihm das auch sehr gut. Wir aßen Auberginen, Zucchini und Ladyfingers mit Fladenbrot und Couscous und tranken Pfefferminztee dazu.

›Ich darf Ihnen empfehlen, bei dieser Hitze keinen Alkohol zu trinken‹, sagte Gabriel. ›Er weckt den Teufel in Ihrem Hirn. Wir hier rauchen etwas Haschisch, wenn wir entspannen wollen. Alkohol ist etwas für die kalten Länder.‹ Wie einfach er diesen Glaubenskrieg auf den Punkt brachte.

Irgendwann war das Abendessen zu Ende, und wir saßen wieder im Wagen. Als wir beim Mena-House ankamen, stand der Mond wie eine goldene Sichel über der großen Pyramide. Gabriel betrachtete ihn und sagte dann: ›Sie haben den Tag gut gewählt, der Mond hilft Ihnen bei Ihrem Neubeginn.‹

›Ich habe gar nichts gewählt‹, sagte ich und versuchte, mit ihm Schritt zu halten. Er, der mich einen halben Tag lang von diesem Ort zurückgehalten hatte, beschleunigte mit einem Mal seine Schritte. ›Sie haben sich in

Ihrer Wahl sehr gut führen lassen – ohne es zu wissen‹, sagte er noch mal.

Ich sah ihn von der Seite an und beschloß, nichts mehr zu sagen. Ich war in Ägypten, der Film lief, und ich wollte sehen, ob er ein Happy-End hatte. Wir kamen am Fuß der Pyramide an. Zwei Wächter in Uniform lehnten auf einem zerborstenen Steinquader und begrüßten Gabriel wie einen alten Bekannten.

›Das ist ein Bruder von mir‹, sagte er, ›und ich muß jetzt ein wenig mit ihm reden, bleiben Sie stehen, und lächeln Sie – aber nicht zuviel.‹

Nach einer Weile trat einer der Uniformierten auf mich zu und bedeutete mir lachend, mit ihm zu gehen.

›Was ist jetzt los‹, fragte ich Gabriel, und der antwortete: ›Ich habe ihn gebeten, Sie in die Hauptkammer der Pyramide zu führen. Wenn Sie dort nicht allein sind, dann hat es so sein sollen. Aber Sie werden sehen, nur in der Stille hat es Sinn, die Cheops zu betreten. Haben Sie keine Angst, ich warte hier auf Sie.‹

Er winkte mir zu, und dann stieg ich hinter dem Wächter den Weg hinauf, der zum Eingang der Pyramide führte. In ungefähr zehn Meter Höhe beginnt ein Gang, der in das Innere führt. Der Wächter betätigte einen Schalter, und eine elektrische Beleuchtung erhellte den schmalen Gang. Am Boden waren Holzbretter ausgelegt, und daran war ein hölzerner Handlauf befestigt. Wie nötig das war, erkannte ich, als der Gang plötzlich steil in die Höhe führte. Die Wände waren dunkler als der Stein an der Außenseite und glatt. Wir kamen an einen Eingang, und der Wächter lächelte und tippte sich mit dem Zeigefinger an die Stirne. Er deutete in den Eingang und flüsterte etwas, das ich nicht verstand. Ich verbeugte mich zur Sicherheit lächelnd und bückte mich, um durch den niedrigen Durchlaß in die Hauptkammer der Pyramide zu gelangen.

Ich hatte noch nie in meinem Leben einen so schönen Raum gesehen. Ich sage bewußt schön, obwohl beeindruckend das bessere Wort wäre. Er ist so schön, obwohl er nichts in sich birgt, das ihn schön macht. Kein Gemälde wie in der Sixtinischen Kapelle. Keine Springbrunnen aus Alabaster wie in den Palästen Granadas. Dieser Raum ist rechteckig, hoch und kahl. An einer Schmalseite steht eine rechteckige, steinerne Kiste ohne Deckel, den manche Sarkophag nennen. Ansonsten ist nichts in diesem Raum. Keine optische Sensation überwältigt das Auge, und trotzdem oder vielleicht deswegen ist es für mich der schönste Raum der Welt. Ich stand da und blickte die Wände empor. Eine einzige Lichtleiste strahlte einen matten Glanz auf die Steinquader. Wieder hatte ich das Gefühl, diesen schwebenden, getragenen Ton zu hören. Wieder war da etwas in der Luft um mich herum, als wäre ich nicht allein. Ich ließ in meiner Phantasie den Tag auferstehen, an dem der letzte Steinquader eingelassen worden war. Ich sah den letzten Sonnenstrahl, der hier vor Tausenden von Jahren hereingefallen war, und hörte den dumpfen, wuchtigen Schlag, mit dem der Stein eingesetzt wurde. Ich stand da und blickte zu dem Sarkophag. Eine Ecke war zerborsten und die oberen Kanten rund und abgeschliffen. Schwer und still stand er fünf bis sechs Meter von mir entfernt. Ich ging nicht sofort zu ihm hin, um mich über den Rand zu beugen und hineinzustarren. Ich wollte dem Raum meinen Respekt erweisen. Mir war so, als würde er ruhig und gelassen ausatmen und die Stille genießen.

Vielleicht war der Ton, den ich zu hören glaubte, das Echo des Tages? Ich war mir nicht sicher, wie ich diesem Ton gegenüber empfinden sollte. Ich lauschte. Ich versuchte wahrzunehmen, ob da tatsächlich ein Klang um mich herum vibrierte oder ob es nur die plötzliche Stille war, die mich verleitete, einen Ton zu hören. Vielleicht war es das Rauschen meines Blutes, das ich ungestört von jeder Irritation empfinden konnte. Vielleicht.

›Und wieso hast du diesen Ton dann schon beim ersten Anblick gehört – in deinem Zimmer –, auf deinem Balkon?‹

›Bist du das?‹ fragte ich, und mein Schutzengel antwortete: ›Aber ja – ich bin es –, ich kann nicht mehr länger mitanhören, wie du versuchst, deine Empfindungen in eine *realistische Bahn* zu lenken. Der Ton ist da. Er war immer da. Aber er gilt in diesem Augenblick nur dir. Höre hin und laß dich von ihm erfüllen. Er freut sich, daß du ihn hörst. Also sei so gut und versuche ihn nicht zu leugnen.‹

Ich war sehr froh, daß mein Engel mir beistand. Ohne Umwege erlaubte er mir, all das zu empfinden, was mein Tagesgehirn so gerne ausgeblendet hätte. Er kannte diese Tricks von mir, die dazu dienen sollten, *bei Verstand zu bleiben.* Wenn es ihm zu bunt wurde, meldete er sich zu Wort und beendete dieses pseudorealistische Fabulieren in meinem Kopf.

›Ja, gut – ich höre ihn –, also werde ich tun, was du mir rätst, und ihm zuhören.‹

›Das freut mich – ich bin da und werde dich begleiten.‹ Er zog sich in ein glänzendes Lächeln zurück und sah mir zu, wie ich mit dem Wesen dieses Raumes Bekanntschaft schloß. Kaum hatte ich zugestimmt, diesen fernen, nahen Klang nicht mehr zu leugnen, fühlte ich einen Blick, der sich auf mich richtete. Sie kennen das Gefühl, wenn man in einem Restaurant sitzt und sich plötzlich umdrehen muß, weil da jemand ist, der einen beobachtet.«

»Ja, sicher.« Der junge Mann antwortete kurz und schnell, wie um sicherzugehen, daß Verenice nicht unterbrochen wurde.

»Nun gut – jetzt stellen Sie sich vor, daß dieses Gefühl nicht nur von hinten auf Sie eindringt – sondern von allen Seiten. Ich wendete mich damals um und sah direkt vor mir die Fuge zwischen zwei Steinquadern. Ich betrachtete sie und hatte das Gefühl, dieser Blick, der mich prüfte, käme von links. Ich sah hin. Dann von rechts. Wieder wendete ich den Kopf. ›Dieser Blick ist wie dieser Ton überall – nicht wahr?! Er kommt von überall und auch aus mir – ist das richtig?‹

›Das ist richtig‹, antwortete mein Schutzengel.

›Wie fühlst du dich?!‹

›Gut‹, antwortete ich und hob den Kopf zur dunklen Steindecke.

›Ich fühle mich immer besser, je länger ich diesen Zustand akzeptiere.‹

›Na siehst du!‹

›Was soll ich tun?‹

›Was möchtest du tun?‹

›Ich möchte mich setzen ...‹

›Dann setz dich!‹

Ich ging zwei Schritte zu der Wand, die links von der niederen Eingangsöffnung war, und ließ mich auf den Boden nieder. Ich schlug die Beine gekreuzt übereinander und legte meine Hände in meinen Schoß. Ich formte sie wie zwei Schalen, die ineinanderlagen und deren Öffnung nach oben zeigte. Ich legte dabei die linke Hand in die rechte und ließ die Unterarme entspannt auf meinen Oberschenkeln ruhen. Ich lehnte meinem Rücken an die Wand und saß auf diese Weise dem Sarkophag genau gegenüber.

›Was mache ich jetzt‹, fragte ich meinen Engel. Ruhig und bestimmt antwortete er: ›Öffne dich ... ‹ Ich fühlte das feine perlmuttfarbene Echo seiner Worte und begann, mich zu öffnen. Ich schloß langsam die Augen und beobachtete in aller Ruhe und Gelassenheit meinen Atem. Mein Körper tat noch zwei tiefe Atemzüge, die meine Brust hoben, um dann ruhiger zu werden. Ich entspannte meinen Bauch und ließ die Luft langsam nach unten fließen. Erst als ich das Gefühl hatte, daß der untere Bereich meines Bauches erfüllt war von Lebensenergie, öffnete ich den Bereich über dem Solar-Plexus – dann die Stelle über dem Brustbein, bis ich schließlich fühlte, wie der Atem meinen ganzen Oberkörper bis in die äußersten Lungenspitzen bis zu den Schultern ausfüllte. Ich verweilte einen Herzschlag lang in dieser Position und atmete dann genauso weich und fließend wieder aus. Dann schickte ich als nächstes meine Gedanken in meine Füße und Beine und Hände und ließ eine warme, goldene Kugel durch alle Adern und Zellen rollen, bis ich jeden Punkt meines Körpers bereist hatte. Je länger ich dort saß, um so mehr hatte ich das Gefühl, die Trennung zwischen mir und dem Stein, an dem ich lehnte, zu überwinden. Ich fühlte nach einer Zeit nicht mehr, wo er begann, und mein Leib endete. Auch der Ton, den ich vernommen hatte, schien plötzlich ein Teil von mir geworden zu sein. Eine ruhige, weite, helle Freude kam mit einem Mal über mich, und ich hatte das Gefühl, als würde warmes, helles Licht in mir zu leuchten beginnen. Ich hatte die Augen immer noch geschlossen und trotzdem den Eindruck, als wären plötzlich rund um mich Hunderte von starken Lampen. Die Wärme und das Licht stiegen von meinem Bauch aus in mein Herz und über die Schultern und Arme in meinen Hals, mein Kinn, meinen Mund, meine Lippen, meine Wangen und Augen. Meine Stirne und Haare wurden davon erfüllt, und dann glaubte ich zu spüren, daß dieses Licht und diese Wärme, die sich in mir ausdehnten – durch meine Beine zogen und sich über mich hinaus ausdehnten. Ich fühlte plötzlich den Stein, auf dem ich saß, wie ein warmes, freundliches Lebewesen, dessen Aura sich mit meiner Aura zu verbinden begann.

›Jetzt erlaube dir, noch weiter zu gehen‹, hörte ich die Stimme meines Schutzengels und mußte lächeln. Ich verfolgte vor meinem geistigen Auge die Verbindung zwischen mir und dem Stein, der mich umgab. Ich reiste durch seine Tiefen hinunter in das Felsplateau, auf dem die Pyramide stand. Ich dehnte mich nach allen Seiten und verband den Felsen mit dem Wüstensand, der in Abermilliarden kleiner Partikel einen weichen Teppich bildete. Ich drang vor bis an die Küsten um Afrika, erfühlte die Meere, die es umgaben, landete an all den anderen Küsten der Kontinente, die in diesen Meeren schwammen, und tauchte dann tief, tiefer und ganz tief hinunter. Ich tauchte hinab in die schwarze Nacht der heißen Glut im Herzen unserer Erde. Tief dröhnend und wortlos empfing mich der Mittelpunkt unserer Welt, und dann wanderte meine Empfindung wieder zu mir. Ich spürte den Raum, in dem ich saß und der mit allem auf dieser Erde verbunden war, und ich richtete mich auf und über ihn hinaus. Ich drang durch die Wände der Pyramide und war in der warmen Luft des ägyptischen Himmels. Ich breitete mich aus wie die Ringe im Wasser, wenn ein Stein hineingefallen ist, und flog nach allen Seiten rund um die Kugel, auf der wir leben. Ich durchtrennte die Linie, die die Nacht vom nächsten Tag entfernt, und kam zurück zur Nacht, bis ich in Tag und Nacht gleichermaßen existierte. Noch weiter dehnte ich die kreisenden Wellen meiner Wahrnehmung und erweiterte den Blick auf die Bereiche um unseren Planeten. Dehnte mich aus über den Mond, die Venus, den Pluto, die Sonne hinaus in das schwarze

All, bis ich umgeben war von Abermilliarden leuchtender Sterne. Dort an die Wand gelehnt war ich verbunden mit mir, dem Boden, den Winden, den Sternen, dem All. Weit und geöffnet und völlig geschlossen in mir und meinem Herzen saß ich da und fühlte den Atem, der durch meine Brust ging, und lauschte dem Ton, der alles erfüllte. Ich hörte ihn als ewige Melodie, die ohne Anfang und ohne Ende existierte, existiert und immer existieren wird. ›Weißt du jetzt, warum ich dir gesagt habe – flieg nach Ägypten‹, sagte Anna mit einem Mal in meinem Kopf.

›Anna – Anna, bist du das?‹, fragte ich lautlos in die Stille hinein, und als keine Antwort kam, fragte ich meinen Schutzengel, was das gewesen sei.

›Du bist mit ihrer Absicht verbunden, die dich auf den Weg geschickt hat.‹ Eine Heiterkeit überkam mich und sorgte dafür, daß ich langsam wieder in die steinerne Welt dieses Raumes zurückkehrte. Sanft und deutlich zog ich die Spitzen meines Wesens aus dem Boden und dem Himmel zurück und holte sie wieder zu mir ein ...

›Es tut so gut zu fühlen, wie sehr du mich schon kennst‹, sagte mein Engel leise. Ich streckte mich in die Höhe und sagte leise vor mich hin: ›Danke, Anna – ich danke dir.‹

›Wer ist Anna?‹ Der Klang dieser Stimme war nicht der meines Engels. Dann öffnete ich die Augen und sah zum Sarkophag hinüber. Eine Frau ragte, zur Hälfte sitzend, aus dem riesigen, hohlen Stein und blickte mich neugierig an. Keine von uns sagte etwas, und plötzlich mußte ich lachen.

›Lachen ist gut‹, sagte diese Frau. ›Das Lachen ist der Ernst der Götter.‹ Ich sah sie an, wie sie diesen Satz formulierte und dabei immer noch nur zur Hälfte aus ihrem Stein hervorlugte, und fiel auf die Seite. Da lag ich lachend am Boden und sah, wie sie aus der Steintruhe kletterte und sich zu mir bewegte. Sie setzte sich vor mir auf den Boden und sagte: ›Also gut – für den Fall, daß ich es nie erfahren werde, wer Anna ist – ich bin Daniela – und du?‹ Sie legte ihren Kopf schief, um mir in die Augen sehen zu können.

›Entschuldigung‹, sagte ich und richtete mich zu einer halbwegs sitzenden Position auf.

›Entschuldigung, ich heiße Verenice, und Anna ist eine gute Freundin.‹

›Aha, verstehe‹, sagte Daniela. ›Und wieso bedankst du dich bei ihr?‹

›Ich bedanke mich, weil ich Anna auf meiner Suche getroffen habe – und das war in Indien, sie hat mir geraten, nach Ägypten zu fahren. Das habe ich gemacht, und jetzt bin ich hier, und so etwas wie in dieser Pyramide habe ich noch nie erlebt. Es ist so wunderschön, und darum bedanke ich mich bei Anna.‹« Verenice machte eine kurze Pause und griff nach ihrem Wasserglas.

Der junge Mann blickte erst zu mir und dann zu Daniela und dann wieder zu Verenice. »So haben Sie sich kennengelernt?«

Daniela antwortete: »Es war genau so.«

»Ja und dann, was haben Sie dann gemacht?!!«

Daniela ergriff das Wort. »Ich habe sie mir erst einmal genau angesehen.«

»O ja«, erwiderte Verenice, »du hast mich sogar sehr genau angesehen, ich dachte schon, ich hätte grüne Haare oder drei Augen.«

»Nun, das war doch klar«, fuhr Daniela fort. »Wenn man weiß, was es bedeutet, den Weg zur Pyramide zu finden, dann sieht man sich doch die Novizin sehr gut an, die da plötzlich in die Gemeinschaft der freien Geister hereinflattert. Ich meine natürlich den wahren Weg zur Pyramide – nicht den, der Ihnen im Pauschaltourismus angeboten wird.«

»Entnehme ich Ihren Berichten, daß Sie demnach schon länger und öfter in der Pyramide waren – bevor Sie Verenice dort zum ersten Mal trafen?« fragte unser junger Freund.

»Völlig richtig, mein Freund«, sagte Daniela. »Bevor ich Verenice traf, war ich schon seit zehn Jahren immer wieder in diesem heiligen Bauwerk. Es beschleunigt – man könnte süchtig danach werden!«

»Was bezeichnen Sie bitte als beschleunigen?« Der junge Mann griff in seine Tasche und zog eine Packung Zigaretten hervor. »Stört es euch, wenn ich rauche?«

»Aber nein – wir werden später mitmachen – aber mit einem etwas anderen Kaliber«, sagte Regis und verschränkte die Arme hinter dem Nacken.

»Ich nehme gerne eine«, sagte Maria, und dann saßen sie da und rauchten eine Chesterfield und hörten weiter zu.

»Beschleunigen meine ich im meditativen Sinn. Jede Meditation wird von unserem Atem gesteuert. Wir schließen die Augen. Wir sammeln unseren Geist. Wir richten die Aufmerksamkeit auf unsere Energiezentren im Körper, und wir atmen bewußt. Wir erweitern das Bewußtsein, und nach einer Weile schaltet unser Gehirn seine elektrischen Ströme um, und wir erreichen einen Alphawellen-Zustand. Dieser Zustand dominiert unser Gehirn bei jeder tiefen Meditation und setzt ein, nachdem wir eine Zeitlang die Augen geschlossenhalten und unseren Atemfluß kontrollieren. Alles, was sich in unserem Körper und in unserem Gehirn abspielt, sind elektrische Impulse. In Verbindung zu unserem Körper kann man sagen, es sind elektrische, chemische und physikalische Wirkungen, die unser Dasein ausmachen – können Sie mir folgen?«

»Durchaus.«

»Und wie für alle Ereignisse des Lebens gibt es auch für die Meditation eine Umgebung, die förderlich ist. Bei einem Rockkonzert, zum Beispiel, wird es Ihnen etwas schwerer fallen, sich in den meditativen Alpha-Prozeß zu begeben, als auf einer stillen, einsamen Waldlichtung in der Dämmerung.«

»Ich folge Ihnen immer noch.«

»Rockkonzerte sind übrigens eine wunderbare Einrichtung, um die befreienden, unkontrollierten, elektrischen Energien in uns zu erwecken, die daraufhin ein hervorragendes Sprungbrett für ungebremste Sexualität darstellen können – wissen Sie.«

»Ich weiß.«

»Das dachte ich mir – aber was Sie bis heute nicht wußten, ist, daß es für den Prozeß der Meditation Beschleuniger gibt. Und einer davon ist die Pyramide.«

»Und wie darf ich mir das erklären?«

»Ganz einfach: Jedes Gebilde auf diesem Planeten korrespondiert mit dem Magnetfeld der Erde, von dem es umgeben ist. Unser Planet ist von einem Netz aus Energielinien umgeben, die an manchen Punkten eine große Verdichtung erfahren. Die frühen Kulturen errichteten ihre spirituellen Orte auf genau diesen Punkten. Was dort geschah, ist nichts anderes, als daß der Mensch auf diesem Punkt eine positive Aufladung erfährt. Jeder Gedanke ist ein elektrischer Vorgang. Jeder dieser Blitze hinterläßt seine Spuren im Energiefeld des Menschen. Jede Belastung, jeder Streit, ja sogar jeder lieblose Blick wird von unseren Energiezentren empfangen und gespeichert. Da unser Alltag nicht so aussieht, daß wir die meiste Zeit in reinigender, klärender Meditation verweilen können, sammelt sich in unseren Energiezentren jede Menge Abfall an. Die Bahnen in unserem Körper, in denen die Lebensenergien fließen, verspannen sich. Es bilden sich Klumpen in der Aura, und wir werden energielos, gereizt und unfrei. Schon eine einfache Dusche kann Abhilfe schaffen, da fließendes Wasser entmagnetisierend wirkt. Darum schreiben Religionen vor dem Gebet rituelle Waschungen vor. In die tiefsten Tiefen reicht aber nicht einmal ein stundenlanges Wasserspiel mit Pfirsichshampoo.«

»Pfirsichshampoo! Lieben Sie das auch so wie ich?« rief der junge Mann.

»Ich sehe in Ihrem auratischen Feld, daß Sie verrückt sind nach Pfirsichshampoo, und darum habe ich es erwähnt.« Daniela lachte ihn breit an.

»Das sehen Sie in meinem auratischen Feld?!«

»Aber – ja.«

»Und was sehen Sie noch?!«

»Ich sehe alles – aber keine Angst –, Freundschaft beginnt dort, wo man die seelische Hand schützend über die Achillesferse des Freundes legt. Nach diesem Zustand haben Sie sich ja auch schon so lange in den unbewußten Regionen Ihrer Seele gesehnt, und darum sind Sie hierhergeführt worden.« Er blickte von einem zum anderen und sah nur in verständnisvolle, wohlwollende Augen. »Ist das so?!«

»Es ist so.«

»Also gut – zurück zu den verklumpten Aurafeldern«, fuhr Daniela fort. »Auf diesen heiligen Stätten der Menschheit nun ist das Energiefeld der Erde in der Lage, diese Verschmutzungen zu lösen und aus uns hinauszuspülen. Es ist so, als würden wir unter einer riesigen, unsichtbaren Energiedusche stehen, die unsere Aura dort erreicht, wo der gewöhnliche Wasserstrahl nicht hinreicht.«

»Ich verstehe.«

»Gut – die Cheopspyramide steht auf einem dieser Energiepunkte unserer Erde. Sie bedeckt mit ihrer Grundfläche diese Energie und addiert sie kraft ihrer geometrischen Form zu der kosmischen Energie, der unser Planet ununterbrochen ausgesetzt ist.«

»Bitte?!«

»Man hat mit elektromagnetischen Experimenten nachgewiesen, daß im Zentrum der Pyramide die Erdenergie und die kosmische Energie zusammengeführt und gebündelt werden. Sie müssen sich das vorstellen wie ein Brennglas. Die Pyramide ist aufgrund ihrer Bauweise und ihrer geometrischen Gradeinteilung ein riesiges Brennglas, das die größte Energiedusche hervorzaubert, die es auf unserem Planeten geben kann. Wenn Sie nun von Ihrem Suchen dorthin gerufen werden und mit dem elektromagnetischen Veränderungsprozeß einer Meditation beginnen, beschleunigt die Pyramide Ihre Entwicklung.«

»Und wie ist Ihr erstes Treffen dann weiter verlaufen?«

»Wer erzählt?« fragte Verenice, und Daniela sagte: »Du.«

»Also gut, wir saßen damals voreinander und haben schrecklichen Hunger bekommen.«

»Hunger?!«

»Ja, auch wenn sich das jetzt völlig geheimnislos anhört, aber diese Art der inneren Bewegung scheint einen enormen Einfluß auf den Appetit eines Menschen zu haben. Ich saß vor Daniela und sagte: ›Hast du jetzt auch so einen Hunger?‹ Und sie sagte: ›Immer, wenn ich in der Pyramide war, könnte ich einen Ochsen fressen.‹ Wir standen auf und verließen den Raum aller Räume. Die Nacht vor der Pyramide war dunkelblau, und in den Häusern der Vorstadt, die sich nahe an Gizeh heranschoben, brannten kleine Feuer in den

Innenhöfen. Ich atmete tief ein und sah mich um. Der sichelförmige Mond war einen halben Himmel weitergewandert, und die Wellen der Sanddünen legten weiche Schlangenmuster in den Sand. Leise Stimmen drangen zu uns herauf, und als wir am Fuß der Pyramide ankamen, sahen wir, daß Gabriel und sein Bruder auf uns warteten.

›Sind Sie nicht müde‹, fragte ich ihn, und er antwortete: ›Habe ich Ihnen nicht versprochen, auf Sie zu warten, Madam – oh – ich sehe Ihre Augen!‹

›Was meinen Sie?‹

›Sie haben den Blick erhalten, Madam, ich freue mich für Sie!‹

›Was meint er?‹ fragte ich Daniela, die mir lächelnd gegenüberstand.

›Er meint, du hast gesehen – und man kann jetzt sehen, daß du gesehen hast.‹

›Woran kann man das sehen, daß ich gesehen habe?‹

Gabriel und Daniela und sein Bruder lachten lange und herzlich. ›Wissen Sie, Madam – wenn zwei Kamele einander in der Wüste begegnen – erkennen sie einander. So einfach ist das. Aber Ihre Freundin wird es Ihnen sicher besser sagen können in Ihrer Sprache – nachdem Sie gegessen haben.‹ Er drehte sich um und begann, von dem Riesenberg an Wundern, den man die Pyramide nennt, wegzugehen.

Nach einer kurzen Zeit kamen wir vor dem Eingangsportal zu meinem Hotel an. Gabriel verbeugte sich sehr höflich und sah mir in die Augen.

›Ich freue mich, daß alles so gekommen ist, wie Sie es sich gewünscht haben, Madam, ich stehe morgen früh wieder hier vor Ihrer Türe. Vielleicht haben Sie Lust, auf den Bazaar zu gehen oder eine Bootsfahrt auf dem Nil zu unternehmen. Leben Sie wohl.‹ Noch einmal verbeugte er sich und ging zu seinem Wagen, startete und fuhr weg. Wir drehten uns um und betraten das Hotel. An der Rezeption hielt zum Glück der Portier Wache, der meine Ankunft miterlebt hatte. Ich fragte ihn vorsichtig, ob es noch möglich wäre, etwas zu essen zu bekommen, und er antwortete: ›Selbstverständlich, Madam. Ich werde Ihnen Hühner- und Roastbeefsandwiches auf Ihr Zimmer bringen lassen. Wünschen Sie Obst und etwas Gebäck? Wünschen Sie zu trinken?‹

›Danke – Mineralwasser wäre nett.‹

›Selbstverständlich, Madam – in Ihrer Minibar befindet sich Rotwein und ein sehr ausgezeichneter Chablis – sehr trocken – sehr angenehm und –‹

›In Ihrem Land ist es klüger, denke ich, auf Alkohol zu verzichten.‹

›Madam haben völlig recht – ich wünsche einen wunderbaren Morgen.‹ Er verbeugte sich und ging in die Küche. Daniela sah mich fragend an. ›Bist du eine *sehr wichtige Person*?‹

›Nein – aber Gabriel hat ein wenig geschummelt bei meiner Ankunft, und seitdem werde ich so behandelt wie jeder Mensch von jedem Menschen behandelt werden sollte.‹ Mit diesen Worten öffnete ich die Zimmertüre und ließ Daniela eintreten. Wir gingen ins Badezimmer, um uns ein wenig zu erfrischen, und nach wenigen Minuten kam der Portier mit einem großen Tablett voller Köstlichkeiten. ›Ich hoffe, es ist alles zu Ihrer Zufriedenheit‹, sagte er, verbeugte sich und zog die Zimmertüre hinter sich ins Schloß. Wir stellten uns das Tablett auf den Boden, ich öffnete die Balkontüre, so daß wir die Pyramide sehen konnten, und dann setzten wir uns nebeneinander und begannen zu essen.

Eine Zeitlang aßen wir schweigend. Nach einer Weile fragte ich Daniela: ›Was hat das alles zu bedeuten?‹ Sie lachte kurz und sagte dann: ›Das bedeutet, daß wir am Anfang eines langen, sehr schönen Weges stehen. Du hast heute den ersten Schritt geschenkt bekommen. Du hast die Welt gesehen.‹

›Woher weißt du das? Ich habe noch kein Wort darüber erzählt, was ich geträumt habe.‹

›Erstens hast du dein Erlebnis nicht geträumt, und zweitens weiß ich es, weil ich beim ersten Mal dasselbe wie du erfahren habe. Es beginnt bei jedem Menschen mit dem ersten Buchstaben. Und der erste Buchstabe im Alphabet des Bewußtseins heißt *Ich bin da.* Ich bin da, und die Welt, auf der ich bin, ist da. Und die Welt, die mit mir ist, ist nicht von mir getrennt, und ich bin nicht von der Welt getrennt. Aus dem Mittelpunkt deiner Existenz heraus hast du heute erlebt, daß du ein Teil bist von allem und daß alles deine Heimat ist. Es gibt keine Einsamkeit, es gibt keine Trennung. Es gibt nur das ewige, immerwährende Einssein. Wir erfahren diesen Zustand nicht immerzu – aber dir ist er heute als Grundstein geschenkt worden. Du wirst dieses Erlebnis nie vergessen. Du hast jetzt Augen, um zu sehen, also sieh hin. Laß dich schauen und erkennen und erkenne, daß du erkannt wirst. Das hat Gabriel gemeint, als er die Geschichte von den zwei Kamelen erzählt hat.‹

›Woher kennst du seinen Namen‹, fragte ich erstaunt.

›Was glaubst du – wer mich zum ersten Mal vor zehn Jahren zur Pyramide gefahren hat?‹ Daniela lachte und stand auf. ›Wo gehst du hin?‹

›Ich kenne die Regeln dieses Landes, aber einen Hauch von dem Chablis könnte dieses Wasser schon vertragen.‹ Sie stand vor meinem geöffneten Zimmerkühlschrank.

Sie kam mit zwei Flaschen, und ich hatte plötzlich auch Lust, ein paar kleine Tropfen Weißwein in mein Wasser perlen zu lassen.

›Wenn du sagst, daß das heute abend nur der erste Schritt war ...‹

›Ja?!‹

›Was kommt dann noch auf mich zu – ich fühle mich jetzt schon so, als wäre ich bis zu den äußersten Grenzen meiner Möglichkeiten ausgefüllt.‹

›Das ist schön, daß du das sagst – aber du wirst dich noch sehr wundern.‹ Sie nahm einen kleinen Schluck und schloß genießend die Augen.

›Ich kann dir nicht vorhersagen, was du noch alles erleben wirst. Schon nach diesem ersten Schritt, den du heute erlebt hast und den ich genauso erfühlt habe, werden deine Abenteuer ähnliche Stimmungen haben wie meine, aber völlig andere Bereiche betreffen. Eines kann ich dir nur mit Sicherheit sagen – du wirst dich niemals fürchten – niemals!‹

›Wovor sollte ich mich denn fürchten?‹

›Daß du verrückt werden könntest.‹ Sie sah mich lange an. ›Ich bin schon verrückt‹, antwortete ich, ›aber nicht wahnsinnig.‹

›Gut, daß du das so sagst – es war meine Unachtsamkeit. Du hast völlig recht. Aber weißt du, es kann der Punkt kommen, an dem du glaubst, daß du wahnsinnig werden mußt. Davor aber fürchte dich nicht – es kann nicht geschehen.‹

›Was ist es denn, was mich so erschrecken könnte – mach es nicht so spannend.‹

›Jede Reise unseres Geistes, die unser Bewußtsein erweitert, beginnt mit einem Abstandnehmen. Der erste Schritt aus dem tiefen Tal der Unwissenheit besteht darin, einen Hügel zu besteigen und von dort auf alles herabzusehen.‹

›Ja.‹

›Schon dieser erste Schritt kann für manche Menschen so überwältigend sein, daß sie schon glauben, an der letzten Wahrheit teilgenommen zu haben – dabei haben sie nur erst einmal die Schuhe zugebunden, um auf die Reise zu gehen. Erinnerst du dich an die ersten Astronauten?!‹

›Ja, warum?‹

›Fast jeder von ihnen ist aus dem Weltall mit einem veränderten Geist zurückgekehrt. Sie sind von dieser Erde aus gestartet als perfekt funktionierende Bioroboter. Gesund, vital, durchtrainiert, mit hübschen Blumen im Vorgarten und mit Dauerwelle in der Frisur der lächelnden Ehefrau. Ein Blick durch ihr kleines Bullauge hat genügt, um sie zu verändern. Dieses kleine, runde, dicke Glasfenster, das nicht einmal dreißig Zentimeter Durchmesser hat, ist für sie zum Schlüsselloch geworden. Ein Schlüsselloch in der Tür, die ihr Bewußtsein verschließt. Sie haben plötzlich gesehen, wo sie hergekommen sind. Sie haben zum ersten Mal nicht nur ihr Tal, sondern die Welt gesehen. Die ganze Welt. Ihre Schönheit, ihre Zerbrechlichkeit, ihren Schimmer, ihre wunderbaren Farben, ihre Kleinheit und ihre Größe. Ihre Größe, die keine Grenzen erkennen läßt. Diejenigen Grenzen, die sie aus ihrem Schulatlas kennen, waren auf einmal nicht mehr da. Statt dessen war da draußen nur ein wunderschöner, bunter Ball, der vor einem riesigen, schwarzen Tuch aufgehängt war. Ihre Heimat. Ihre Herkunft. Ihre Wärme und Geborgenheit. Diese Sicht auf die Welt hat sie so erschüttert, daß sie nach ihrer Landung nicht mehr dieselben waren. Sie hatten das große Bedürfnis, sich mitzuteilen, und den anderen Menschen, die zu Hause geblieben waren, zu erzählen, daß ihre Seele aufgegangen war. Sie wollten ihnen berichten, was sie erfahren hatten. Unsere einzige, einzige Heimat wollten sie ihnen erzählen. Die meisten Erdlinge zuckten die Schultern und erklärten sich diese gefühlvollen Anwandlungen mit einer seltsamen Form der Sentimentalität. Nun gut – vielleicht müßte man die ganze Menschheit ins All transportieren, damit sie die Augen öffnet – aber bis dahin hat noch eine Ewigkeit zu vergehen. Wie auch immer – man muß nicht unbedingt in eine Rakete steigen, um den ersten Buchstaben zu lernen. Man kann das, wie du weißt, auch hier unten. In der Pyramide, in jedem stillen Gebet, auf einer Waldlichtung, abends im Bett. Es kommt nur darauf an, wohin man seinen Blick führt. Und der zweite Schritt kann sehr erschreckend sein – darum sage ich: Fürchte dich nicht, wenn er dir nahe kommt. Nachdem wir die Ansicht von allem erfahren haben, müssen wir nämlich mit einer Einsicht fortfahren.‹

›Wie sieht diese Einsicht aus?‹

›Fürchterlich.‹ Daniela sah hinaus in den ersten hellen, schmalen Streifen, der sich am Horizont abzeichnete. ›Es ist so, daß der Blick von oben keine Grenzen zeigt. Man könnte glauben, auf diesem Planeten wäre alles gut. Und wir brauchen auch diesen Glauben. Der Glaube, daß alles gut sein kann, hilft uns, die Vision zu verwirklichen, daß eines Tages alles gut sein wird. Aber bis dahin sind wir verpflichtet, uns den Details zu widmen. Die Details sind es, die dich das Fürchten lehren werden. Durch diese Furcht mußt du hindurch, um an deiner Kraft festzuhalten. Die Kraft, die du brauchst, um dich auf die richtige Seite zu stellen in der Schlacht, die auf diesem Planeten tobt.‹

›Von welcher Schlacht sprichst du?‹ fragte ich besorgt, und Daniela sagte: ›Ich spreche von der Schlacht zwischen Gut und Böse.‹ Sie sagte es ohne Aufregung, aber sie traf mich mit diesen Worten wie ein Blitz.

›Glaubst du, daß es diese Schlacht wirklich gibt?‹ fragte ich und versuchte zu lächeln.

›Es gibt sie‹, sagte Daniela, ›es ist nur zur Zeit nicht modern, an sie einen Gedanken zu verschwenden. Aber dieses Desinteresse und das Leugnen dieser beiden Kräfte dienen in letzter Konsequenz wiederum nur dem Bösen.‹ Sie sah mich an und zuckte lachend mit den Schultern.

›Du lachst – wieso lachst du?‹

›Das ist der Ernst der Götter – frag deinen Schutzengel!‹

›Sie hat recht‹, sagte er. ›Wem es gelingt, dir das Lachen zu vertrocknen, ist kein Sendbote des Lichtes ...‹ Er strich mir sanft über mein Herz und zog sich wieder zurück.

›Hab keine Sorge – ich rede nur als menschliches Wesen, das sich die Worte Gut und Böse wieder zurückgeholt hat.‹

›Zurückgeholt?‹

›Vor vielen Jahren habe ich versucht, die alten Scheinautoritäten abzuschütteln. Vor allem ihre Sprache. Da gab es dann für mich kein Gut und Böse mehr. Das waren für mich wertlose Worte, die den Menschen Angst machen sollten. Ich habe diese Begriffe verachtet.‹

›Und was ist dann geschehen?‹

›Dann bin ich nach langer Zeit und nach meinen ersten Erlebnissen mit mir und meinem Geist und mit der Pyramide als große Beschleunigerin von der Wertefreiheit zurück zur Bewertung gekommen. Ich habe mir die Worte *Gut* und *Böse* wiedergeholt. Nur weil die falschen Menschen sie benutzen, heißt das nicht, daß die Werte falsch sind. Im Gegenteil – ich muß sie mir wiederholen, um klar erkennbar zu sein in dieser Welt, in der ein ununterbrochener Kampf tobt. Wenn ich es vermeide, zu zeigen, auf welcher Seite ich stehe, werde ich zum Opfer. Das will ich nicht. Abseits von den alten Religionen, abseits von der Politik, abseits von jedem alten Wertesystem, ist eine riesige Menge von Menschen gewachsen, die nichts mit alledem zu tun haben wollen.‹

›Aber ist es nicht ein verständlicher Gedanke, das Prinzip von Schuld zu beenden – hilft das den Menschen nicht bei ihrer Befreiung?‹ fragte ich Daniela, und sie sagte: ›Genau das meine ich – genauso habe ich auch gedacht vor vielen, vielen Jahren. Und ich verstehe, daß man so denkt. Du kannst auch so denken, wenn du in deinem stillen Zimmer in dieser friedlichen Stadt sitzt. Daß diese Welt nur funktioniert, weil wir die dritte Welt aussaugen wie Vampire, erwähne ich jetzt nicht, um deinen Frieden nicht zu stören.‹ Sie lachte mich an.

›Aber wie soll ich beurteilen, was gut und böse ist – das hängt doch von meiner Herkunft und Erziehung ab.‹

›So ist es. Und darum mußt du zuerst alles löschen, was man auf deine Festplatte programmiert hat. Nur dann, wenn du zu der Wahrheit deiner ursprünglichen Klarheit kommst, darfst du beginnen, aufs neue zu bewerten. Vorher nicht. Dieser Löschungsprozeß dauert sehr lange, und du wirst viele Zweifel erleben, aber du mußt mit unerschütterlichem Willen daran festhalten, die Wahrheit erkennen zu wollen. Dann wird es dir gelingen. Wenn du bei deiner tiefsten Wahrheit angekommen bist, wirst du frei sein. Diese Wahrheit ist die

Wahrheit deines Geistes, der sich wünscht, daß du die Vorstellung deiner Person reinigst, um ein ungetrübtes Sprachrohr zu werden für deine unsterbliche Seele. Verstehst du, was ich dir sage?‹

›Ich denke schon – das heißt, ich empfinde es mehr, als daß ich es denke – irgend etwas in mir sagt: Du hast recht.‹

›Das freut mich – ich meine es wirklich gut mit dir.‹

›Ja, das spüre ich.‹

›Gibst du mir bitte den Senf?‹

Ich reichte ihr die Schale mit dem Senf und sah ihr zu, wie sie sich eine dünne Schicht auf ihr Roastbeef strich. Diese Nacht war ein seltsamer, wunderbarer Beginn. ›In jedem Anfang wohnt ein Zauber, der uns schützt und der uns hilft zu leben‹, sagte Daniela in diesem Moment mit vollem Mund kauend. ›Entschuldige, aber ich kann Gedanken lesen.‹

Ich seufzte und stand auf, um mich zu strecken. ›Wohin wird uns dieser Weg führen?‹ fragte ich und blickte hinauf zu den Sternen, die hoch über der Pyramide standen.

›Ich hoffe, zu einer großen Klarheit, zu großer Kraft und Freude‹, sagte Daniela.

›Ja, das hoffe ich auch ... ‹

›Das schöne an der Sache ist – man kann nicht mehr zurück!‹

›Wie meinst du?‹

›Ganz einfach. Wenn der Wall, der dein Herz umgibt, eines schönen Tages den ersten feinen Riß bekommt –

ist es zu spät. Die Wahrheit, die in dir darauf wartet, an die Freiheit zu gelangen, wird sich den Weg bahnen. Sie wird diesen feinen Riß aufspüren, und sie wird hineinsickern. Sie wird ihn verbreitern und vergrößern, und eines Tages wird es ein großes Zittern geben, und der Wall wird einstürzen. Ich aber sage dir – fürchte dich nicht. Der Tag, an dem das geschieht, ist deine Geburt.‹

Ich sah sie an und sagte: ›Das heißt, der Haarriß ist bei mir schon da?‹

›Groß und breit – und darum werde ich mir erlauben, dich noch mal an den Schrecken der Existenz zu erinnern. Fast hätten wir nämlich das Thema gewechselt. Nach der Draufsicht auf die unendliche Schönheit dieses Planeten gilt es, wieder einzutauchen in das unendliche Leid. Laß dich fallen und empfinde die Grausamkeit, die den Kindern widerfährt, die mißbraucht werden, horch hin, wie es sich anfühlt, wenn die Hunderte von Jahre alten Bäume im Dschungel gefällt werden, schau genau auf die Uhr, wie lang zehn Minuten sind, und denke dann an die Tierart, die in diesen zehn Minuten ausgestorben ist. Laß es zu, daß deine Ohren das Schreien der Männer wahrnehmen, die in den Minenfeldern zerrissen werden, das Wimmern der Frauen, die von einem siegreichen Heer vergewaltigt werden, stell dich hin und begreife das rasende Toben des hellroten Irrsinns, der mit seinem Kreischen die Stille der Wahrheit begleitet. Wenn du das verstanden haben wirst, was den Wahnsinn am Leben erhält – dann erst wirst du die Stärke haben, die Schönheit der Liebe zu ertragen. Die Liebe des Lebens, das jeden Tag den Kopf erhebt und atmend seine Augen öffnet. Die Kraft des ewigen Atems, der in jeder kleinsten Faser der Schöpfung dem Untergang trotzt. Die Macht der Beharrlichkeit, mit der das Licht in den ewigen Weiten des Raumes die Finsternis erhellt.‹«

Verenice und Daniela sahen einander lange an. Man konnte sehen, wie sehr sie die Erinnerung an ihren gemeinsamen ersten Abend bewegte. Sie waren wie zwei Hälften eines Bildes, das wieder zusammengefügt war. Ich liebte meine Frau in diesen Momenten noch mehr als sonst. Es war ein Geheimnis um sie, das wie eine Melodie aus längst vergangenen Zeiten klang.

»He – Manuel, bist du verliebt?« Regis beugte sich vor, um in meine Augen zu blicken. Sein Humor brachte das Rad des Geschehens wieder zum Drehen. Die Erzählung von der ersten Nacht, die Verenice in der Pyramide erlebt hatte, und die Ahnungen, die ihr Daniela nahegebracht hatte, verzauberten alle, die um unseren Tisch saßen.

Unser Gast sammelte sich und half der Erzählung weiter, indem er fragte: »Ich verstehe, daß Sie in ein sehr magisches Feld in Ihrem Leben getreten sind in jener Nacht – aber können Sie mir erklären, wie ich mir diese Erlebnisse weiterhin vorzustellen habe? Wie ist es für Sie gewesen, sich dem Leid zu stellen? Ich frage nach diesem Punkt, weil ich bei mir selbst den Wunsch verspüre, genau diesen Aspekt unserer Welt auszublenden.

Ich erlebe manchmal in mir einen Kurzschluß, der wie zu einer geistigen Lähmung führt. Ich bin mir bewußt, welch unglaubliches Privileg wir genießen, nicht in einem Gebiet des Hasses und der Zerstörung leben zu müssen. Ich halte manchmal im Laufe des Tages inne und sende ein kurzes Dankgebet zum Himmel, wenn ich in der Zeitung wieder von Greueltaten lese. Aber ich schäme mich dann auch für das Glück, das ich erleben darf. Ich habe nichts Besonderes vollbracht, um auf die Seite des Lebens gestellt zu werden, auf der Gott die Sonne scheinen läßt. Fast fühle ich mich manchmal schuldig und vom Schicksal grundlos bevorzugt, wenn ich Bilder sehe von Männern in meinem Alter, die in einem Lager verhungern. Sie haben dieselben Wünsche und Hoffnungen wie ich und werden ohne erkennbaren Grund ihres Lebens beraubt. Wer bin ich – wer sind wir - daß wir hier und heute abend so davonkommen. Ich ertappe mich dabei, wie ich an manchen Tagen ein Geschäft mit Gott machen möchte. Aber ich weiß nicht einmal, wie dieses Geschäft aussehen könnte. Ich weiß nur, daß ich laut rufen möchte: Laß mich bitte davonkommen - ich habe nichts Böses getan und werde versuchen, nie zu sündigen. Was aber ist die Sünde? Ist es schon eine Sünde, dieses Geschäft machen zu wollen? Soll man nicht nur dankbar sein, daß man selbst von Krieg und Tod verschont bleibt? Soll man sich selbst genügen, indem man einfach still bleibt und kein Mitspieler im allgemeinen Wahnsinn wird? Soll man sich in seinen Wagen setzen und Medikamente an eine Bürgerkriegsfront fahren? Ist man dann dabei, ein Geschäft zu machen, um die eigene Angst zu betäuben? Denn die Wahrheit ist, daß ich Angst habe. Ich habe Angst vor der unerkennbaren Mechanik, mit der das Grauen auf diesem Planeten zuschlägt. Ich habe Angst, daß zuviel Bewußtsein für das Entsetzliche, das jetzt in diesem Moment Tausenden von Menschen widerfährt, mich hindert, meine Existenz schuldfrei zu genießen. Und im selben Atemzug fühle ich mich schuldig, wenn ich ein Glas Wein genieße. Ich gebe zu, ich verdränge all das, was in dieser Sekunde geschieht, weil ich es nicht verhindern kann. Ich habe vor einem Jahr aufgehört, Nachrichten zu schauen. Der Punkt war gekommen, wo ich die Anhäufung von Schreckensberichten nicht mehr ertragen habe. Ich habe mich informiert gefühlt und im gleichen Moment hilflos und schuldig. Denn ich wußte, daß dies alles nur die Spitze eines Eisberges darstellt. Auf tausend Morde, die mir dokumentiert werden, kommen ja zehntausend dazu, von denen man nichts weiß.

Eines Tages habe ich den Fernseher einfach abgeschaltet. Ich weiß es noch wie gestern. Es war um halb drei Uhr früh, und ich habe in einem Hotelbett in München gelegen. Es war schwül, und ich konnte nicht schlafen. Nach zwei Porno- und drei Musikkanälen habe ich auf den Nachrichtensender CNN geschaltet, und die Bilder waren verwackelt, weil in der Sekunde die ersten Cruise-Missiles in Bagdad eingeschlagen sind. Ich habe wie gelähmt auf den Bildschirm gestarrt und mir gedacht: Dieser Lichtblitz jetzt war gerade das Ende von Menschenleben. Ich habe nicht gewußt, wohin mit meinem Ekel, und habe abgeschaltet und mir ein Bier aufgemacht. Ich bin an einem Punkt angekommen, an dem ich nicht weiterweiß. Auch mein eigenes Schicksal ist so lächerlich. Ich habe eine kaputte Beziehung hinter mir. Na und? Ich gehe auf Kurzurlaub, um zu vergessen. Na und? Ich werde mich wieder verlieben – na und – wahrscheinlich eines Tages wieder trennen müssen. Na und? Arbeiten, essen, nichts tun. Na und? Na und? Ich frage Sie – warum und wie haben Sie sich der Realität des Entsetzens gestellt. Hat Ihnen das, wovon ich gerade gesprochen habe, nicht die Kraft geraubt, weiterzugehen?!«

Er schwieg und zündete sich erneut eine Zigarette an und gab auch Maria Feuer, die sich eine von seinen Chesterfields genommen hatte. Das Leben entscheidet an diesem Punkt, ob wir in Verantwortung weiterleben werden oder die Marionetten der Umstände bleiben werden. In den Augen des jungen Mannes war eine gespannte Wachheit zu sehen, die ich so noch nicht an ihm erblickt hatte. War sein Blick vor ein paar Stunden noch von Schmerz und Selbstmitleid geprägt gewesen, war dieser Ausdruck über lange Phasen der Neugier zu einem Mitgefühl geworden. Nun war er auf dem Weg zu seiner Wachheit und sah gespannt zwischen Daniela und Verenice hin und her.

Verenice antwortete ihm: »Ich freue mich über Ihre Offenheit. Ich werde versuchen, Ihnen zu erzählen, wie ich mit dem Leid umgegangen bin. Nach unserer ersten Nacht und unserem ersten Morgen beschloß

Daniela, zu mir in mein Hotel zu ziehen. Sie hatte bis dahin in einer kleinen Pension gewohnt. In den folgenden Tagen schliefen wir während der großen Hitze in unserem kühlen Zimmer, um uns gegen Mitternacht auf den Weg in die Königskammer zu machen. Jedesmal führte mich der Beginn meiner Versenkung in die Höhe und in das All – aus dem ich das Leben auf unserer Erde klein und blau erkannte, wie einen bunten Ball. Ich wartete und horchte. Mit einem Mal raste mein Geist in die fernste Wüste Asiens. Ich empfand, sah, schmeckte das bitterarme Leben in engen Zelten, fror in der Kälte, litt unter Myriaden von Moskitos. Ich hörte die Gespräche und sah die Gesichter der Menschen, die ein Leben lang nicht aus ihrem Tal herauskommen würden. Sah ihre Enge, ihre Not, raste hoch und tief hinunter in einen mörderischen Kampf um Leben und Tod in den Bergen Nordindiens. Ich fühlte das Einschlagen von Kugeln in den Herzen der Opfer, als wäre es mein Herz. Ich raste hoch und tief hinunter in die Körper von Frauen, die ausgepeitscht wurden, weil sie es gewagt hatten, ihr Gesicht zu zeigen. Die Führer ihrer Religion waren der Meinung, Gott würde sich dadurch beleidigt fühlen. Ich fühlte die brennendheißen Striemen, die die Stöcke auf meinen Gliedern zogen, und fragte Gott, was ihn so sehr beleidigt habe. Ich raste hoch und wieder hinab und war im Geist eines Schwarzen, der von weißen Männern in weißen Kostümen an einen Jeep gebunden und zu Tode geschleift wurde. Ich fühlte das heiße Blut über mein Gesicht rinnen und die Ohnmacht, die mich kurz von meinen Schmerzen erlöste. Ich raste hoch und tief, hoch und tief ... hoch und tief ... Jede Nacht erlebte ich diesen Wechsel. Jede Nacht empfand ich die Zerstörung, und jede Nacht zog sich mein Geist wieder in die Höhe, in der es keine Glut mehr gab. Nur meinen beobachtenden Geist. Ich fiel hinunter in die tausend Stöße und das Herzweh meiner Gefühle und schwebte hoch in die gelassene Klarheit meiner Erkenntnis. Je öfter ich das vollzog, um so klarer wurde mir etwas. Ich begann, die Welten in mir voneinander zu trennen. Ich kam mit einem Mal in der siebenten Nacht in der Pyramide in der Heimat meines Wissens an. Eine ruhige, wahrhaftige, klare Melodie des Lebendigen lag über allem und in allem, was existierte. Sie floß dahin wie ein ruhiger, breiter Strom. Alles war in ihr enthalten und hatte sein Recht. Die Nacht und der Tag, das Geborenwerden und das Sterben, auch der Kampf um die Existenz der Natur war ein Teil dieses Stromes. Der Tod war gut, wenn er ein Teil des Lebens war. Nur der Mensch verirrte sich in das Abseits. Abseits von der Gesetzmäßigkeit dieses Stromes verrannte er sich in Strömungen und Stromschnellen. Er entzog sich der Wahrheit des Lebens und errichtete mit seinem Denken Dämme in der Mitte des Stromes. Es staute sich, drängte, forderte und zerschlug alle seine mutwilligen Gebäude, die er errichtete, um stärker zu sein als das Leben. All seine Religionen, seine Überzeugungen, seine Absichten führten ihn nur in die Irre. Er ist im Abseits. Der Mensch ist im Abseits. Das war es, was mir so deutlich erschien, wenn ich auf alle unsere Bemühungen blickte, die allesamt zum Scheitern verurteilt sind. Wie eine Krankheit überziehen wir unsere Mutter Erde und hinterlassen auf ihr die blutigen Spuren unseres fehlgeleiteten Denkens. In dieser siebten Nacht hatte ich mit einem Mal ein leuchtendes, klares Gefühl meines Denkens. Ich konnte mich entscheiden. An dem Punkt, von dem Sie uns eben berichtet haben – an dem Punkt, an dem man die Augen schließen möchte, weil man eine Einsicht hat in unsere Sünde –, an diesem Punkt öffnete ich meine Augen. Ich sah mit einem Mal, daß ich die Wahl hatte. Ich konnte wählen, ob ich teilnehmen wollte. Teilnehmen an der Lüge an meiner Natur und meiner Wahrheit. Teilnehmen an der Lüge und der Gewalt gegen die Natur, in der wir leben. Teilnehmen an der Gewalt gegen die Natur der Menschen, die mit mir leben – oder nicht! Ich sah hinunter auf das Elend unserer Absichten und verabschiedete mich von meiner Rolle als Mitspielerin. Ich fühlte einen klaren Gedanken in mir, der zu mir sprach: Ich will die Wahrheit meiner Seele leben. Ich will die Stärke meiner Liebe in all ihrer Grenzenlosigkeit zulassen. Ich will den Menschen, die mir begegnen, voll Verständnis und Anteilnahme begegnen. Ich werde dem Angebot des Krieges aus dem Wege gehen. Ich werde unerschütterlich sein in meinem Lieben und in meinem Fördern der Liebe. Ich will und werde um die Abgründe Bescheid wissen, um mich ihnen nicht unvorbereitet und leichtfertig auszusetzen. Ich will und kann meine Gefühle erleben und kraft meines Geistes die Gelassenheit meiner ewigen Seele aufsuchen. In dieser Gelassenheit ist meine Heimat und meine Stärke. So ist es, und so wird es sein.«

›Willkommen!‹ sagte in dieser Nacht eine bekannte Stimme.

›Hallo, Schutzengel‹, sagte ich und fühlte einen leichten Wind in den Spitzen meiner Seele, ›hier bist du also daheim ...!‹

›Ja ... hier bin ich daheim, und ich freue mich, daß du den Weg hierher gefunden hast.‹

›Ich glaube, du hast mir die Richtung mehr als einmal gewiesen.‹

›Ich bin nur die Aufforderung‹, sagte er, ›den Weg mußt du selber erforschen. Nur dann ist die Erkenntnis des Zieles dein Geschenk an dich selbst.‹

›Ich habe keine Angst mehr.‹

›Ich weiß – und du wirst lachen, wenn du daran denkst, wie oft ich dir geraten habe – fürchte dich nicht!‹

›Nein, ich fürchte mich nicht mehr. Ich fürchte mich nicht mehr vor meiner Herkunft und meiner Zukunft – ich fürchte mich nicht mehr vor meinem Leben.‹

›Darf ich dir eine Frage stellen?‹

›Alle Fragen dieser Welt.‹

›Was wirst du mit deinem neuen Leben anfangen?‹

Er hatte es auf den Punkt gebracht. Und kaum hatte ich den Punkt erreicht, an dem ich mich losgesagt hatte von den Üblichkeiten des Menschseins, ließ er nicht eine Sekunde des Schlendrians einziehen. Er fragte. Er fragte, was ich jetzt mit meinem Leben anfangen wollte. Praktisch. Die Einsicht des Nichtteilnehmens war nur die Vorbereitung gewesen. Er hatte die Tafel gelöscht, auf der mein bisheriges Lebensbild gemalt war.

›Ich nehme an, du weißt schon, was ich tun werde‹, sagte ich zu ihm.

›Selbstverständlich, aber die ewigen Gesetze besagen, daß du selbst den Schleier von deinen Augen nehmen mußt.‹ Wahrscheinlich sprach er so mit mir, weil ich die Reinkarnation einer altägyptischen Fischerstochter war und mich die Bilder seiner Wortwahl an die alte Heimat erinnerten. Anyway – ich war von großer Klarheit erfüllt, was es zu tun galt, und ich sagte zu Daniela nach dieser siebenten Nacht: ›Daniela, mir ist etwas klargeworden. Ich habe die Aufgabe, meine Erkenntnis in die Tat umzusetzen. Ich spüre das Echo des großen Stromes in mir, und ich möchte mich und die Menschen, die mir begegnen sollen, daran teilhaben lassen. Ich möchte in einem Rahmen, den ich mit eigener Kraft ausfüllen kann, die Erfahrungen, die ich gemacht habe, teilen.‹

Daniela hat mich lange angesehen und mich dann sehr sanft umarmt. ›Willkommen‹, hat sie gesagt, und bei diesem Wort habe ich meinen Schutzengel lachen gehört.

›Mein Schutzengel lacht über uns‹, erklärte ich ihr dann, und sie hat gesagt: ›Also gut – dann ist es soweit. Es scheint so, als hätte ich meine Nachfolgerin gefunden. Wenn du möchtest, kannst du morgen mit mir auf meine Insel fliegen und ein neues Leben beginnen.‹ Ich starrte sie bei diesen Worten an, weil ich deutlich fühlte, daß ich meiner Bestimmung wieder einen Schritt näher gekommen war.« Verenice streckte ihre Hand aus, und Daniela hielt sie zärtlich fest.

»Sie also haben Verenice auf die Insel gebracht«, sagte der junge Mann und nickte Daniela zu.

»Gewissermaßen«, sie lachte, und dann sagte Regis: »Ist das nicht der Punkt, um sich eine kleine Ortsveränderung zu gönnen?«

»Wir sollten ...«, sagte Bryan und stand auf.

»Unbedingt«, fügte ich hinzu und schob meinen Stuhl vom Tisch zurück und stand auf.

»Was meinen Sie?!« fragte unser junger Freund und folgte dem Beispiel der anderen, die alle aufstanden.

»Ach – jetzt kommt wieder ihre ›aktive Meditation‹«, sagte Vincente und fuhr sich durchs Haar. »Sie haben für alles eine Ausrede – übrigens – so nett es auch bei euch ist – ich muß jetzt langsam ...«

»Okay – laß sie schön grüßen«, sagte Verenice und küßte ihren Sohn auf die Wange.

»Mach ich.«

»Vielleicht will sie ja morgen mit uns frühstücken.«

»Ich frag sie.« Er hob grüßend seinen Arm in die Runde und ging hinaus in die Nacht.

»Sie haben einen sehr bezaubernden Sohn – wenn ich das sagen darf ...«

»Ja, wenn er gerade Lust hat, kann er sehr bezaubernd sein.«

»Und die hat er nicht immer?!«

»Wer hat die schon?«

»Also Sie alle hier wirken so ...«

Wir sahen ihn einen Moment lang an und mußten dann herzlich lachen. »Ist in Ordnung«, sagte ich, »der Wein und die anderen Getränke gehen auf meine Rechnung.«

»Sind Sie es nicht immer?!«

Bryan sagte: »Sie sollten die Bande mal erleben, wenn Verdunkelung angesagt ist – dann rollen die schweren Steine der blauen Melancholie plumpsend ins Meer der üblen Launen – o ja.«

»Seltsam, das hätte ich mir nicht gedacht – und Ihr Schutzengel kann Sie nicht davor bewahren?«

»Gute Frage«, sagte Maria, »aber wissen Sie – es ist nicht seine Aufgabe, uns davor zu bewahren, Menschen zu sein –, das, was er tun kann, ist, uns zu ermahnen, den anderen nicht zur Last zu fallen.«

»Wie das?!«

»Nun, es ist doch eine der gängigsten Foltermethoden in jeder menschlichen Beziehung, den anderen zum Mitspieler der eigenen Unfähigkeiten zu machen. Die Eimer mit den eigenen Depressionen, Übellaunigkeiten und Gereiztheiten vor der Tür des anderen auszuschütten«, sagte Regis.

»Ich hätte geschworen, daß gerade Sie – so wie Sie mir erscheinen, einander in den Stunden der Melancholie nicht im Stich lassen – nicht jeden allein sein schweres Paket der Sorgen tragen lassen ...«

»Es ist nicht so, daß wir einander alleine lassen in den Zeiten der Not. Im Gegenteil. Es ist nur nicht so, daß wir es zulassen, in das Drama des anderen hineingezogen zu werden«

»Noch nicht ganz.«

»Bravo!« rief Regis. »In jeder Beziehung leben wir nicht nur mit dem Partner, sondern auch mit unseren Eltern. Nicht körperlich – aber in unserem Geist. Der

Vater und die Mutter haben unser Bild von Mann und Frau mitgeprägt. Das ist nicht immer nur ein Bild vom Paradies. In den Zeiten der Krise geschieht es, daß wir unseren Partner mit unserem Vater oder unserer Mutter verwechseln. Das geschieht so selbstverständlich und unbewußt, wie Zigarettenasche zu Boden fällt.«

»Die Übung besteht darin, die fallende Asche zu bemerken und aufzufangen, bevor sie das weiße Tischtuch erreicht ...«, sagte Maria.

»Verstehen Sie«, fuhr Bryan fort, »es geht darum, die Augen immerzu weit offen zu halten, um zu erkennen, ob ein Rätsel, das sich uns stellt, das eigene Rätsel ist oder das Rätsel des anderen. Wichtig ist nur, nichts durcheinander zu bringen.«

»Sie geben nie eine Sekunde lang Ruhe – stimmts?!« sagte der junge Mann und lachte ...

»Wie meinen Sie das?« fragte Daniela.

»Ich meine es wirklich liebevoll – aber ich denke mir, ob es nicht anstrengend ist, immerzu und zu jedem Thema Stellung zu beziehen und es zu analysieren und auf einen doppelten Boden hin zu untersuchen – ist das nicht manchmal – wie soll ich sagen –, machen Sie nie Pause?!«

»Wie lange machen Sie Pause beim Atmen?!« fragte Verenice und sah ihn ernsthaft an.

»Ich kann keine Pause machen!« Unser Freund lachte.

»Sie wissen, daß der Atem unser heiligstes Gefährt ist – mit jedem Atemzug holen Sie göttliche Energie, und mit jedem Ausatmen stoßen Sie Schadstoffe aus ihrem Körper.«

»Ja, ich weiß – ich sage ja –, ich kann nicht aufhören.«

»Strengt es Sie an zu atmen?«

»Nein.«

»Sehen Sie – so ist es mit dem Wachsamsein. Es geschieht ununterbrochen. Nur für diejenigen, die vielleicht eine Minute vor Silvester in eine erhöhte Aufmerksamkeit geraten, scheint es eine Mühe zu sein. In Wirklichkeit ist Wachsamkeit das Atmen des Geistes. Ein ununterbrochenes Unterscheiden zwischen Ja und Nein. Das ist Wachsamkeit. In Wirklichkeit gibt es zu jeder Frage des Universums nur zwei mögliche Antworten. Ja oder nein. Diejenigen, die aufgrund einer gewissen Faulheit von den Grauzonen im Leben reden und meinen, man könne nicht immer ja oder nein sagen, sehen nur nicht genau genug hin. Selbst das feinste Grau wird bei naher Betrachtung zu einem Spiel zwischen Schwarz und Weiß. Selbst wenn nur mehr jeweils der Gedanke eines Atoms da ist – zeigt es sich als Schwarz oder Weiß – ja oder nein. Alles verlangt ein Ja oder ein Nein. Alles. Alles. Vergessen Sie das nicht«, sagte Regis und legte dem jungen Mann seine Hand auf die Schulter.

»Wenn Sie meinen ...«

»Es ist so«, sagte Daniela, »und mit der Zeit wird diese Übung mühelos. Wissen Sie, wie Sie beginnen könnten, es zu üben?«

»Gerne.«

»Wenn Sie zwei oder drei freie Tage haben ...«

»Habe ich.«

»Gut – dann wachen Sie in der Früh auf. Ihre Augen öffnen sich, und Sie sehen sich um. Und ab jetzt verbringen Sie jede Sekunde, bis Sie abends wieder einschlafen, damit, sich zu fragen, ob Sie das wirklich tun wollen, was sie gerade geglaubt haben, tun zu wollen. Bleiben Sie so lange liegen, bis Sie wirklich aufstehen wollen. Wenn Sie auf der Bettkante sitzen wollen – tun Sie es – fünf Stunden von mir aus. Wenn Sie den Kopf in die Hand stützen wollen – tun Sie es – heben Sie ihn erst wieder, wenn Sie es wollen – kippen Sie zurück ins Bett, wenn Sie wollen. Stehen Sie auf, wenn es soweit ist – wirklich soweit. Auf dem Weg ins Bad – wollen Sie wirklich Fuß vor Fuß setzen, nur um nach fünf Meter Weg naß zu werden?! Ja oder nein?! Sie wollen mitten auf dem Weg stehenbleiben und ihr altes Sommerfoto mit dem Hund anschauen? Tun Sie es. Es verlangt Sie danach, sich auf den Boden zu setzen und den Teppich anzuglotzen – bitte sehr – er wartet darauf. Frühstück?! Ja oder nein? Telefonate?! Ja oder nein?! Fernsehen?! Ja oder nein?! Ein Leberwurstbrot mit Marmelade drauf – Ja? Gut – Mitten im Bissen – Nein?! Dann nicht ... verbringen Sie einen Tag lang ohne jeden Automatismus. Kein automatisches Handeln. Nein! Kein Automatismus! Alles – alles – alles verlangt ein Ja oder Nein. Sie denken an Ihre Freundin. Wollen Sie sie sehen? Ja oder nein! Keine Routine – Sie sehen sie ... Wollen Sie mit ihr reden, schweigen, schlafen, lachen – ja oder nein – ja oder nein – kein Automatismus. Sie wollen mitten im schönsten Bettspiel mit ihr aufhören und nichts tun – okay – kein Automatismus! Wenn Sie das einmal nur einen Tag lang geübt haben, wird Ihr Geist von selbst zu atmen beginnen und nie wieder aufhören können!«

Daniela sah ihn mit heiter blitzenden Augen an. »Sie wissen, daß das nur am Sonntag geht, weil sonst die Revolution da wäre.«

»Theoretisch ist das so ...«

»Ich verstehe Sie – okay, ich werde es üben – was aber ist – wenn ich danach süchtig werde und nicht mehr in mein altes Leben zurück will –, wenn es nein sagt zu meiner Gewohnheit?«

»Dann ändern Sie sie.«

»Ohne Rücksicht auf Verluste.«

»Nein – Sie haben die Pflicht, den Menschen, mit denen Sie eine Beziehung eingegangen sind, Ihren veränderten Zustand mitzuteilen. Vielleicht setzen Sie damit die größte Erlösung in Gang. Vielleicht kommt es zu einem gemeinsamen Aufbruch in ein authentisches Leben. Wenn nicht – wenn man Sie nicht versteht und Ihre Freiheit behindern will –, dann verabschieden Sie sich respektvoll und sanft, und gehen Sie. Seien Sie wie Wasser, das durch ein Sieb läuft. Unaufhaltsam und unaufgeregt. Folgen Sie Ihrer inneren Wahrheit – sonst niemandem. Sie leben nur ein einziges Mal, und auf diese Weise können Sie verhindern, am Totenbett den größten Schrecken aller Schrecken zu erkennen. Die Einsicht, niemals Ihr Leben gelebt zu haben. Und keine Angst vor der Radikalität. Wenn es da drüben niemanden gibt, der Ihr Ja mit Ihnen teilt – keine Angst – Sie müssen deswegen nicht nein sagen, nur um nicht allein zu sein. Weiter links oder rechts oder vielleicht sogar hinter Ihnen steht jemand, der Ihr Ja liebt.«

»Das garantieren Sie mir?!«

»Nein –« Sie sahen sich an und begannen herzlich zu lachen. Wie von unsichtbaren Fäden gezogen, gingen sie aufeinander zu und umarmten einander. Der junge Mann lachte jetzt endlich zum ersten Mal so herzlich, wie es seiner Natur entsprach, und ich sah voller Freude zu Verenice und den anderen. Sie spürten, daß er diesen Moment der Umarmung und seines endlich wieder fliegenden Lachens so sehr brauchte wie einen Brunnen in der Wüste. Er stand mit Daniela in der Mitte des Raumes, und er lachte und lachte, bis ihm die Tränen in den Augen standen. Daniela hielt ihn lachend fest und streichelte dabei sanft seinen Rücken. Nach einer Weile legten sich die Schaumkronen seiner Heiterkeit, und er wich einen halben Schritt zurück.

»Fein«, sagte Regis, »ich fange jetzt wieder an und sage eindeutig ja zu einer *Partagas*!«

»Das dachte ich mir«, sagte Bryan, »ich auch. Welche nimmst du?«

»Ich denke, ich bin so kühn und greife zu einer *Lusitania*«.

»Unverschämt.«

»Ich lebe nur einmal.«

»Gut – ich auch – und trotzdem bleibe ich heute bei einer angenehmen, nicht zu großen *Charlotte*.« Ich registrierte mit großem Amüsement, wie unser Freund zwischen Regis und Bryan hin und her blickte und versuchte, den Sinn ihrer Worte zu entschlüsseln.

»Darf ich fragen«, begann er vorsichtig, und ich unterbrach ihn mitten in seinem Satz.

»Zigarren –«, sagte ich, »sie sprechen von Zigarren.«

»Oh – ich verstehe.« Er trat zu Bryan und Regis, die mehrere Kisten auf der Bar geöffnet hatten. Sie atmeten das Aroma der warmbraunen, weichen Stangen ein. Ich nahm mir eine meiner Lieblingszigarren und schnitt ihr das geschlossene Ende ab.

»Dürfte ich auch so etwas probieren?«

»Aber ich bitte Sie – das ist doch keine Frage –, welche wollen Sie?!«

»Ich weiß nicht – ich habe das noch nie geraucht, diese *Lusitania* sieht fast zu groß aus für einen Anfänger –, soll ich auch eine *Charlotte* probieren?«

»Darf ich Ihnen helfen«, fragte ich und öffnete eine meiner Kisten.

»O ja, bitte.«

»Wenn das heute abend wirklich Ihre erste Zigarre sein sollte, dann empfehle ich Ihnen, nicht sofort mit einer *Partagas* anzufangen, sie gehört zu den etwas schwereren Sorten aus Kuba – man braucht ein wenig Übung, um ihrer gerecht zu werden.«

»Aha.«

»Verstehen Sie mich nicht falsch – ich liebe *Partagas* –, aber mein absoluter Geheimvorschlag ist dies hier.« Ich reichte ihm eine meiner Lieblingszigarren und die *Guillotine.*

»Was ist das?!«

»Es handelt sich um eine *Joya de Nicaragua – Nummer eins*«, sagte ich. »Diese Marke gab es einmal zwanzig Jahre lang nicht mehr – solange der Bürgerkrieg gewütet hat. Danach war sie wieder zu haben. Sei ist weicher und milder als kubanische Zigarren. Ich selbst rauche heute abend eine *Nummer fünf*. Ihnen aber gebe ich gerne die *Nummer eins.*«

Ich half ihm ein wenig bei der richtigen Justierung des Schneidemessers. Regis hielt ihm ein langes, brennendes Streichholz hin, und langsam drehend entflammte sich der Kopf der *Joya de Nicaragua Nummer eins*.

Auch ich entzündete meine Zigarre, und dann sahen wir gespannt zu, um die Reaktion unseres Novizen nicht zu verpassen. Er stand nachdenklich da, ließ den Rauch langsam über die Lippen strömen, blickte konzentriert auf die Zigarre und sagte dann: »Willkommen im Club!«

»He, was treibt ihr denn so lange da drinnen – wir warten auf euch«, hörten wir die Stimme von Maria. Die Frauen waren schon auf die Terrasse gegangen und hatten Windlichter entzündet. Wir gingen hinaus und setzten uns zu ihnen. Die Nacht war mild, und nur ein kaum wahrnehmbarer Wind trug das Rauschen der Brandung zu uns herüber. Die Strohstühle knarrten leise, als wir uns hineinsetzten, und dann öffneten wir zwei Flaschen. Ich füllte mir einen halben Finger »Carlos Primero« in ein bauchiges Glas und Regis und Bryan taten dasselbe mit einem zwölf Jahre alten Johnnie Walker.

»Und Sie«, fragte Bryan und hiet die Flasche über das Glas unseres Gastes.

»Hm - ich schwanke - nein - ich nehme doch auch den Whiskey, bitte.«

»Still going strong.«

»Mehr kann man eigentlich nicht sagen – oder?!« fragte Daniela und lächelte versonnen.

»Woran denkst du?« fragte Verenice.

»Ach, nur an deinen Blick, als du das erste Mal die Bucht gesehen hast.«

»Ja, erzählen Sie bitte weiter – also das letzte war Ihr Plan, von Kairo abzureisen auf diese Insel hier – und dann?!« Er lehnte sich zurück und paffte an seiner *Nummer eins*, als hätte er die letzten zwanzig Jahre nichts anderes getan.

»Es ging damals sehr schnell. Gott hatte Lust auf einen raschen Tanzschritt, und der hatte zur Folge, daß am Morgen nach der siebenten Nacht unsere Koffer in den Bus geladen wurden, der einen Shuttle-Dienst zum Flughafen versah. Gabriel stand neben dem Bus und umarmte Daniela und mich. ›Leben Sie wohl – wir sehen uns sehr bald an dieser Stelle, Madam.‹

›Ja, das tun wir – sicher. Ich danke Ihnen‹, sagte ich.

›Danken Sie den Göttern, Madam – nicht mir. Ich bin nur ein Chauffeur.‹

Als wir dabei waren einzusteigen, sah ich, wie ein junger Mann mit wachem, ernstem Gesicht an Gabriel herantrat, und ich konnte hören, wie er sagte: ›Verzeihen Sie, sind Sie hier als Führer zuständig?‹

›Auch das bin ich manchmal, Monsieur – darf ich fragen, wie ich Ihnen helfen kann?‹

›Ja – ich will in die Pyramide – können Sie mich dorthin begleiten?‹ Gabriel sah ihn lange und prüfend an und sagte dann: ›Das wollen Sie nicht – Monsieur ...‹

›Bitte?‹

›Sie wollen zuerst ein wenig die Stadt besichtigen – jetzt ist die Zeit für die Pyramide falsch – später, wenn es kühler wird, kann ich Sie begleiten.‹

›Gerne – es ist Ihre Heimat‹, sagte der junge Mann, und ich konnte sehen, wie erstaunt er über Gabriels bestimmte Haltung war.

›Fahren wir, Monsieur – ich heiße Gabriel und Sie?‹

›Mein Name ist Stefan Kowalsky – ich komme gerade aus Assuan.‹

›Das sieht man, Monsieur – Sie haben gute Farbe im Gesicht.‹ Sie stiegen ins Taxi und fuhren los. Er winkte uns zu, und dann setzte sich unser Bus in Bewegung. Wir hoben ab, und nach wenigen Stunden Flug landeten wir in meiner neuen Heimat. Und so kam ich zum ersten Mal auf den Hügel.«

Daniela erklärte: »Ich hatte dort oben eine Pension und meine Praxis. Ich habe fünf Zimmer vermietet und eine Aura- und Körpertherapie-Praxis geführt. Verenice war zu dem Zeitpunkt in mein Leben getreten, als ich eine große Lust auf Veränderung verspürte. Ich begann, sie in Massagetechniken und in Kinesiologie und Auratherapie zu unterrichten, und konnte zusehen, wie unendlich schnell sie sich alles aneignete.«

»Darf ich mich bei Ihnen für eine Behandlung anmelden – gleich morgen?!« fragte unser Freund, und Verenice antwortete: »Mit großem Vergnügen.«

»Sie wissen, daß dabei die Chance besteht, daß Ihr Leben danach nicht mehr Ihr gewohntes Leben sein wird«, sagte Daniela.

»Ich muß Ihnen sagen, daß ich mir genau das erhoffe.«

»Sie müssen wissen, im Gegensatz zu vielen anderen weiß Verenice, ›was sie tut‹«, sagte Regis und blies eine kleine Rauchwolke in den Himmel. »Ihre Berührungen vollführen das, was in früheren Zeiten einmal eine der Wirkungen von Kunst gewesen ist. Bevor wir in die Tyrannei der halben Wahrheit verbannt wurden.« Er sah unseren Freund mitfühlend an.

Der junge Mann hatte sich eben noch selbst in einer so mutigen Position gesehen und war nun durch den Einwurf von Regis wieder etwas vom Pfad seiner Absicht abgekommen. »Wie darf ich das verstehen?!« sagte er und vergaß darüber, seine Zigarre zu beachten.

»Passen Sie auf, Ihre Asche fällt gleich herunter«, sagte ich und reichte ihm eine kleine, elfenbeinfarbene Porzellanschale. Ich hatte sie einmal in Paris in einem Café entdeckt und sie war wie von selbst in meine Hosentasche gefallen. Sie war wunderschön und trug die grüne Aufschrift »Cafe de Flore«. Als ich damals auf dem Weg zur Toilette an der Geschirrkammer vorbeikam, sah ich, daß sich dort hunderte von diesen Aschenbechern stapelten. Einer von ihnen wollte mich unbedingt begleiten und wer war ich, ihm diesen Wunsch abzuschlagen? Heute mit meinem gereiften Blick auf die Welt würde ich den Ober fragen, ob ich ihn kaufen dürfte. Ich roch den Kaffee, sah die Pariser Taxis vorbeifahren, und hörte das Rascheln des »Figaro« als ich unserem Freund diesen kleinen Aschenbecher in dem Moment unter seine Zigarre hielt, als seine Asche abfiel.

»Oh – danke«, sagte er und sah mich verblüfft an.

»Alles Übungssache«, ich nickte und hörte zu, was Regis ihm zu sagen hatte.

»Wissen Sie«, fuhr er fort. »Der Mensch ist ein Wesen, das aus vielen Dimensionen besteht. Ohne eine einzige von ihnen bewerten zu wollen, muß man doch erkennen, daß sie in ihrer Gesamtheit und in ihrer Unauflöslichkeit die unterschiedlichen Aspekte des Daseins vertreten. Unser Seelenkörper ist wie ein großer starker Baum. Im Dunkel der Erde verlieren sich die Wurzeln, die uns das Fundament geben, im Mittelbereich einen starken Stamm zu bilden, der die Aufgabe hat, weitragende Äste auszuformen, die Blüten kreieren, die am Ende des jährlichen Zyklus zu süßen Früchten werden. Jeder Teil des Baumes ist untrennbar im Kreislauf des ganzen Wesens verankert und doch in völlig anderen Sphären zu Hause. Keine Blüte entfaltet sich im dunklen Erdreich und jede Wurzel verbrennt im Licht der Sonne. Die Ganzheit von oben und unten läßt den Baum leben. Die Ergänzung von Licht und Dunkel ist die Polarität, die seine Lebensenergie am Fließen hält. So ist es mit der menschlichen Seele. Wir haben tiefe Bereiche, die im Dunkel unseres Wesens die Urimpulse hervorbringen, die uns ins Leben schicken. Wir besitzen einen großen, tragfähigen Bereich, der geformt wird um den Alltag zu bestehen, mit anderen in Gemeinschaft zu existieren und der die lichten Ausweitungen unserer Seele ermöglichen soll. Die seidigen Blätter unserer schönsten Utopien blühen nur auf einem starken Stamm. Nur dann können sie sich in die Frucht einer reifen Erkenntnis verwandeln.

Inspirierte Menschen haben zu allen Zeiten wahrgenommen, daß der Fluß in diesem Baum von unten nach oben gestört werden kann. Abertausende von Irritationen sind möglich und die Blüten verdorren oder die Wurzeln verwesen. Die Kunst des Menschen hat eine einzige Botschaft: Heilung. Heilung der tiefsten Tiefen, die sich nach Anerkennung sehnen, Heilung des Stammes, wenn er in seiner Alltäglichkeit verwundet wird, Heilung der zarten Äste, die den Blütenträumen Nahrung geben. Die Kunst hat es immer vermocht, den Menschen mit ihrer Schwingung an sich selbst zu erinnern. An sich selbst. An das Bild seiner Ganzheit. Das Bild seiner ganzen Wahrheit. Jede Verzerrung dieses Bildes zerstört über kurz oder lang den gesamten Baum. Es kann keine Helligkeit und Poesie in unseren Seelenäußerungen geben, wenn ich die bedrohlichen dunklen, ungenauen, beängstigenden, chaotischen, dröhnenden Töne unserer Tiefe auszublenden versuche. Ich kann nicht sagen: Ich will nur den Pfirsichduft der Maienblüte genießen, das Dunkle und Unbekannte schreckt mich – ich will es nicht sehen. Diese Haltung würde zur Folge haben, daß die Blüten künstlich werden und jeden Duft verlieren. Ohne die dunkle Kraft ihres Ursprungs wird jede Schönheit zur kalten, äußeren Form, die verstaubt. Genauso ist es aber auch umgekehrt. Wenn unser Blick die Daraufsicht auf die Gesamtheit verliert, gebärden sich die wilden Tiere im Keller unseres Unbewußten so, als hätten sie als einzige die Berechtigung zur Existenz. Überdehnen sich und zerstören die Entwicklung zur Feinheit, zur Schönheit, und zum frei fliegenden Geist. Das genau ist aber in den letzten Zeiten geschehen. Aus der Furcht heraus, oberflächlich zu wirken, haben wir uns nur mehr dem Bereich zugewandt, der unter der hellen Zone des Lebens liegt. Um nur ja nicht in den Geruch zu geraten, unsere dunklen Anteile verdrängen zu wollen, haben wir sie in unseren Kunstäußerungen so lange als Alleinherrscher auf den Thron gesetzt bis es zu dem gekommen ist, was ich die Tyrannei der halben Wahrheit nenne. Es ist soweit, daß man sich dafür schämen und entschuldigen muß, wenn man das Wort Schönheit auch nur in den Mund nimmt. Verstehen Sie mich bitte nicht falsch. Ich weiß, daß diese Bewegung entstehen mußte, weil lange Jahre die Verdrängung an der Macht war und eine Schönheit gepredigt hat, die sich in den Lieblingsbildern von Adolf Hitler gespiegelt hat. Nun ist es aber wieder an der Zeit, den Umkehrreflex zu erkennen und wieder das zuzulassen, was ich gerne die ›Geistesweite‹ nenne. Es ist an der Zeit, daß wir uns zurückholen, was uns gehört. Die ganze Wahrheit unseres Lebens der Seele. Die Schwingungen, die sie von unten bis oben erfüllt. Von oben bis unten. Nur dann kann es wieder zu dem magischen Wort kommen: ›Wie oben – so unten‹. Dann ist wieder Ausgleich möglich. Und Ausgleich der hellen und dunklen Energien macht Heilung realisierbar. Im Einzelnen sowie im Körper der Gesellschaft, in der wir leben, und in der Folge die Gemeinschaft aller Lebewesen auf diesem Planeten. So und jetzt werden Sie verstehen, warum ich nach diesen Ausführungen sagen möchte, daß Verenice in meinem

Sinn gesehen eine Künstlerin ist. Warum sie mit ihrer Begabung, sich Ihnen zuzuwenden, so wie Sie sind, eine Heilerin ist. Heilend die Kunst vollführt, Sie dorthin zu begleiten, wo Ihre Möglichkeiten beginnen. Wir alle leben in jeder Stunde, an jedem Tag unendlich weit von unseren Möglichkeiten entfernt. Wir gehen nicht aufrecht, wir atmen zu flach, wir sprechen zu kraftlos, wir essen zuviel, wir trinken zu wenig, wir bewegen uns kaum und um den letzten Orgasmus zu bezeugen, müssen wir im Kalender blättern. Ich sage Ihnen, freuen Sie sich auf den morgigen Tag, wenn Verenice damit beginnen wird, Sie an sich selbst zu erinnern. – Ich habe gesprochen.« Regis lachte und griff nach seinem Glas.

»Auf das Leben!« sagte er und wir hoben unsere Gläser und sagten gemeinsam: »Auf das Leben!«

»Tja – und ich dachte, ich kriege nur eine einfache Massage«, sagte unser Freund und ich liebte seine Fähigkeit, einen Sinn für den Moment zu entwickeln, in dem die Farbe der Selbstironie gefragt war. »Was haben Sie denn dann vor mit mir?!«

»Es wird nur eine einfache Massage«, sagte Verenice, und ihr Lachen ging im Lachen der Freunde unter. »Ich werde Ihnen ganz einfach alle Knoten öffnen, die Ihr Denken und Ihr Geist Ihrem Körper angetan haben. Alle Selbstbestrafungen, alle Zurechtweisungen, alle Sorgen und Ängste, die Sie sich selbst gegenüber verschwiegen haben, werde ich mir erlauben zu berühren. Ich werde sie in Bewegung versetzen und sie auffordern zu gehen. Sie werden staunen, wieviel Lachen und wieviel Weinen in Ihnen steckt. Jedesmal, wenn Sie seufzen, möchte ein eingesperrtes, kleines Tier aus Ihrem System herausflattern, aber Ihre Selbstdisziplin scheucht es zurück. Und wenn ich das in aller Liebe hier im Kreise der Freunde sagen darf – Sie seufzen sehr viel.«

Sie legte ihm die Hand auf seinen Unterarm, und er blickte sich um. »Ich habe es mittlerweile aufgegeben, Ihnen etwas vorspielen zu wollen. Sie haben völlig recht – auch ich beobachte mich dabei, wie meine Brust eng wird und sich nach Freiheit sehnt, und ich glaube, ich bin bereit, die Freiheit zu ertragen!«

»Donnerwetter«, rief Bryan, »Sie wissen, welchen magischen Satz Sie da eben so mir nichts, dir nichts vom Stapel gelassen haben?!«

»Ich denke, ja!«

»Gratuliere – dann sind Sie sehr, sehr weit. Die Angst vor Freiheit ist es nämlich einzig und allein, die unser Gefängnis aufrechterhält. Es ist die Angst vor dem, was kommen könnte, wenn wir zu unseren wahren Möglichkeiten durchbrechen. Dann kann es passieren, daß wir nicht mehr zurück können in die feuchten Mauern unseres Gefängnisses. Dieses Rätsel der Existenz hat es in allen Zeiten gegeben. Wir Heutigen aber haben das doppelte Rätsel erhalten. Wir glauben, frei zu sein. Früher war es einfach. Sie sagen die Erde ist eine Kugel?! Stimmt nicht – sie ist eine Scheibe – Sie werden verbrannt! Sie lieben die Musik der Rolling Stones – Haare schneiden, Hände waschen – Mund mit Kernseife ausspülen!! Noch vor wenigen Jahren waren die Gegner der Freiheit klar erkennbar. Jeder wußte, wo die Trennungslinie zwischen der Autorität und den Rebellen verläuft. Dort waren die Alten, hier tobten die Jungen. Dort war der Osten, hier war Coca Cola ... Mit einem Mal aber hat das Böse seine Strategie geändert. Es hat die Form gewechselt. Es kommt nicht mehr in der Gestalt von kaltem Eis oder drohender Knüppel der Staatsmacht daher. Es verbietet nicht mehr, um Widerstand und Revolution zu provozieren. Es hat die Gestalt von Giftgas angenommen, das man nicht sieht und nicht schmeckt. Es ist unsichtbar geworden und geschmacklos.« »Sie müssen Bryan verstehen«, sagte lachend Daniela. »Er ist ein Samurai und spricht die Sprache eines Kriegers, wie Sie an seinen Wortbildern erkennen.«

»Ja, das habe ich mir schon gedacht«, sagte der junge Mann und wendete sich wieder fasziniert Bryan zu.

»Sein Meisterwerk hat der Teufel in unseren Tagen abgeliefert, in denen niemand mehr an ihn glaubt«, sagte Bryan und nickte unserem Freund zu. »Unser Feind ist ein lernfähiges Wesen – er hat, um uns einzufangen, die Gestalt der Freiheit angenommen, und fürchterlicher war seine Strategie noch niemals.« Bryan sah unseren Freund mit entschlossenem Blick an.

»Um Gottes willen – was tut man dagegen?!« fragte dieser und versuchte, die Schwere des Momentes mit einem Lächeln zu erleichtern.

»Klar bleiben in der Haltung der Unerschütterlichkeit. Festigkeit zeigen im Benennen der Wahrheit. In absoluter Konzentration die Stärke der Liebe bewahren. Sich nicht hinein und hinunterziehen lassen in die Argumentationsebene des Satans, der unseren Geist verwirren will. Sich abwenden, wenn es zu stinken beginnt. Dem Gegner zeigen, daß man seine Masken durchschaut hat und nicht bereit ist, sich blenden zu lassen. Alles in allem die Haltung des Kriegers behalten, der bereit ist, den Tod zu akzeptieren. Nur dann durchströmt uns die Kraft des Sieges ...«

»... und im Notfall Weihwasser verspritzen«, sagte Maria todernst, und als auch Bryan mit all den anderen mitlachte, zog sie seinen Kopf zu sich, um ihm einen Kuß auf die Stirne zu geben.

»Sie müssen verstehen – ich war lange Zeit auf den Meeren unterwegs und habe gekämpft. Das wird man nicht so leicht los«, sagte er und füllte etwas Johnnie Walker in das leere Glas unseres Gastes.

»Auf welchen Meeren haben Sie welchen Kampf gekämpft?!«

»Das erzähle ich Ihnen gerne etwas später, ich glaube, Verenice war noch nicht an ihrem Ziel angelangt – oder?«

»Langen wir jemals an unserem Ziel an?!« fragte Verenice kokett.

»Keine esoterischen Ausreden«, rief Regis. »Der Weg ist der Weg, und das Ziel ist das Ziel – basta –, ich verweigere diesen Humbug, der in Begriffsverwirrung gipfelt. Wenn ich gehe, um zu gehen, ist es eine Sache. Wenn ich gehe, um an ein Ziel zu gelangen, ist es eine andere. Alles andere ist eine Selbstentschuldigung von Seiten derer, denen die Trauben zu hoch hängen. Die Konzentration der inneren Kräfte ist grundverschieden - ob ich mich nun in Beschaulichkeit auf einen Weg mache, den ich im Grunde gar nicht gehen müßte. Denn wenn nicht das Ziel das Ziel ist, sondern der Weg, wäre auch ein Im-Kreis-Gehen erlaubt, oder ein Auf-der-Stelle-Treten oder ein Stillstand. Wenn das Gehen also nur dem Kreislauf dient, ist auch jonglieren möglich oder Federball spielen. Gibt es aber ein Ziel zu erreichen, strafft sich der Körper vom Rundumblick zum Pfeilblick. Das zu verwechseln ist tödlich. Ich vermute, daß der Satz »Der Weg ist das Ziel« von Faulenzern kreiert wurde, um sich vor sich selbst in ihrer Erfolglosigkeit zu entschuldigen. Basta!«

»Ist Ihnen denn nichts heilig?« fragte unser junger Freund.

»Ja und nein!!« Regis klopfte ihm wohlwollend auf die Schulter, »wie heißt es im Zen-Buddhismus so schön: »Triffst du Buddha auf der Straße – schlag ihn tot!«

»Okay!« Unser Gast lachte, und ich sah, daß er sich nicht sicher war, ob Regis es ernst meinte oder nicht.

»Lassen Sie sich nicht zurücksinken in den kleinsten Lehnstuhl irgendeines Glaubens«, sagte Regis. »Niemals – auch die Sätze, die Sie hören, um Abstand zu gewinnen von den alten Irrlehren –, mißtrauen Sie ihnen im Moment ihres letzten Wortes. Werfen Sie den Ansatz von Sicherheit in Ihrem Denken weg, das Ihnen jeden Tag sagen will: ›Wir haben die Lösung des Lebens. Sei unbesorgt, sie sieht anders aus als die Lösungen der letzten tausend Jahre, du kannst auf uns bauen.‹ Wenn Sie diesen Satz hören, stehen Sie auf, nehmen Sie einen Stock und zertrümmern Sie die Kaffeetasse Ihrer Gewohnheit, auf der es geschrieben steht. Es kann nur eine andere Form des Irrtums sein.«

»Aber woran soll ich mich dann orientieren – Sie selbst erschaffen ja in Ihren Gesprächen eine neue Ansicht der Welt. Von Gut und Böse. Sie selbst geben sich ja Sätze vor, zu denen Sie nicken?!!«

»Kühn gesprochen – junger Ritter und mehr –, aber Sie werden sie nicht auf unseren Kaffeetassen lesen. Dazu ist die Fläche einer Tasse zu groß und zu klein im selben Augenblick. Das Leben verweigert jede Doktrin. Daher kann ich Ihnen nur sagen, was Sie heute abend schon mehrmals gehört haben. Vertrauen Sie einzig und allein auf die Wahrnehmung Ihres Körpers und in der Folge Ihres Geistes. Erwachen Sie jeden Tag mit der Sicherheit, daß das Leben unsicher ist. Seien Sie wachsam und lassen Sie sich morgen von Verenice dabei helfen – ich habe gesprochen!«

»Und wenn ich jetzt einen Stock nehme und auch diesen Ausspruch zertrümmere?!« Unser Freund sah Regis mit blitzenden Augen an.

»Endlich – endlich – endlich – endlich!« Regis stand auf, ging zum Stuhl unseres Gastes und umarmte ihn. »Da ist der herrliche, energiegeladene, antiautoritäre, lebendige Mensch endlich durch die Milchhaut gesprungen. Auf diesen Moment warte ich seit zwei Stunden. Ich mag Sie, ich mag Sie wirklich sehr, und ich danke Ihnen für Ihren aufrechten Geist. Was immer Sie bis heute in Ihrem Leben daran gehindert hat, ganz Sie selbst zu sein – werfen Sie es weg. Nein – selbst das wäre noch zuviel Hinwendung. Lassen Sie es einfach fallen. Investieren Sie keine Kraft mehr in die Hand, die Ihre alte, überflüssige Zurückhaltung umklammert. Lösen Sie nur die Finger, und lauschen Sie dem dumpfen Ton, mit dem Ihre Fesseln zu Boden sinken. Bravo!«

Er setzte sich wieder, und unser Freund sagte zu ihm: »Übrigens – ich mag Sie auch sehr!« Sie hoben ihre Gläser und tranken einander zu.

»Also«, begann Verenice weiterzusprechen. »Meine Ausbildung bei Daniela dauerte drei Jahre, und dann ging sie auf die große Reise.«

Daniela nickte. »Ich hatte auf meinen kleinen Ausflügen soviel Elend gesehen, ich wollte meinen Beitrag leisten, es zu mildern. Ich übergab Verenice diesen Ort und begann, in Afrika ein Projekt aufzubauen, das helfen sollte, den dortigen Männern eine andere Sicht auf die Welt der Frauen zu eröffnen. Ich war nicht bereit hinzunehmen, daß ein Glaube dafür verantwortlich war, daß Männer ihren Frauen im Kindesalter ihr Frausein wegschnitten. Ich übte mich darin, meine Wut, meine Enttäuschung und mein Entsetzen in Verständnis zu verwandeln. Jeder Mensch, der das Leben zerstören will, möchte nur seine Angst vor dem nicht zu zähmenden Leben ausleben. Es hat keinen Sinn, ihn zu bestrafen. Man muß versuchen, ihm Lust und Hoffnung zu machen. Man muß daran arbeiten, ihm die Furcht zu nehmen. Es gibt Milliarden von Ansatzpunkten – für mich war es Afrika.«

»Wie haben Sie das gemacht?!«

»Ich habe begonnen dort zu leben. Ich habe begonnen, Kunsthandwerk zu verkaufen. Ich habe damit begonnen, die hermetische, abgeriegelte Situation der

Frauen dort aufzuweichen. Ich habe oft gehört, daß das ein sinnloses Unterfangen sei, aber ich war wie der Samen eines Löwenzahnes. Ich kann es nicht beschwören, aber ich hoffe und glaube, daß meine stetige Bemühung einen Schneeball bilden kann, der zur Lawine wird. Als ich das letzte Mal in eines meiner Dörfer gekommen bin, habe ich fünf Wasserpumpen auf meinem Lastwagen gehabt. Ich konnte sie von dem Geld kaufen, das ich durch die Verkäufe von Stoffmustern gewonnen hatte. Diese Stoffmuster sind ein jahrhundertealtes Erbe der afrikanischen Frauen. Ich konnte den Männern zeigen, welcher Segen in der Arbeit ihrer Frauen liegt. Als die Wasserpumpen angesprungen sind, haben wir ein Fest gefeiert, und zum ersten Mal saßen die Frauen an derselben Tafel wie die Männer. Sie erlebten, daß sie ihre Frauen nicht verlieren, wenn sie ihre Fesseln lösen. Ich konnte auch mit den alten Frauen und Müttern sprechen, die langsam die Angst verlieren, ihre Töchter fänden keinen Mann, wenn sie nicht beschnitten sind. Und es gab erstaunliche Gespräche mit jungen Männern, die beginnen, es nicht mehr zu ertragen, ihre Frauen vor Schmerzen schreien zu hören, wenn man ihnen vor der Hochzeitsnacht die zugewachsene Scheide aufschneidet. Ich weiß, Sie sehen mich jetzt so entsetzt an wie ein Fabeltier aus dem Weltraum. Aber all dies passiert – heute – jetzt und hier auf diesem Planeten. Glauben Sie mir, es braucht sehr viel Kraft und Liebe und Disziplin, über all dem Irrsinn nicht den Verstand zu verlieren. Ich für meinen Teil beschreibe den Weg, mit Liebe etwas Aufklärung zu versuchen. Verenice hat eine Aufgabe. Regis und Maria wieder eine andere. Wichtig ist nur, sich dem Ruf nicht zu entziehen, wenn man ihn tatsächlich gehört hat. Mich hat dieser Ruf ereilt. Dieser. Ich folge ihm – so einfach ist das ...«

Unser Freund saß verstummt da.

»Tja, und ich habe begonnen, auf dieser Insel Menschen zu erleichtern, die mit ihrer Last den Weg hierher gefunden haben«, sagte Verenice und lächelte mir zu. »An manchen Tagen ging ich hier herunter in diese Bar, die zum Hotel gehört, und dachte immer wieder: Etwas fehlt. Ich sah mich um und hinaus aufs Meer. Irgend etwas rief mich, ohne mich jedoch unruhig zu machen oder gar zu irritieren. Ich hatte gelernt, alleine zu leben. An dem Tag, an dem ich restlos davon frei geworden war, meine Hoffnungen an ein Leben mit einem Mann zu knüpfen – an dem Tag saß Manuel unten in der Bar. Der Rest ist Geschichte!«

Verenice lächelte mir zu. Ich saß da und sah sie an. Ihre Augen leuchteten. Es war das größte Geschenk, das ich in meinem Leben erhalten hatte, ihr begegnet zu sein. Unsere Seelen hatten erkannt, daß ein Akkord möglich war, und hatten in derselben Tonart zu schwingen begonnen. So lange war dieser Auftakt zu unserer Melodie schon verklungen – so viele Täler und Berge der Gemeinsamkeit überquert – die Musik war immer noch da ... immer noch da und lebendiger mit jedem Tag. Ich griff nach ihrer Hand, die wie absichtslos in der Nähe meiner Hand auf dem Tisch lag, und drückte sie lange und fest.

Unser junger Freund hatte voller Respekt mit den anderen geschwiegen und sagte dann vorsichtig: »Verzeihen Sie, wenn ich weiter frage – aber welche Geschichte ist der Rest?«

Ich erwachte aus meiner Hingabe und sah ihn erstaunt an.

Verenice lachte und strich sich über die Wangen. »Ich glaube, er meint das Eheleben und einen halbwüchsigen Sohn, den wir haben, und ein Heilungscenter, das wir errichtet haben, und das Lokal hier.« Sie lachte ihn an und legte ihm die Hand auf die Schulter.

»Ja – so in etwa hätte ich es gerne abgehandelt gewußt. ...«

Regis lachte hell auf und schlug unserem Freund aufs Knie. »Verdammt, Sie gefallen mir! Wir Franzosen staunen immer über unsere Freunde von den Inseln, wie sie das beherrschen, und dabei können Sie das genauso.

»Ich danke Ihnen«, sagte unser Freund und unterstrich für Regis die Ironie in seiner Stimme.

»Darf ich Ihnen einen Vorschlag machen?« fragte Bryan und schaute den jungen Mann fragend an.

»Ja, gerne.«

»Lassen Sie sich nicht mehr beleidigen.«

Der junge Mann lachte und sah Bryan staunend an. »So einfach ist das Ihrer Meinung nach?!«

»Ja, so einfach«, sagte Bryan und hielt seinen Blick fest auf unseren Gast gerichtet. »Und wenn es Sie interessiert, wie man zu dieser Haltung kommt, werde ich es Ihnen gerne sagen. – Aber zuerst sollten wir Verenice noch ein wenig lauschen.«

»O mein Gott – unser Krieger«, lachte Verenice, »ich liebe dich, Bryan, möge der große Geist dir deine Unbeugsamkeit erhalten!«

»So soll es geschehen.« lachte Bryan und hob seine rechte Hand.

»Also gut«, fuhr Verenice fort. »Nach unserem ersten Blick war uns klar, daß wir für lange Zeit nebeneinander und miteinander durch dieses Leben gehen sollten. Also bauten wir als erstes eine Pyramide.«

»Ein Liebespaar baut als erstes eine Pyramide?!« Unser junger Freund sah Verenice fragend an, um herauszufinden, ob sie einen Scherz machte.

»Was sonst«, antwortete sie.

»Sie haben vom ersten Tag an gewußt, was Sie versuchen wollten?«

»Wir haben versucht, ein Leben voll Respekt und Frieden zu üben. Liebe ist ein Mysterium, das sich dadurch auszeichnet, daß sie manchmal wieder verschwindet.«

»Bitte, das sagen Sie, die Frau, bei der ich eine nicht endende Liebe spüre?!« Der junge Freund war wirklich aufgebracht und saß kerzengerade auf seinem Stuhl.

»Ja, das sage ich – weil diese Empfindung sich nicht festhalten läßt. Die Liebe kann dann kommen und gehen. Die Würde der Gemeinsamkeit aber bleibt bestehen. Verfallen Sie nicht in die Sehnsucht nach falscher Romantik. Sonst erleben Sie noch sehr viele würdelose Momente, so wie in jüngster Vergangenheit.«

»Sie haben recht, befürchte ich.«

»Mit Manuels Hilfe haben wir zu dritt eine wunderschöne, neun Meter hohe Pyramide gebaut. Daniela hat den Platz gleich neben dem kleinen Hotel oben am Hügel bestimmt. Wir haben das Fundament genau ausgerichtet, und nach ein paar Wochen war sie fertig. Jetzt beginnen wir jeden Tag mit einer Meditation, genau im Zentrum der Pyramide, und dann geht jeder von uns seiner Tätigkeit nach. Und wenn sie wollen, können sie schon übermorgen mitmachen. Morgen ist mit Sicherheit zu früh. Da wird ihr Körper nichts anderes wollen als schlafen.«

»Und übermorgen beginnen wir dann mit einer Meditation?!«

»Wenn Sie wollen – ja.«

»Wie muß ich mir das vorstellen?«

»Oh, es ist sehr einfach: Sie müssen keine Angst haben. Man sitzt nicht fünf Stunden lang mit verspannten überkreuzten Beinen am Boden und hofft, daß endlich die Erleuchtung kommt und den Schmerz im Rücken wegnimmt. Wenn es Ihnen nicht angenehm ist, am Boden zu sitzen, können sie auch ganz normal auf einem Stuhl sitzen. So wie jetzt. Das einzige, worauf sie achten müssen, ist, daß Ihre Wirbelsäule aufrecht ist«.

»Und dann?«

»Dann schließen Sie die Augen und konzentrieren sich auf den Muskel, der im Becken unter Ihrem Darm angelegt ist. Den spannen Sie so stark Sie können an und atmen dabei tief in den Bauch. Zwei bis drei Sekunden lang. Dann entspannen Sie den Muskel und atmen kräftig aus. Wieder zwei bis drei Sekunden lang. Das machen Sie ungefähr zehn Minuten lang und dann öffnen

Sie wieder die Augen und atmen eine Weile ganz normal und dann gehen Sie in den Tag.«

»Und was geschieht dann mit mir?«

»Ihre Möglichkeiten werden sich erweitern. Sie werden wachsamer sein, Ihre Reaktionen werden schneller, Ihre Sinne werden sich verfeinern, Sie werden die Welt klarer und bewußter wahrnehmen.«

»Nur weil ich diesen Muskel zehn Minuten lang angespannt habe?!«

»Ja – nur deswegen. Als erster Schritt natürlich.«

»Er hat schon wieder diese Ironie in der Stimme«, rief Regis und hob den Zeigefinger. »Ich höre es sehr gut«, sagte Verenice, »und ich verstehe auch Ihr ungläubiges Staunen. Schließlich hat man uns ja immer und ewig eingeredet, daß jede Art von Geistesarbeit mit unendlichen Mühen, Askese und Schmerzen verbunden ist. Und daß es mindestens 80 Jahre dauert, bis auch nur der kleinste Schimmer einer sogenannten Erleuchtung am Horizont sichtbar wird. Offensichtlich hat es ein starkes Interesse daran gegeben, den Menschen in Sklaverei zu halten. Es sollte wohl verschwiegen werden, daß wir einen ganz einfachen Schlüssel bei uns tragen, der uns das Tor aufsperren kann, das in ein schöneres Leben führt. Es muß einem nämlich gesagt werden, daß es so einfach geht. Das ist schon richtig. Aber danach ist keine Autorität mehr nötig. Keine Kirche, kein Orden, keine Organisation. Nur uns selbst und unseren Körper brauchen wir, um ein spiritueller Mensch zu werden. Genaugenommen müßten wir nicht einmal von außen durch jemand anderen darauf aufmerksam gemacht werden. Wir müßten nur aufmerksam sein, während wir leben. Dann zeigt uns das Leben von selbst die Geschenke, die wir in uns tragen. Das Leben ist nämlich nicht geizig. Im Gegenteil – es freut sich, wenn es uns so viel wie möglich schenken kann, weil es dadurch selbst am Leben bleibt.«

»Aber wieso funktioniert dieses Spiel mit dem Muskel so?«, fragte unser Freund und ich konnte sehen, daß er sich mit der Vision anfreundete, einen Schatz zu entdecken.

»Als Mensch der westlichen Zivilisation haben Sie es doch sicher gern, wenn Sie für eine Tatsache den wissenschaftlichen Beweis bekommen – nicht?!«

»Ja«.

»Also gut: Man hat vor kurzer Zeit – am Ende des zweiten Jahrtausends – festgestellt, daß die Gehirnaktivität um ein Vielfaches ansteigt, wenn man diesen kleinen Muskel betätigt. Wie Sie ja wissen, nutzen wir von unserem wunderbaren Organ, das in unserem Schädel sitzt, nur zehn Prozent.«

»Leider.«

»Genau – leider. Und die zehn Prozent, die wir nutzen, kommen ihrer Tätigkeit auf der Basis elektrischer Impulse nach. Folgen Sie mir?!«

»Ich folge.«

»Und diese Aktivität des Gehirns wächst um das Zehn- bis Zwanzigfache, wenn wir mit diesem Muskel im Beckenboden arbeitend meditieren. Wenn sie mir schon nicht sofort glauben, dann denken Sie einmal daran, wie Sie sich nach Ihrem letzten Sex gefühlt haben.«

»Ich ... ich habe mich ziemlich gut gefühlt.«

»Das freut mich – Sie haben beim Sex immer wieder rhythmisch den Beckenbodenmuskel angespannnt ..., nicht? Erinnern Sie sich doch einmal kurz genau an die Bewegung ...«

Unser Freund verlagerte kurz seine Aufmerksamkeit in seinen Körper und sein Gesicht nahm dabei einen sehr ahnenden, verklärten Ausdruck an. Unser vielstimmiges Lachen holte ihn wieder in die Realität des Augenblicks zurück.

»Sie haben Recht«, sagte er, »dieser Muskel ist stark beteiligt an meinem Sex.«

»Nicht nur an Ihrem«, lachte Verenice, »und das Ergebnis ist, daß sich bei sexueller Betätigung die Gehirnkapazität verdoppelt. Verstehen Sie?«

»Also macht Sex klug?«

»Ironie!!«, rief Regis und hob den Zeigefinger.

»Nein – ehrliche Frage!«

»Ja – Sex macht klug und gesund«, sagte Verenice, »und er lehrt uns, wie wir mit unseren Möglichkeiten auch alleine umgehen können. Die nächste Stufe ist nämlich eine immer länger werdende Meditation, bei der Sie Ihren Muskel nach den ersten Zeiten der Übung bis zu einer halben Stunde angespannt lassen. Die seelischen Erlebnisse, die Ihnen im Lauf der Entwicklung zuteil werden, müssen Sie allerdings selbst erfahren. Ich kann Ihnen jetzt nur einmal andeuten, welches Wunder Sie mit sich herumtragen. Das Wunder Ihrer Unabhängigkeit, Ihrer Freiheit und Ihrer Erleuchtung.

Ohne jede Abhängigkeit und ohne Hierarchie haben Sie es in Ihrer Hand, wie weit Sie mit sich selbst gehen wollen.«

Er sah sich langsam im Kreis der Freunde um. »Und das machen Sie alle jeden Morgen?«

»Ja«, sagte Maria, »jeden Morgen.«

»Fast – jeden Morgen«, ergänzte Regis.

»Ich staune«, sagte unser junger Freund.

»Warum?« fragte ich ihn.

»Ich staune, weil ich mir Ihr Leben hier langsam vorzustellen beginne. Sie haben einander gefunden wie Adam und Eva – Sie hatten in Daniela auch noch eine helfende Freundin. Sie haben Zeit und Muße, sich mit den innersten Wahrheiten des Menschen zu beschäftigen, Sie sind begleitet von wohlmeinenden Freunden ... ich staune ... – ja ich staune – wo ist der Haken? Wo ist die Realität der Welt, wie sie tatsächlich ist?! Nur ein paar hundert Kilometer von hier entfernt zerfetzen sich Menschen in den erbarmungslosesten Kriegen. Ich staune, wie Sie all dieses Leid nicht berührt. Ich staune, daß Sie sich in diesem Idyll einrichten konnten und mit welcher Heiterkeit Sie leben können. Ich erlebe Sie als sehr bewußte Menschen und frage mich staunend, wie Sie mit dieser Doppelbödigkeit der Realität umgehen. Verzeihen Sie, wenn ich dies anspreche, aber ich staune, weil es mir so selten gelingt, all das Grauen auszublenden.«

»Ich danke Ihnen für Ihre Offenheit«, sagte Verenice, »und ich bin froh, daß es bei Ihnen wirklich nur ein hilfloses Staunen ist, das aus Ihnen spricht.«

»Sie haben eine einzige große Frage hierher mitgebracht«, fügte Regis lächelnd hinzu, »und dieser Abend hat vielleicht die Ahnung einer Antwort für Sie. Wenn Sie nicht gefragt hätten, wären Sie nur in einer kleinen Bar gelandet, wo es wirklich gute Fischsuppe gibt – nicht mehr.«

Er sah uns der Reihe nach an und nickte still vor sich hin. »Ich beginne zu verstehen«, sagte er dann und blieb mit seinem Blick bei Bryan hängen.

»Ja, ich denke darüber nach, was Sie über heute abend gesagt haben.«

»Ich komme aus einer anderen Geschichte als Daniela oder Verenice oder Regis. Ich verstehe Ihr Staunen sehr gut, denn bei aller Liebe müssen wir auch Verenice und Manuel recht geben, daß unsere Harmonie hier nur möglich ist, weil niemand sie stören möchte. Ich schätze und liebe dieses Paradies hier und die Gebete für die Welt, die die Seele dieses Planeten stärken. Ich aber bin ein Krieger, und ich gehe immer wieder hinaus in die Welt. Meine friedliebenden Freunde achten und schätzen mich, auch wenn meine Haltung eine etwas andere ist als die ihre.«

Bryan fixierte unseren jungen Gast mit seinen leuchtenden Augen. Lange hielt dieser den Blick aus und fragte dann: »Sie wollen mir sicher sagen, wie Sie das meinen?«

»Ja, das will ich. Wenn ich sage, daß Sie authentisch leben sollen, dann meine ich damit, daß Sie beginnen müssen, in die tiefste Wahrheit Ihrer Emotionen hinunterzusteigen. Wagen Sie den Blick in diese Bereiche, in denen Ihre Wahrheit angelegt ist. Schauen Sie gründlich nach, ob Sie ein Krieger sind oder ein Spieler, ein Künstler oder Schamane. Ob Sie Frauen begehren oder Männer – oder vielleicht keines von beidem. All diese Möglichkeiten sind gleich viel wert. Nur müssen Sie herausfinden, was Ihre eigentliche Bestimmung ist, und diese leben. Sonst begehen Sie die Sünde des Selbstbetruges.«

»Die Sünde des Selbstbetruges?!«

»So wie ich es sage, meine ich es, was ich sage. Jammern Sie nicht, wenn Sie hier mit uns diesen friedvollen Augenblick erleben!«

Unser Freund war von der Art, mit der Bryan sich an ihn wandte, überrumpelt. Hilfesuchend wandte er sich zu mir und sagte: »Ich habe doch nicht gejammert – oder?!«

Ich lächelte ihn an und hörte zu, als Bryan weiter mit ihm sprach. »Darf ich Sie bitten, das Gespräch mit mir weiterzuführen, oder brauchen Sie immer einen Beistand, wenn Sie mit einer deutlichen Meinung konfrontiert sind?«

»Brauche ich nicht«, entgegnete der junge Mann, »ich habe nur keine Lust, an einem so harmonischen Abend zu streiten.«

»So gefallen Sie mir!« rief Regis. »Entschuldige, Bryan ...« Regis legte Bryan kurz seine Hand auf den Arm.

»Also gut – Sie haben keine Lust, diesen harmonischen Abend in einen Streit münden zu lassen?!«

»Habe ich nicht!«

»Dann stören Sie nicht unseren Bereich hier, wo Ihnen Verenice und die anderen das warme Bett der Friedlichkeit bereiten.«

»Wann habe ich das getan?!«

»Indem Sie auf die Erzählung von Verenice, in der Sie Ihnen ihr Glück geschildert hat, mit der Aufzählung satanischer Realitäten reagiert haben. Man könnte sogar behaupten, Sie würden ihr damit Torheit unterstellen.«

»Das war nie im Leben meine Absicht!«

»Ich will es Ihnen glauben – aber dann waren Sie zumindest unaufmerksam. Glauben Sie, Verenice und Manuel und Daniela und Maria und Regis sind so dumm und unwissend, nicht zu verstehen, was sich in der Welt abspielt?«

»Nein, das glaube ich nicht.«

»Warum bringen Sie dann also diese Farbe in unseren Abend: Warum sitzen Sie hier und jammern über die hungernden Kinder im Tschad?! Warum stehen Sie nicht auf und gehen hin und besorgen ihnen Essen. Warum kokettieren Sie mit einem Pseudobewußtsein über die Realität der Welt, während Sie hier beste Zigarren genießen. Warum – kurz gesagt –, warum jammern Sie?!«

»Ich wollte nur wissen, wie man mit dem Wissen um das Elend in der Welt eine Zigarre rauchen kann.«

»Ich sage Ihnen, wie Sie Ihre Zigarre rauchen können«, fuhr Bryan fort, »mit vollem Bewußtsein. Wenn Sie hier sitzen und eine *Partagas* genießen – tun Sie es ganz. Wenn Sie eine Fischsuppe kochen – tun Sie es. Wenn Sie eine Pyramide errichten. Tun Sie es. Wenn Sie sich in ein Gebet versenken. Tun Sie es. Wenn Sie bei diesen Gelegenheiten der Gedanke an das Elend der Welt übermannt, folgen Sie dem Gedanken, denken Sie ihn zu Ende, legen die Partagos weg, und gehen Sie helfen.

Aber wenn Sie dann dabei sind zu kämpfen, dann jammern Sie nicht einem Glas Rotwein hinterher. Das gibt es dort nämlich nicht. Was Sie nur begreifen müssen, ist, wie entscheidend es für Ihr Leben sein wird, die Koketterie abzulegen. ›Wie schrecklich diese Landminen doch sind, die kleinen Mädchen im Kosovo die Beine zerfetzen‹, jammern Sie, während Sie einen 95er Raimat Abadia schlürfen und sich betroffen zeigen. Ich sage Ihnen: Stehen Sie auf, und graben Sie die Scheißminen aus, oder halten Sie den Mund. Was Sie nämlich treiben, ist Verrat an Ihrem Leben. Weder helfen Sie sich noch anderen, noch beziehen Sie eine Position, die einen Sinn hat. Sie jammern und sind faul und feige.

Und jetzt frage ich mich, wann Sie endlich aufstehen und mir einen Kinnhaken geben für all die Beleidigungen, die Sie von mir hören?!« Bryan grinste unseren Freund an.

Der nickte ernst und sagte nach einer langen Pause: »Ich glaube, das einzige, was einen daran hindert, so konsequent zu sein, wie Sie es fordern, ist die Ahnung, daß sich das ganze Leben so total auf den Kopf stellen kann, daß man sein eigenes Spiegelbild nicht mehr erkennt. Ich gebe zu, davor habe ich ein wenig Angst.«

Wir schwiegen und ließen seine Worte im Raum stehen. Der junge Mann hatte den Mut gefunden, Schwäche zu zeigen.

»Schön, daß Sie den Mut haben, so offen zu sein. Sie wissen, daß auch ich Sie nicht mutwillig verletzen wollte«, sagte Bryan.

»Ja, das weiß ich – darum habe ich auch zugegeben, wie es wirklich aussieht in mir.«

»Sie sind sehr tapfer«, sagte Bryan, »und egal, ob Sie den Weg des Kriegers gehen werden oder den Weg desjenigen, der im verborgenen lebt. Sie müssen wissen, daß die Angst am Beginn jedes neuen Weges steht. Wir nehmen sie nicht mit auf den Weg, wenn wir einmal zu gehen begonnen haben – das wäre kokett und töricht. Aber am Anfang jeder Expedition steht die gute Freundin Angst. Sie prüft uns, ob wir wirklich gehen wollen. Sie zwingt uns, wohlvorbereitet den Neubeginn zu schaffen. Wenn sie stärker ist als unsere Vorstellung von einem Abenteuer, und wenn sie uns zurück in den Lehnstuhl treibt, dann ist das auch gut. Sie bewahrt uns vor einem Leben, dem wir nicht angehören sollen. Die Angst ist eine gute Freundin. Aber auch hier gilt: losgehen oder sitzen bleiben. Alles andere ist vergeudetes Leben.«

»Wenn ich Sie richtig verstanden habe, dann sind Sie ein Krieger«, sagte der junge Mann.

»Ja – wenn ich nicht hier bei meinen Liebsten bin, kämpfe ich.«

»Wie, wo ...«

»Ich habe vor vielen Jahren damit begonnen, auf Kampfschiffen zu verhindern, daß Wale abgeschlachtet werden.«

»Wie sah das aus?«

»Nun – einige Freunde von mir und ich haben lange Zeit zugesehen, wie die Zusagen, die die Regierungen gegeben haben, nicht eingehalten werden. An einem schönen Tag im April hat es uns gereicht. Wir haben ein Schiff gekauft und sind in die Fanggebiete gefahren, in denen Walmüttern die Jungen aus dem Leib gefetzt wurden. Wir haben die Schiffe gerammt. Wir haben ihre Schiffsschrauben attackiert. Wir haben sie bekämpft. Gleichzeitig haben wir dafür gesorgt, daß Fernsehteams unsere Aktionen gefilmt haben. Auf diese Weise haben wir für einigen Wirbel gesorgt.«

»Ich erinnere mich – ich habe auch diese Berichte gesehen. Und waren Sie siegreich?«

Bryan lächelte. »Wenn Sie mit Sieg meinen, ob wir das Morden beenden konnten, muß ich sagen: Nein – wir hatten keinen Erfolg. Wenn Sie mich fragen, ob wir es einschränken konnten, dann kann ich sagen: ja. Verstehen Sie – für den Krieger ist es nicht das wichtigste, ob er siegt oder unterliegt. Wichtig ist, daß er den Kampf aufnimmt.«

»Haben Sie das lange gemacht?«

»Sie meinen, auf den Schiffen?«

»Ja.«

»Es waren drei Jahre meines Lebens.«

Bryan hatte mit seiner deutlichen Art die Farbe schimmernden Stahls ins Gespräch gebracht, und nun verwandelte sich die Ausstrahlung unserer Aura wieder mehr in die Strahlung von Bernstein. Ich griff nach Verenices Hand. Ich blickte zum Horizont. War da etwa schon die Ahnung einer Morgenröte? Ich atmete tief die warme weiche Meeresluft ein, und dann sagte unser junger Freund: »Also gut – ich werde ab sofort danach suchen, welche Richtung das Schiff meines Lebens nehmen will – aber verzeihen Sie mir, wenn ich nicht sofort mit Ihnen in See steche. Noch brauche ich Zeit für mich, und ich glaube, ich habe den einzig möglichen Platz auf diesem Planeten dafür gefunden.«

»Das haben Sie sehr schön gesagt«, meinte Maria, und auch Daniela nickte ihm lächelnd zu.

»Ich bin ja neugierig, welchen Platz Sie sich aussuchen werden«, sagte Regis.

»Wie meinen Sie – welchen Platz?«

»Im Gebäude der Menschheitsseele meine ich.«

»Sie glauben, ich hätte einen Platz in der Menschheitsseele?!«

»Das meine ich!«

Maria beugte sich vor und erklärte dem jungen Mann die Sätze von Regis: »Sie müssen wissen, Regis arbeitet zur Zeit an einem Buch über die Entwicklung der Weltseele oder Menschheitsseele. Und seit er daran arbeitet, nimmt er alles unter diesem Aspekt wahr.«

Regis fuhr fort zu sprechen. »Maria hat es wie immer geschafft, den Inhalt eines fünfstündigen Gespräches auf einen Zweizeiler zu verdichten – aber sehen Sie: Das ist eben ihre Aufgabe im Netz der Menschen.«

»Haben Sie Lust, mir dieses Bild etwas deutlicher auszumalen?« fragte der junge Mann, und Regis sagte: »Wenn Sie mögen – gerne. Ich bin der Meinung, daß es für alles auf diesem Planten eine Vorlage gibt. Nennen Sie es eine Blaupause, einen Bauplan, wie auch immer. Jeder Baum, jede Blume sind in ihrer Vollkommenheit schon in der unsichtbaren Welt geplant, bevor sie für unsere Augen sichtbar werden.«

»Ja – und ...«

»Alle Erscheinungen, die wir beobachten, sind am Höhepunkt ihrer Möglichkeit. – Ist Ihnen das klar?«

»Wie meinen Sie das?«

»Betrachten Sie eine Rose – sie ist perfekt. Es gibt nichts, was sie verbessern könnte. Die Rose hat alles. Sie ist perfekt. Sie trägt kein Potential für eine weitere Entwicklung in sich. Man hat in Millionen Jahre altem Bernstein Ameisen gefunden, die genauso aussehen wie die Ameise, die jetzt eben über ihren linken Schuh läuft. Die Ameise ist an einen Punkt gelangt, an dem es keine Verbesserungsmöglichkeit mehr gibt. Wir Menschen sind umgeben von absoluter Perfektion – Sie ahnen worauf ich hinaus möchte?«.

»Wir sind verbesserbar.«

»Sie haben mich verstanden. Wir leben in Wahrheit nur zehn Prozent von den Möglichkeiten, die uns zustehen. Wir sind Rosen, die nicht duften. Aber wir haben das Fläschchen mit unserem potentiellen Duft in unserem Gepäck. Die Frage ist jetzt nur: Wann und wie werden wir es öffnen?!«

»Die nächste Frage sollte sein – wonach wird es riechen?!« Regis beugte sich vor und schlug unserem Gast auf den Schenkel. »Das frage ich mich auch. Und dieser Frage habe ich mein Leben gewidmet. Ich kann Ihnen nur sagen, was ich vermute.«

»Ich höre.«

»Ich vermute, daß wir die Zwischenstufe zum wirklichen Menschen darstellen. Die Wissenschaft sucht seit Jahrzehnten das berühmte *missing link* zum modernen Menschen. Sie graben von Afrika bis zum Ural, aber sie übersehen, daß sie selbst es sind, was sie suchen. Wir selbst sind die gesuchte Übergangsstufe zum wahren Menschen. Der Wahre Mensch wird von selbst all das haben, worum wir uns noch bemühen müssen. All unsere Kulturleistungen dienen nur einer einzigen Sache. Die mörderische Bestie, die wir sind, so zu zähmen, daß ein Miteinander ohne Mord und Totschlag möglich ist. Nur aus diesem Grund haben sich Hierarchien entwickelt, Religionen sind aus diesem Grund entworfen worden, Staatengebilde wurden gezimmert, um ein System der Ordnung zu schaffen, das uns nicht von Natur aus mitgegeben wurde. All das ist eine unendliche Unterdrückungsleistung der Bestie, die wir sind. Diese Unterdrückung fordert alle psychischen und physischen und sozialen und spirituellen Kräfte. Dem sind wir nicht gewachsen und darum explodiert die Menschenhorde mit regelmäßiger Gewißheit. Dort, wo sie nicht in Kriege gegen den Nächsten explodiert, implodiert die Aggression und wir haben einen Haufen lebensunfähiger Molekülhaufen, die auf zwei Beinen gehen und fernsehen. Das, was hinter all dem steht, ist eine Ahnung. Wir haben eine Ahnung davon, wie wir Menschen sein könnten. Das hieß bis zum heutigen Tag ›Menschsein‹.«

Unser junger Freund sah Regis erstaunt an. »Aber ist es nicht besser, eine Kulturanstrengung zu tätigen und sich zu unterdrücken, wenn man den Impuls verspürt, jemanden zu töten, als es tatsächlich zu tun?!«

»Sicher ist es das – natürlich – ich gehe nur einen Schritt weiter. Ich sehe die unangestrengte Rose, die selbstverständlichen Löwen, die sauerstoffproduzierenden Wälder, ich frage mich: Wie wird die Stufe unserer Perfektion aussehen? Wie wird es also sein, wenn wir unsere Möglichkeit entfalten? Die Möglichkeit, die in den schlafenden 90 Prozent unseres Gehirnes warten, erweckt zu werden!«

»Erzählen Sie mir von Ihrer Vision.«

»Zuerst möchte ich Ihnen sagen, welchen Schlüssel es für uns gibt in der Zeit, bevor es zum kollektiven Sprung kommen wird. Den Schlüssel hat Verenice schon beschrieben. Es ist die Erweckung der Urenergien in Ihrem Becken, die in direkter Verbindung mit Ihrer Gehirnkapazität steht. Wir tragen alle die Anlage für unsere kollektive Zukunft in uns. Das goldene Geheimnis, das Gott uns geschenkt hat, besteht darin, daß wir es ganz persönlich öffnen dürfen. Und dieses Öffnen unserer Möglichkeiten, das einzelne Menschen schon betreiben, wird die Initialzündung sein, um die Weltenseele aller Menschen zu erwecken. Es ist ein sehr einfaches kosmisches Gesetz. Alles ist mit allem verbunden. Das was Verenice in der Cheopspyramide erlebt hat, ist die Realität, in der wir alle ununterbrochen existieren. Wir sind mit allen verwachsen. Mit allen und immer. Nur wissen wollen wir es nicht. Wissen als Selbstverständlichkeit können wir es noch nicht. Nun ist es dann aber auch so, daß auch ohne unser Wissen die Wahrheit existiert. Und diese Wahrheit besagt, daß alles mit allem verbunden ist. Alles auf alles eine Wirkung hat. Jedes Gebet und jeder Fluch sind ein Stein, den wir in den kosmischen Ozean werfen. Jeder dieser

Gedanken zieht größer werdende Kreise und stößt an andere Gedankenkreise. Auf diese Weise erzeugen wir in einem fort die Wellen und die Brandung und die Sturmfluten unserer Stimmungen. Unsere Gefühle und Gedanken bewegen uns und alles im Universum. Die Frage ist nur, welche Art der Bewegung rufen wir hervor? Es gelingt einem einzelnen, daß ein ganzes Volk den rechten Arm hochreißt und ›Sieg Heil‹ brüllt – genauso gelingt es einem einzelnen, den Eisernen Vorhang zu zerschneiden. Wie auch immer. Es ist immer nur ein einzelnes Atom nötig, das gespaltet werden muß, um eine Kettenreaktion in Gang zusetzen. Jeder einzelne Mensch ist ein Atom in der Seele der Menschheit. Jeder von uns ist verantwortlich für Licht oder Dunkelheit. Jeder von uns schafft ein ›Jetzt‹, das zur Basis der allgemeinen Zukunft wird. Ich sage es Ihnen ganz praktisch, bevor Sie glauben, im Religionsunterricht zu sitzen ...«

»Ironie?« warf unser junger Freund Regis als heitere Frage entgegen.

»O ja – größte Ironie, weil alle Religionsstunden aller Jahrtausende noch immer nicht den praktisch machbaren Durchbruch zur nächsten Stufe unseres Daseins gebracht haben. Aber lassen Sie mich auf folgendes hinweisen: Das Kraftfeld der Erde hat eine Schwingung. Sie beträgt zwischen sieben und neun Hertz. Im oberen Schwingungsfeld leben alle Geschöpfe Gottes. Das ist der wahre Urozean, aus dem alles erwächst. Wenn wir meditieren, beginnt unser persönliches Kraftfeld in unserem Gehirn mit derselben Stärke zu schwingen.

Das heißt, wir synchronisieren uns mit unserer Mutter Erde. Und das tun wir in den Momenten, in denen wir unsere vollen geistigen Möglichkeiten erwecken. Wissen Sie, was das bedeutet?«

»Was?!«

»Die Erde wartet auf uns! Seit ewigen Zeiten singt diese Heimat einen Ton in einer Frequenz, die wir erreichen können, sobald wir bewußt geworden sind. Wenn wir erwachen und uns auf der seelischen Tonleiter ausdehnen, wenn wir unsere Kraft entfalten, dann treten wir in den größten aller Tempel ein. Unsere Erde. Seit Jahrhunderten steht die Türe zu unserer Heimat weit offen. Wir sind es, die hindurchgehen müssen.«

»Glauben Sie wirklich, daß das nicht schon längst stattgefunden hätte, wenn es wirklich so einfach wäre, wie Sie es jetzt schildern?« Ungläubig lehnte sich unser Freund in seinem Stuhl zurück. Regis breitete seine Arme aus und lachte.

»Nein, Monsieur, das glaube ich nicht, weil die kritische Masse noch nicht erreicht ist.«

»Die kritische Masse?«

»Bei jeder Kernreaktion bedarf es einer kritischen Masse, damit sie stattfinden kann. So ist es auch in der Geschichte der Menschheit gewesen. Die Sehnsucht nach unserer nächsten Stufe ist ja in uns angelegt. Verhindert hat den nächsten großen Schritt Gottes nur das Unwissen darüber, wozu wir fähig sind. Stellen Sie sich nur vor, alle Menschen hätten das Erlebnis gehabt, das Verenice und Daniela in der Pyramide hatten.

»Ich stelle es mir vor, und ich sehe einen Planeten, der bewohnt ist von heiteren Menschen, die sich fragen, warum sie nicht schon viel früher zur Meditation gefunden haben!«

»Ich danke Ihnen«, sagte Regis, »ich danke Ihnen, daß Sie mich auf den Boden der heutigen Realität zurückgeholt haben. Trotzdem darf ich Ihnen empfehlen, morgen früh ...«

»Keine Sorge – ich werde es ausprobieren –, aber wir sprachen vorhin alle von übermorgen!« Der junge Mann beugte sich vor und legte Regis die Hand auf den Oberschenkel.

»Sie haben recht – übermorgen.«

Wir entspannten uns, und Regis ergriff wieder das Wort.

»Wissen Sie, in mir brennt einfach eine Ungeduld mit der Schöpfung. Seit ich erfahren habe, was möglich ist, frage ich mich täglich, wann es soweit sein wird. Mir ist klar, daß die Evolution auf diesen Sprung hinarbeitet, und ich glaube, daß es einen Zeitplan gibt, wenn es soweit sein wird. Ohne unser Zutun wird es die Menschheit in ihrer Gesamtheit erfassen und nach vorne heben. Wir werden mühelos verbunden sein. Wir werden mit den Pflanzen, dem Nächsten und dieser Erde kommunizieren und es wird eine Kultur geben, die Frieden hat. Die nicht mehr Frieden halten muß, weil Krieg unterdrückt wird, sondern weil Frieden ihr Atem ist. Ihr Herzschlag, ihre Seele. Ja – und ich würde es noch so gerne erleben ...«

Wir schwiegen und sahen auf Regis. Er lächelte vor sich hin. Wie gut verstand ich ihn und seine Sehnsucht.

Sein Lächeln war das eines Kindes, durchsetzt von der Wehmut eines alten Mannes.

Daniela legte ihren Arm um ihn und küßte ihn auf die Wange. Er lächelte sie an und hielt ihre Hand.

»Und darüber schreiben Sie Ihr Buch«, fragte unser junger Freund.

»Ja, das tue ich, in der Hoffnung, daß seine Telepathiewellen auf andere Wellenkreise treffen und es einen kleinen Blitz gibt.«

»Es wird Tag«, sagte Maria und streckte sich.

»Unglaublich, aber wahr«, sagte Daniela und fuhr sich mit den Händen über das Gesicht.

»Und was werden Sie heute in Bewegung versetzen?« fragte der junge Mann Maria.

»Ich? – Ich werde wie jeden Tag meinen Käse verkaufen. In dem großen Supermarkt gleich an der Hauptstraße.«

»Wirklich?«

»Wirklich – und Sie werden lachen –, das kann auch sehr spannend sein, wenn man weiß, was man tut.« Sie sah unseren Freund mit ihren strahlenden Augen an.

»Ich glaube Ihnen nicht ganz«, sagte er, »aber vielleicht wollen Sie mich nur neugierig machen auf Ihre wahre, zweite Lebensgeschichte?«

»Vielleicht ... Wer weiß? Finden Sie es heraus!«

Die beiden sahen sich mit einem Mal direkt in die Augen. Es herrschte ein Moment der Stille. »Dazu hätte ich gerne ein wenig Zeit«, sagte er, und sie antwortete: »Jemand hat mir einmal gesagt, die Zeit ist wie ein wildes Tier, das uns ein Leben lang verfolgt ...«

»Ich möchte viel lieber glauben, daß die Zeit ein Freund ist, der uns begleitet und uns hilft, jeden Moment zu genießen, denn er wird nicht wiederkommen ...«

»Wollen wir vielleicht am Strand spazierengehen?« fragte Daniela mit großer Weitsicht. »Die Sonne wird bald kommen ...«

»Gute Idee!« sagte Maria und stand auf. Der junge Mann trat von der Veranda hinunter in den Sand und ging dann mit Maria voraus ans Meer.

Regis und Daniela und Bryan sahen mich und Verenice an. »Was ist das?« flüsterte Bryan. »Einen Abend lang wechseln sie kein Wort, und nun das?!«

»Komm, Bryan«, sagte Daniela und nahm seine Hand, »ich erkläre es dir.« Mit diesen Worten gingen sie hinunter ans Meer, gefolgt von Regis und Verenice. Regis sagte: »Das will ich auch hören – vielleicht lerne ich ja was!«

»Kommst du auch, Liebling?« Verenice drehte sich nach mir um.

»Ja, mein Herz – ich stelle nur die Stühle an die Wand.«

Verenice lief den anderen hinterher, und ich sah meine Freunde, wie sie am Ende dieser Nacht in einen neuen Tag hineingingen. Welch ungeheures Glück hatte ich in meinem Leben erfahren, diese Menschen zu kennen. Ihre Bemühungen mitzuerleben, ein Mensch zu sein. Voll Liebe zu sein und voll Frieden. Jeder von ihnen hatte sich selbst in die Hand genommen und übte an jedem Tag einen weiteren Schritt. Einen schnellen. Einen langsamen. Einen tanzenden Schritt. Vielleicht hatte

Regis ja recht, wenn er sagte, daß man es am anderen Ende der Welt hört, wenn einer von uns lacht.

Ich stellte die Korbstühle nebeneinander an die Wand. Leise knirschten sie und blickten hinaus aufs Meer. Ich ging die Holztreppen hinunter und folgte meinen Freunden. Der junge Mann drehte sich nach mir um und rief: »Kommen Sie, Manuel, lassen Sie uns nicht alleine – wer weiß, was sonst passiert!«

Ich winkte und rief: »Keine Sorge.« Verenice drehte sich zu mir um und lachte mich an.

»Dann bin ich ja beruhigt!« rief unser neuer Freund und sah mich mit einem hellen , jungen Strahlen in seinen Augen an. Ich blieb kurz stehen und atmete tief aus – denn ich kannte diesen Blick.